데스마치에서 시작되는
이세계 광상곡
5

사토
이세계를 헤매고 있는
서른 중 프로그래머.

루루
쿠보크 왕국 출신.
아리사의 언니.

타마
고양이 귀 종족의 소녀.

아리사
쿠보크 왕국의 옛 왕녀.
전생에 일본인.

"사토 씨는……
운명을 바꿀 수 있다고
생각하세요?"

사라져 버릴 것 같은 덧없는
미소를 보자 무심코—.

데스마치에서
시작되는
이세계 광상곡
5

★ ★ ★

아이나나 히로

Death Marching to the
Parallel World Rhapsody
Presented by Hiro Ainana

CONTENTS

Death Marching
to the
Parallel World
Rhapsody

테니온 신전의 세라
....
009

드워프 마을
....
057

대하의 강변
....
129

토르마 일가
....
161

구를리안 시의 소동
....
183

대하 여행
....
227

아무도 모르는 밤
....
263

기적의 대가
....
325

후기
....
343

테니온 신전의 세라

"사토입니다. 인연이란 것은 신기한 겁니다. 여행지에서 만난 사람과 뜻밖의 장소에서 재회하는 일은 드라마에서만 일어나지는 않습니다. 두 번까지는 우연이겠지만 그것이 거듭되면⋯⋯ 운명, 일까요?"

"처음 뵙겠습니다. 테니온 신전의 무녀 세라라고 합니다."

천사들이 연주하는 악곡처럼 신비로운 목소리가 무노 성 알현실에 퍼졌다.

이쪽을 똑바로 바라보는 눈동자는 이제 막 싹이 튼 이파리처럼 푸른 색.

색소가 엷은 머리칼이 알현실에 들어오는 햇살을 받아서 금색인지 은색인지 구분하기 어려운 신기한 광택을 뿜었다.

이게 플라티나 블론드란 건가?

피부가 하얘서 잘 어울렸다.

시가 왕국 사람치고는 코가 낮았지만 라인이 근사했다. 두껍지도 얇지도 않은 부드러운 입술이 시선을 빼앗았다.

연지도 바르지 않았을 텐데 입가가 촉촉하다. 건강한 소녀의 매력이 넘치고 있었다.

그녀는 하얀 바탕에 금색 실과 파란 실로 정성스레 자수를 놓은 서양풍 무녀복— 세류 시에서 본 파리온 신전의 무녀 오나 씨가 입고 있던 것과 비슷한 디자인의 옷을 입고 있었다.

딱히 가슴이 부각되지 않는 옷인데도 나이에 걸맞지 않게 어엿한 융기가 옷을 밀어 올리며 자기주장을 하고 있었다.

나나와 카리나 양에게는 도저히 못 미치지만 또래에서는 커다란 편일 것이다.

중고생 나이의 소녀를 꼬실 생각은 없지만, 5년 뒤 그녀를 상상하자 흐뭇해져서 입가가 느슨해졌다.

옆에 서 있는 니나 집정관이 팔꿈치로 날 쿡쿡 찔렀다. 벌써 내 소개를 할 차례가 왔나?

그녀의 미래를 몽상하는 동안 다른 사람들의 자기소개가 끝나 버렸다.

무노 성 알현실에 모인 사람들의 시선이 나에게 모여 있었다.

무노 남작과 니나 여사, 세라 양과 그녀의 호위기사들. 그리고 공도(公都)의 잘생긴 문관이었다.

"처음 뵙겠습니다, 세라 님. 저는 무노 남작의 가신인 사토 펜드래건 사작이라고 합니다. 이제 갓 명예 사작 서훈을 받아 미숙한 점이 많습니다만, 부디 기억해 주시기 바랍니다."

교육담당인 유유리나가 가르쳐준 말로 인사를 했다.

세라 양은 미소를 지었지만 그녀 뒤에서 대기하는 두 남성 기사는 딱딱한 표정을 지은 채 험악한 시선으로 이쪽을 노려보고 있었다.

AR표시를 보니 세라 양은 레벨이 30이나 되며 「신성 마법:

테니온 교」, 「신탁」, 「명상」, 「악의 감지」 스킬을 가졌다.

그녀를 호위하는 기사 두 사람의 레벨도 금발을 짧게 깎은 신전기사 케온 보비노 경이 레벨 31, 불타는 듯한 붉은 머리칼의 근위기사 이파사 로이드 경이 레벨 33이다. 둘 다 꽤 높다.

그 뒤에서 대기하고 있는 오유고크 공작령의 잘생긴 문관은 평범하게 레벨 12였다.

세라 일행은 마족의 습격을 받은 무노 남작령의 치안 회복과 부흥 지원을 위해서 찾아와주었다.

성 바깥 광장에 기사가 8명, 신관 4명, 병사 300명, 짐마차 40대가 대기하고 있었다.

이 정도 전력이면 무노 성도 함락시킬 수 있겠는걸.

사람 좋은 무노 남작은 그렇다 쳐도, 저 니나 여사가 성에 들였으니 우호적인 상대일 것이다.

"그건 그렇고 공작 각하께서 용케 귀여운 손녀를 영지 바깥으로 보낼 허가를 내주셨군."

니나 여사가 말하자 세라 양이 가련한 웃음을 지으며 대답했다.

"저는 출가를 했으니 공작 가문하고는 상관없습니다."

AR 표시에는 세라 양의 가문 이름이 나오질 않았지만, 상세 정보를 보니 니나 여사 말처럼 오유고크 공작의 직계 손녀였다.

"신전도 그렇지. 귀중한 신탁의 무녀를 용케 위험한 여행에 보냈군."

"무녀장 님께서 지원을 해주셨답니다."

―응?

세라 양의 말을 듣고 뭔가 마음에 걸렸는데, 그것이 뭔지 파악하기 전에 다른 것에 흥미가 생겼다.

"테니온의 성녀님은 여전히 정숙하면서도 강단이 있으신 모양이군."

니나 여사와 세라 양이 서로 다르게 불렀지만 무녀장과 성녀는 같은 인물 같았다.

소문으로 들은 성녀님이군— 난 세라 양이 성녀일 거라고 생각했는데 아니었나 보다.

세라 양보다 높은 분이라. 성녀님은 대체 얼마나 신성한 분일까? 내 빈곤한 상상력으로는 성녀님의 모습을 예상도 못하겠다.

멀리서라도 좋으니 공도에 들르면 꼭 한 번 보고 싶네.

"그리고 무녀장 님이 못다 한 「죽은 자의 왕」이 건 저주의 흔적을 정화하는 역할도 있어요."

"성녀님께선 몸이 많이 안 좋으신가?"

"네. 요즘은 신전의 성역에서 나오지 못하실 정도입니다."

성역이란 게 뭔지 잘은 모르겠지만 병원의 집중치료실 같은 건가?

내 이미지는 고위 신성 마법으로 뭐든지 치유할 수 있을 것 같은데, 마법도 만능은 아닌 모양이네.

"—그렇게 된 것이야. 마지막에는 가면의 용사님과 숲 거인들 ^{포레스트 자이언트}이 마족의 군세를 해치워줬지만, 펜드래건 사작 일행이 없었다면 원군이 오기 전에 성이 함락됐겠지."

응접실로 옮긴 다음, 니나 여사가 세라 양 일행에게 요전 마족습격 사건에 대해 이야기했다.

이 방에는 나와 무노 남작, 남작의 집정관인 니나 여사, 그리고 세라 양과 공작령에서 파견된 기사 두 사람, 잘생긴 문관까지 일곱 명이 있었다.

"그 젊은 나이에 마족을 상대하고 무사히 살아남은 정도가 아니라 쓰러뜨려 버리다니. 무용이 대단하군. 우리 기사단에 들이고 싶을 정도야."

근위기사가 나를 칭찬했다.

칭찬을 받는 건 기쁘지만 잡아먹을 것 같은 웃음은 무서우니까 관두세요.

"좀처럼 믿기 어렵소. 이런 젊은이가 마족을 쓰러뜨렸다고?"

"케온 경. 말이 과하네."

험상궂은 얼굴을 더욱 찌푸린 신전기사를 근위기사가 달랬다.

"설령 하급 마족이라도 기사 중대의 반을 잃을 각오로 도전하지 않으면 이길 수 없는 상대가 아닌가? 그것을 여자와 아이들이? 말도 안 되오!"

"아무래도 신전기사께서는 내 말을 믿지 못하시는 모양입니다—."

신전기사의 말이 거슬렸는지, 니나 여사의 어조가 바뀌었다. 그녀는 상대를 공격할 때 말투가 정중해진다.

그때 잘생긴 문관이 창백한 얼굴로 외쳤다.

"케, 케온 경!"

아무래도 자리의 분위기를 살피고는 중재하러 나선듯했다.

"니나 님, 죄송합니다. 케온 경도 나쁜 뜻이 있는 게 아닙니다. 부, 부디 분노를 거두어 주십시오."

하긴 지금 내 모습은 15세의 가녀린 소년이다. 믿지 못하는 것도 무리가 아니었다.

그러나 이런 분위기는 좋지 않았다.

"기사님 말씀도 당연합니다. 그렇지만 저 하나의 힘이 아닙니다. 마족을 일시적으로 약체화시키는 비보와 듬직한 동료들의 조력이 있었기 때문이죠."

"그런 비보가 있었군요!"

내 설명을 들은 잘생긴 문관은 과장되게 감탄하며 말했다.

꽤 고생이 많은 사람인가 보다. 나도 그 흐름을 따라 숲 거인의 우두머리에게 받은 비보 「마를 봉하는 방울」에 대해 설명하며, 방금 전 신전기사의 발언을 얼버무리는데 협력했다.

잘생긴 문관과 태그로 위기 상황을 헤쳐 나간 뒤, 화제가 가면의 용사와 마족의 싸움으로 이어졌다.

"히, 히드라와 동화를 했다고?! 아룡의 몸을 차지하는 건 하급 마족에겐 불가능할 텐데……."

"중급 마족, 이로군요……."

근위기사와 세라 양이 말했다.

맵 검색으로 봤을 때 하급 마족이었지만 그냥 입 다물고 있어야지.

"그런데, 마족은 어떤 목적으로 이 영지를 공격한 거지?"

신전기사가 거침없는 어조로 물었다.

이 사람은 공도의 보비노 백작이라는 상급 귀족 가계라서 하는 말 하나하나가 거만해 보였다.

불손한 태도를 대하는 니나 여사의 시선이 날카로웠다.

니나 여사 대신에 무노 남작이 질문에 대답했다.

"그것이, 가면의 용사님 편지에는『마족의 목적은 마왕 부활이 아닐까』라고 쓰여 있더군."

그 편지는 사건이 끝난 뒤에 마족의 꿍꿍이를 전하기 위해서 내가 썼다.

"뭐, 뭣이!"

"그것은 보통 일이 아니다!"

무노 남작의 충격적인 발언을 들은 두 기사가 자리에서 일어섰다.

잘생긴 문관은 말도 못하고 얼굴이 새파래졌다.

아무래도「마왕」이란 단어에는 그만한 임팩트가 있나 보다.

"두 사람 모두 진정하세요."

세라 양이 청초한 목소리로 두 사람을 타일렀다.

그녀는 그나마 침착한 태도를 보였지만 혈색이 좋았던 얼굴에서 핏기가 가셔 있었다.

"그, 그러나!"

"진정하고 있을 때가 아닙니다!"

세라 양은 늠름한 목소리로 그런 두 기사를 타이르듯 말했다.

"그래서야 오유고크 공작을 수호하는 근위기사와 테니온 신전을 수호하는 신전기사라 할 수 있겠습니까? 무노 남작이 이렇게 차분하지 않습니까? 아마도 부활의 계획이 실패했다고 봐도 되는 거겠죠?"

말을 마친 세라 양은 무노 남작에게 동의를 구했다.

"그렇지. 그렇고말고. 마족의 계획은 가면의 용사님이 막아냈다네."

근위기사는 이제야 진정된 듯 의자에 앉았지만, 신전기사는 아직 납득하지 못했는지 다시 질문했다.

"마족은 어떤 계획을 세웠습니까?"

"마족은 사람들을 학대하여 영지 안에 생긴 부정적인 상념을 『혼돈 항아리』란 주구(呪具)에 모았다고 하더군. 용사님이 마족과 함께 그 주구를 파괴했다네."

"혼돈 항아리―. 그렇군. 파괴된 거군요."

신전기사가 안도한 듯 깊은 한숨을 내쉬었다.

그 한숨은, 부활하지 못한 마왕의 한탄처럼 보였다.

응접실 회담이 끝난 뒤, 니나 여사와 잘생긴 문관은 사무적인 일을 해야 한다며 집무실로 갔다.

나는 세라 양에게 부탁을 받아 성 안과 시내 안내를 하게 되었다.

기사 두 사람은 각자 할 일이 있다면서 세라 양 곁을 떠났고, 그들 대신 젊은 남녀 신전기사가 세라의 호위를 맡았다. 둘 다 레벨 13밖에 안 된다.

이름은 신전기사 남성이 히스, 여성이 이나였다. 오래 알고 지낼 것도 아니니 남성기사, 여성기사라고 기억하면 되겠지. 둘 다 공도의 하급 귀족 출신이었다.

"어디로 안내해 드릴까요?"

"우선 무노 시의 테니온 신전으로 안내해주시겠어요? 그 다음에 시내의 양육시설로 위문을 가도 될까요?"

신전은 이해하지만, 고위 귀족 아가씨가 양육시설 위문을 가고 싶다는 건 희한하군.

현대일본과 달리 시가 왕국의 양육시설은 예산도 적고 위생 관념이 희박해서 위생적인 장소라고 말하기 어렵다. 그리고 무노 시에는 양육시설이 아예 없었다.

"죄송합니다. 테니온 신전은 괜찮지만 양육시설은 안내해드릴 수가 없어요."

"어째서인가요? 저는 어떤 환경이라도 피하지 않아요."

"아뇨. 그런 이유가 아닙니다―."

나는 마족이 둔갑한 예전 집정관이 시내의 양육시설을 없애 버렸단 이야기를 해주었다.

"그러면, 아이들은……."

세라 양이 걱정스런 듯 표정을 흐리고 말았다. 아차. 이야기 순서가 잘못됐군.

"안심하세요. 아이들은 성에서 보호하고 있습니다."

보호한 시점이 마족 습격 사건이 끝난 뒤라 최근이지만, 그건 딱히 이야기할 필요 없겠지.

시벽의 구획 정리 때문에 살 곳을 잃은 주민 2천 명이 성 안의 빈 병영에 살고 있었지만, 이미 가설주택으로 이동을 끝냈다. 지금은 아이들과 노인들 일부만 성에 머무르고 있었다.

가설주택으로 옮긴 사람들은 구획 정리로 비게 된 땅에 기근 대책으로 가보 밭을 만들고 있었다.

가능하다면 더 맛있는 작물을 추천하고 싶었지만, 다른 작물과 가보 열매는 생산성이 너무 달라서 식량 사정이 개선될 때까지는 어쩔 수 없었다.

"성 안에, 말인가요?"

"네. 괜찮다면 안내하겠습니다. 아니면 처음 예정했던 것처럼 테니온 신전부터 가시겠습니까?"

"아뇨, 위문부터 가죠. 안내를 부탁하겠어요."

세라 양이 약간 강한 어조로 말했다.

긴 여행으로 지쳤을 텐데 말이지. 어쩐지 정력적인 걸 넘어서 조바심 내는 인상을 받아 버렸다.

마치 시한부 선고를 받은 사람이 시간에 쫓기는 것 같았다―.

마차를 탈 필요도 없는 거리라 세라 양과 환담을 나누며 아이들이 있는 곳으로 향했다.

성벽을 넘어서 병사들 구역에 들어왔을 즈음 병사들의 함성과 장엄한 음악이 들렸다.

"어머? 특이한 음색이군요……."

세라 양이 얌전히 고개를 갸웃거리자, 남성기사가 동의했다.

"분명히 들어본 적이 없습니다만 마음이 설레는 곡입니다."

음색에 귀를 기울이면서 그쪽으로 다가가자, 연병장 한 구석에 작은 악사의 모습이 보였다.

"사토."

엘프인 미아가 류트를 연주하며 이쪽을 돌아보았다. 본명은 미사날리아 보르에난이다.

연령은 130세. 사람의 수명을 넘어섰지만 초등학생 같은 겉모습과 마찬가지로 내면도 어리다.

트윈테일로 묶은 옅은 청록색 머리칼 사이로 엘프의 특징인 뾰족한 귀가 보였다. 약간 쌀쌀한 탓인지 물빛 원피스 위에 옅은 노랑색 카디건을 두르고 있었다.

"에, 엘프? 가희(歌姬) 실리르토아가 어째서 이런 곳에?"

"아니, 가희는 한쪽 팔이 움직이지 않으니 다른 사람이다."

"두 분, 조용히. 곡이 안 들려요."

소란스런 기사들을 세라 양이 타일렀다.

공도에는 가희 실리르토아란 팔이 불편한 엘프가 있나 보다.

"안녕, 미아."

"─우웅?"

미아는 내가 인사하자 고개를 끄덕였지만, 내 뒤에 있는 세라 양을 보더니 눈과 입이 삼각형이 되었다.

……기분이 틀어진 모양이네.

"처음 뵙겠습니다. 저는 테니온 신전의 세라라고 합니다."

"응. 미아."

미아는 세라 양의 예의 바른 인사를 흘려들으며, 연주하는 손도 멈추지 않고 담백하게 이름만 밝혔다.

"연주하고 있는 곡은 보르에난 마을에 전해지는 곡인가요?"

세라가 질문하자 미아가 고개를 가로저으며 단어로 대답했다.

"바그너."

미아가 류트로 연주하고 있는 곡은 바그너가 작곡한 「발퀴레의 기행」이었다.

휴대전화 착신음을 한 번 들려줬더니 완벽하게 카피해 버렸다. 악기는 다르지만 미아가 나름대로 어레인지해서 연주하고 있었다.

"미아는 훈련 중인 병사들을 응원을 하고 있는 거니?"

"부탁 받았어."

미아의 시선 끝에는 전직 기사이며 영지군 재편을 맡은 조틀 경이 있었다.

마침 병사들 시합의 심판을 보고 있어서인지 내가 온 것을 깨닫지 못했다.

"다음! 나나와 카리나 님이 한 조로 리자와 대전이다!"

조틀 경이 크게 외치자 병사들 사이에서 소녀들 셋이 나타났다.

주황 비늘 종족의 리자가 붉은 머리칼을 흔들며 제일 먼저 나섰다. 목과 손목이 오렌지색 비늘로 덮여 있고 도마뱀 같은 꼬리가 있는 것 말고는 인간족과 다를 바 없었다.

내 동료들 중에서도 레벨이 가장 높아서 14나 된다.

그녀가 입은 검은 갑옷은 내가 만든 것이었다.

히드라의 가죽과 견갑 과실로 만들었다. 강철제보다 방어력이 훨씬 높지만, 중량은 가죽갑옷보다 조금 무거운 정도일 뿐이라서 리자의 민첩함이 떨어지지 않는다.

다만 성능은 좋지만 히드라 가죽과 견갑 과실 껍질이 모두 검은색 계열이라, 장비한 사람이 위압적으로 보이는 결점이 있었다.

"저기 아인이 가진 창 좀 봐."

"마물의 신체를 쓴 무기인가……. 보기 드물군."

그리고 신전기사가 리자의 마창을 보고 말했다.

"전직 미궁 탐색자이거나 전직 마사냥꾼이겠네."

미궁 탐색자는 아는데, 마사냥꾼은 이름이 강해 보이네. 저녁 만찬 자리에서 마사냥꾼에 대해 물어봐야지.

"마스터."

리자에 이어 시합장으로 들어선 나나가 이쪽을 알아보고 크게 손을 흔들었다. 손의 움직임에 맞추어 금색 머리칼과 풍만한 가슴이 함께 흔들린다.

나를 마스터라고 부르는 그녀는 리자와 같은 갑옷을 입었다. 나나는 슬렌더한 리자와 달리 가슴이 커서 견갑 과실을 가공하는데 애를 먹었다.

"리자, 저쪽에서 마스터가 관전하고 있다고 보고합니다."

나나가 말하자 리자가 늠름한 표정으로 이쪽을 향해 인사했다.

나나는 고교생 나이의 인간족으로 보이지만, 인공적으로 만들어진 호문클루스였다. 제조된 지 1년도 안 지났다.

감정표현이나 말투가 어설픈 것은 어쩔 수 없었다.

일단 「사람의 부적」이란 은폐 아이템이 있어서 감정 스킬로도 호문클루스란 것은 들키지 않는다.

무노 남작령을 방문한 뒤로 언제나 전투에서 방패 역할을 한 덕분에 레벨이 10까지 올랐다.

그리고 마지막으로 시합장에 들어선 것은 무노 남작의 차녀 카리나였다.

그녀는 병사들 위를 재주넘기로 뛰어 넘어 화려하게 등장했다.

특촬물에서나 볼 법한 인간과 동떨어진 도약력은 그녀가 장비한 비보이자 「지성을 가진 마법도구」인 라카가 「초강화 부여」로 신체강화를 한 덕분이었다.

인텔리전스 아이템

카리나 양이 색이 짙은 금색 세로 롤 머리를 흩날리며 나나 옆에 섰다.

그녀의 레벨은 8밖에 안 되지만, 숲 속에 쓰러져 있던 때와 비교하면 상당히 성장했다고 볼 수 있었다.

"굉장하군……."

"뜯어져 버리면 좋을 텐데."

남성기사의 감탄과 여성기사의 원성이 들렸다.

아마도 압권이라고 표현해야 마땅한 카리나 양의 마유(魔乳)에 대한 감상이었다. 그녀와 나란히 서면 E컵인 나나의 가슴이 작게 보일 정도였다.

"─시작!"

조틀 경이 신호하자 창을 하단으로 겨누고 있던 리자가 대형 방패를 든 나나에게 돌격했다.

리자의 창이 나나의 방패에 닿기 전에 투명한 마법「방패」^{실드}가 창을 막아냈다.

"허어. 대형 방패 아가씨는 술리 마법을 쓰는군—. 지팡이도 없으니 촉매는 반지 같은 건가?"

남성기사가 나나를 평가했다.

유감이지만 나나가 쓴 건 술리 마법이 아니라 호문클루스가 가진「이술」이란 종족 고유기능이었다.

술리 마법과 달리 영창이 필요 없다는 장점이 있지만 처음부터 준비된^{프리셋} 술법밖에 못 쓰는 결점이 있었다. 추가로 인스톨하려면 전용 시설이 필요했다.

또한 사용할 때 이마에 마법진이 나타나기 때문에 지금 장비한 것처럼 투구 같은 걸로 안 가리면 너무 눈에 띈다.

"말린 머리칼 아가씨는…… 파란 빛이라니?!"

"설마 성스런 갑옷의 일종인가?!"

나나 뒤에 몸을 숨기고 있던 카리나 양을 보고 기사들이 놀랐다.

『카리나 님!』

"네, 라카 씨!"

라카가 그윽한 남성의 목소리로 말하자, 카리나 양이 나나 뒤에서 리자에게 기습을 걸었다.

라카의 코어 파츠에서 흘러나온 파란 빛이 궤적을 남기며 그녀의 움직임을 알려주었다.

"빠르다! 저 움직임은 뭐야!"

리자는 인간과 동떨어진 카리나 양의 기습을 막아내려고 창을 한손으로 잡아 크게 후려서 위협했다.

그때 나나가 「마법의 화살」로 지원을 했다.

<small>매직 애로우</small>

어이쿠. 연습시합에서 공격마법을 쓰면 안 되지. 나중에 나나한테 주의를 줘야겠네.

"오옷, 저 빠른 영창은 뭐야!"

"거짓말, 저걸 피했어?"

리자가 땅에 쓰러지듯 몸을 숙여 「마법의 화살」을 회피했다.

리자의 자세가 무너지자, 나나가 대형 방패로 충돌하는 실드 배쉬를 걸었다.

방패 위치가 조금 높다. 그리고—.

퍼억! 묵직한 소리를 내면서 방패에 맞은 사람이 시합장을 데굴데굴 굴러갔다.

"어머나, 같은 편을 쳐 버렸네……."

여성기사 말처럼, 나나의 실드 배쉬는 연계를 생각지 않고 뛰어든 카리나 양을 날려 버렸다.

라카가 만들어낸 하얗게 빛나는 비늘 모양 방패 몇 개가 깨지며 흩어졌다.

"괜찮은 건가요?"

세라 양이 제대로 맞아 날아간 카리나 양을 걱정하기에 웃으며 대답했다.

"괜찮습니다. 보세요. 멀쩡히 일어나잖아요?"

라카의 방어력은 상당한 수준이다. 레벨 20의 하급 마족이 공격해도 장비한 사람에게 상처 하나 내지 못한다.

여태껏 나 말고 라카의 방어를 깬 사람은 누구도 없었다.

세 사람의 싸움은 줄곧 리자가 유리했다.

원인은 레벨 차이가 아니라 나나와 카리나 양의 연계가 나빴기 때문이다.

나나는 이술을 쓸 수 있고 카리나 양은 라카의 초강화가 있으니 레벨 차이 때문에 불리하다는 건 변명이다.

이윽고 나나가 전투불능 판정을 받은 뒤, 리자 대 카리나 양의 대결이 되었다.

리자가 마창에서 붉은 잔광을 흘리며 혼신의 찌르기를 뿌렸다.

"—마인(魔刃)?"

"아니, 완성 직전이군……."

나는 기사들의 말이 신경 쓰여서 물어보았다.

"완성 직전인가요?"

"그래. 저 아가씨는 마인을 얻기 직전이야. 내 선배가 마인을 익히기 반년쯤 전부터 저렇게 마력의 잔재를 흘리면서 싸웠지."

그렇군. 좋은 정보다.

아마도 지금 리자는 마인 스킬을 익히기 위한 스킬 포인트가 부족한 상황이 아닐까?

여행에 나서면 리자에게 우선적으로 마물과 싸우는 역할을 맡겨야지.

그 생각을 하는 동안 세 사람의 싸움이 끝났고, 조를 경이 시합에서 반성할 점을 지적했다.

나는 동료들에게 손을 흔들어 인사하고 그 자리를 벗어나 세라 양을 안내했다.

"방금 전의 그 분이 무노 남작의 영애였던 건가요?!"

"네. 지난 번 무노 시 방어전에서도 최전선에서 활약하셨습니다."

신전기사들과 이야기하다가 카리나 양에 대해 이야기하자 세라 양이 대단히 놀랐다.

"마치 공주님의 언니 되시는 린그란데 님 같군요."

"공주님은 관두세요. 그렇군요……. 언니도 공작 영애이면서 전투훈련을 좋아하셨어요."

"마법도 그렇죠! 왕립학원에서 실전됐던 두 계통의 마법을 부활시키기도 하고, 세리빌라의 미궁에서 『계층의 주인^{플로어마스터}』을 쓰러뜨리기도 했죠. 게다가 당대의 용사님이 요청해서 종자가 되기도 하셨고요!"

여성기사가 눈빛을 반짝거리며 세라 양 언니의 공적을 논했다.

그녀의 이야기가 모두 진실이라면 세라 양의 언니는 대단한 사람이었다.

세라 양은 언니와 소원한 건지 칭찬하는 말에도 반응이 없었다.

자세히 보니 손가락이 새하얘질 정도로 힘을 주고 있었다.

마치 폭발할 것만 같은 감정을 억누르고 있는 것 같았다. 늘 온화한 표정이지만 사실은 격정적인 측면이 있을 지도 모르겠다.

그녀가 내심 갈등하는 것에 대해 고찰하고 있는데, 저 앞 병영 2층에서 활기 가득한 목소리가 들렸다.

"아! 주인님인 거예요!"

창문으로 몸을 내밀고서 손과 꼬리를 붕붕 흔들어대는 강아지 귀에 강아지 꼬리의 포치가 보였다.

보호하고 있는 아이들과 함께 병영 청소를 하고 있었는지, 움직이기 쉬운 하얀 셔츠에 노란색 숏팬츠를 입고 있었다. 가슴 부분에 나비 같은 리본 타이가 매력 포인트였다.

메이드들이 다듬어준 다갈색 머리칼이 깔끔한 보브컷이다. 포치가 한층 더 귀여워졌다.

"정말이다~?"

포치 뒤에서 고양이 귀에 고양이 꼬리의 타마가 쏙 고개를 내밀었다.

새하얀 숏헤어가 훌쩍 흔들렸다. 겉보기에는 스포티하지만 귀여운 장식을 좋아하는 타마는 핑크색 큐롯 스커트를 입었다. 윗도리는 포치와 같은 하얀 셔츠였다.

포치와 마찬가지로 리본 타이를 달고 있지만 타마 것은 테두리가 레이스 장식이었다.

"—귀 종족?"

세라 양이 두 아이를 보고 작은 소리로 놀랐다.

보아하니 오유고크 공작령에서도 고양이 귀 종족과 강아지 귀 종족은 드문 모양이군.

창 안쪽으로 고개를 집어넣은 타마와 포치가 잠시 뒤에 병영 입구에서 달려왔다.

두 손에는 뭔가를 끌어안고 있었다.

"청소는 끝났니?"

"네잉~."

"끝난 다음에 다 함께 다락을 탐험한 거예요."

둘은 칭찬해달라는 표정으로 뽐냈다.

"잘 했다."

"에헤헤."

내가 둘의 머리를 쓰다듬으며 칭찬하자 간지러운 듯 눈을 가늘게 떴다.

"그런데 둘이 뭘 가지고 왔니?"

내가 묻자 둘이 양손에 안고 있던 걸 내 앞에 내밀었다.

"사냥감~?"

"주인님, 보는 거예요!"

옆에 있던 세라 양도 나랑 같이 둘이 내민 것을 들여다보았다.

"꺅!"

세라 양이 귀여운 비명을 지르며, 내 오른팔에 상당히 볼륨감 있는 몸을 밀어 붙였다.

역시 내가 예상한 것처럼 확실하게 C컵이었다. 어쩌면 D컵 직전일지도─.

세라 양은 둘이 손에 들고 있던 **쥐**를 보고 놀랐던 것이다.

"세라 님께 무례하구나!"

뒤에 있던 여성 기사가 노성을 지르며 칼을 **뽑**는 소리가 들렸다.

"기다려 주세요."

내가 둘을 감싸듯 돌아보며 그녀 앞에 자유로운 손을 뻗어 막았다.

팔에 안겨 있는 세라 양을 품으로 끌어안는 형태가 된 것은 불가항력이었다.

틀림없이 이런 일을 관장하는 신이 가호하신 거다.

"이 무례한 것! 세라 님에게서 떨어져라!"

여성기사가 흥분하여 내 머리를 향해 검을 휘둘렀다.

검면(劍面)으로 때리려는 것 같은데, 강철 덩어리를 그 기세로 맞으면 엄청 다치거든요.

나는 명중하기 직전의 타이밍에서 무릎을 꺾어 검을 피했다.

"아앙―."

피하다 보니 세라 양의 가슴에 얼굴이 부딪혔다. 천지신명께 맹세코 의도한 건 아니었다.

나는 한순간 얼굴을 감싼 행복감을 떨쳐내고 세라 양에게서 물러나 그녀에게 진지하게 사과했다.

"실례했습니다, 세라 님."

"네, 네⋯⋯. 불가항력이었으니, 신경 쓰지 않아요."

세라 양은 조금 볼을 붉히며 용서해줬지만 그녀의 종자는 그리 무르지 않았다.

"세라 님, 제 뒤로―."

여성기사가 세라 양 앞에 서서 이쪽으로 검을 겨누었다.

"이나, 검을 거두세요."

"그러나⋯⋯."

"검을 거둬라, 이나."

세라 양과 남성기사가 명하자, 여성기사는 못마땅한 기색으로 검을 칼집에 넣었다.

"주인님, 포치랑 타마가 뭔가 나쁜 짓 한 거예요?"

"쥐를 싫어하는 사람도 있으니까, 다른 사람 있는 데서 갑자기 쥐를 보여주면 안 된다."

나는 눈물짓는 둘이 알기 쉽도록 잘못된 점을 알려주며 타일렀다.

"이제 안 거예요. 놀라게 해서 죄송해요, 인 거예요."

"죄송해요."

둘이 반성한 표정으로 고개를 꾸벅 숙이자, 세라 양은 상냥하게 웃으며 사과를 받아주었다.

병영 입구에서는 타마와 포치랑 함께 청소를 하던 아이들이 고개를 내밀어 이쪽을 살피고 있었다.

"다들 놀랐군요. 이제 괜찮아요."

그걸 눈치챈 세라 양이 상냥하게 부르자, 아이들이 한 명, 또 한 명씩 병영에서 나왔다.

"사작님, 청소했어."

"깨끗해졌어."

"열심히 했어."

초등학교 저학년쯤 되는 아이들이 차례차례 내 주위로 몰려들었다.

"다들 잘 했다."

나는 아이들을 칭찬하며 주머니를 통해 스토리지에서 꺼낸 달콤한 과자를 하나씩 선물했다. 열심히 일한 상이었다.

청소를 끝낸 아이들과 함께 그들이 살고 있는 병영으로 갔다.

방금 전에 아이들이 청소한 병영에서 오유고크 공작령에서 온 병사들이 머물게 된다.

"여기서 지내는 건 즐거운가요?"

세라 양이 묻자 나이가 있는 아이들이 활기차게 대답했다.

"응! 아침저녁에 밥도 나와!"

"가끔 말린 고기도 먹을 수 있어!"

조금 더 좋은 걸 먹여주고 싶지만, 우리가 무노 남작령을 떠난 다음을 생각해서 아이들의 생활수준을 과도하게 올리는 걸 자중했다.

가끔 상으로 맛있는 것을 주는 건 너그럽게 봐줬으면 좋겠다.

아이들이 지내는 병영까지 가자, 찐 생선과 향초 냄새가 흘러들었다.

"좋은 냄새~?"

"사사카마 냄새인 거예요."

타마랑 포치의 말로 이미지를 떠올리기 어려웠는지, 세라 양이 나에게 도움을 청하듯 시선을 보냈다.

"사사카마란 것은 무엇인가요?"

"생선살을 향초와 함께 찐 다음에 납작하게 펴서 구운 것입니다."

상류에서 먹은 물고기와 달리 무노 시 앞의 강에서 잡은 물고기는 비린내가 심했다. 그래서 향초와 함께 찐 다음 모양을 잡아봤다. 진짜 사사카마보코[#1]하고 닮은 점은 형태뿐이지만, 아리사가 이름을 붙인 게 잘 들어맞아서 그냥 놔뒀다.

사사카마 만들기는 식량 사정을 개선하는 것과 무노 시의 특산품을 만든다는 일석이조를 노린 것이었다.

세라 양에게 설명하는 동안 어느새 병영 옆 공간에서 사사카마를 만드는 여성들의 모습이 보이는 곳까지 왔다.

그러자 여성들의 중심에서 사사카마 제작을 지도하고 있던 메이드복 차림의 소녀가 돌아보았다.

"주인님!"

검은 머리칼과 검은 눈. 일본인 생김새의 루루가 밝고 듣기 좋은 목소리로 나를 불렀다. 아마 루루가 세 명 있으면 청초한 미모로 성(城)은 물론이고 태양계도 기울 거다.

루루가 감색 미니스커트 메이드복 자락을 흔들며 종종걸음으로 달려왔다. 메이드복은 아리사와 함께 시험 삼아 만든 것인데, 아키하바라 부근에서 볼 수 있는 디자인이었다.

아마 포치처럼 꼬리가 있었다면 성대하게 흔들고 있었을 법한 미소였다.

"우왓, 엄청 못생겼네."

"그만해라. 용모를 매도하면 신전기사의 품위가 떨어진다."

"그치만—."

내 뒤의 기사들이 달려오는 루루를 혹평했다.

시가 왕국은 미의 기준이 일본이랑 달라서 초절미소녀 루루

#1 사사카마보코 어묵(카마보코)의 일종. 일본 센다이 지방의 특산품.

가 못생기게 보인다.

정말이지, 이렇게 귀여운데 말이야. 실로 유감이다. 루루가 들을 수 있는 음량이었다면 사과를 요구했을 것이다.

"주인님, 우엉과 당근이 들어간 시험작이 완성됐어요. 시식해 주시겠어요?"

"그래, 먹어볼게. 루루, 이쪽은 테니온 신전의 세라 님이야."

"처, 처음 뵙겠습니다."

내가 세라 양을 소개하자 초조한 듯 고개를 숙이며 인사했다.

이런 서양풍 미소녀 세라 양과 동양풍 미소녀 루루가 나란히 서 있으니 참 보기 좋군. 이대로 아이돌 유닛을 결성하면 세계적으로 성공할 수 있겠어.

"시식할래~?"

"포치도 시식하는 데 **개념**치 않는 거예요."

—포치, 그건 「괘념」이야. 애당초 말 자체도 이상하고.

루루가 타마랑 포치의 손에 이끌려 사사카마를 굽는 공간으로 갔다.

나는 세라 양을 재촉하여 다른 여성들이 있는 곳으로 갔다.

"사작님."

우리가 다가가자 사사카마를 만들고 있던 여성들 대표가 다가왔다.

"지내기 어때요?"

"네. 덕분에 굶주리지도 추위에 떨지도 않고 다들 건강하게 지내고 있습니다."

이 사람은 본래 양육시설 원장을 맡았던 사람인데, 서민가 출신답지 않게 말투가 정중한 노부인이었다.

"오늘은 어떤 용건이 있으신지?"

원장이 내 뒤에 있는 세라 양과 신전 관계자를 보고 당혹하여 물었다.

"그렇게 경계하지 않아도 괜찮아요. 이 분들은 위문을 하러 온 테니온 신전 분들입니다."

내가 간단히 설명하고, 뒷일은 세라 양에게 맡겼다.

"위문이신가요? 참으로 고마운 일입니다."

"그렇게 황송하실 필요 없어요. 병으로 몸져누운 분이나 부상으로 움직일 수 없는 분을 치료하고자 왔을 뿐입니다. 안내해주시겠어요?"

황송해하는 원장에게 세라 양이 스스럼없이 웃으며 말했다.

"아니, 그것이……."

하지만 원장은 말문이 막히더니 나를 돌아보았다.

"무슨 사정이 있으신가요?"

세라가 조금 의문스레 원장을 보았다.

"그것이, 여기에는 병자나 부상자가 없습니다."

"설마…… 환자는 다른 장소에 격리하고 있는 건가요?"

세라가 오해하여 진지한 표정으로 원장에게 다가갔다.

"아뇨, 아닙니다. 펜드래건 사작님이—."

"그가?"

세라의 기세에 밀려서 원장이 주춤거렸다.

"마법약으로 치료해줬어!"

"미아 님도, 마법으로 상처 치료해줬어!"

원장 대신 내 뒤에 붙어 있던 아이들이 진상을 말해주었다.

"마법약?"

"설마, 값비싼 마법약을 나눠준 건가?"

기사들이 당혹했다.

"정말인가요?"

"네. 죽음만 기다리던 중병인부터 골절로 움직이지 못하는 자까지 수십 명에게, 사작님께서 마법약을 하사하시어 치료해주셨습니다."

원장의 이야기만 들어보면 내가 성인군자처럼 들리네.

그들을 치료해주고 싶기도 했지만, 실제로는 완성한 각종 마법약의 효과가 어느 정도인지 확인하고 싶었다.

병을 치료하는 약은 증상에 따라 종류도 다르기 때문에 이번 경험은 앞으로 도움이 될 것 같았다.

특히 많았던 성병 종류는 어지간히 말기가 아닌 한 모든 종류를 완치할 수 있었다.

"그런데다가 장래에 자립할 수 있도록 훈련까지 시켜주고 계십니다."

"어머나, 참으로 근사한 일이군요!"

원장과 세라 양이 존경의 눈빛으로 바라보자 등줄기가 간지러웠다.

나는 특산품 만들기에 일손이 필요했던 것뿐이지, 그런 깊은 생각이 있었던 게 아니란 말이지.

이 껄끄러운 상황을 타파하는 떠들썩한 목소리가 병영 벽에 울려 퍼졌다.

"있다~! 주인님~."

하늘거리는 보라색 머리칼을 흔들며 아리사가 달려왔다.

핑크색 원피스에 연지색 카디건을 걸쳤고, 두 손에는 뭔가 하얀 걸 들고 있었다.

보라색 눈동자가 평소보다 더욱 반짝거렸다.

아리사의 머리를 본 기사들이 대화를 나눴다.

"불길한 보라색 머리?"

"저주 받을 것 같아……."

아리사는 여행을 할 때는 금색 가발을 쓰고 다녔지만, 편견을 가진 사람이 적은 무노 성에서는 그냥 행동하고 있었다.

"미신으로 사람을 업신여기면 안 됩니다."

세라가 기사들을 질책했다.

"봐! 주먹밥을 얻어왔어! 주인님도 하나 줄게!"

아리사가 나한테 하얀 주먹밥을 내밀었다.

"쌀은 어디서 구했어?"

나는 주먹밥을 받으며 물었다.

"공작령에서 온 지원물자에 있었어! 그래서 얼른 요리장 게르트 씨한테 밥 지어달라고 해서 주인님도 주려고 찾아 다녔지!"

아리사가 헉헉 거칠게 숨을 쉬면서도 흥분한 목소리로 말했다.

운동도 못하면서 성에서부터 달려왔나 보다. 내가 어디 있는지 용케 알았는걸.

"고마워, 아리사."

"에헤헤~. 행복은 나누는 거니까!"

내가 인사하자 아리사는 만족스레 웃으면서 호쾌하게 주먹밥을 깨물었다.

"맛있어~?"

"포치도 한 입 나눠주면 좋은 거예요."

타마랑 포치가 쓸쓸한 듯 아리사에게 물었다.

"미안. 두 개밖에 못 가져왔어. 주방에 있으니까 나중에 받으러 가자."

"네잉~!"

"네, 인 거예요!"

나는 세 사람의 대화를 들으면서 헐렁한 소매에 주먹밥을 감추고 스토리지에 수납했다.

오랜만에 주먹밥을 보니 기쁘긴 하지만, 세라 양을 안내하는 것도 잊고서 먹어 치울 정노로 그립지는 않았다.

물론 굳이 아리사에게 말해서 그녀의 기쁨에 찬물을 끼얹을 정도로 못나지도 않았다. 오늘 밤에는 무리겠지만 내일 아침에라도 흰 쌀에 맞는 일본식을 만들어서 아리사에게 대접해줘야겠다.

이후로는 시내의 테니온 신전을 방문하고, 슬럼가 터에 만든 가보 밭과 공동주택 건설 상황을 견학하러 다녔다.

그날 밤, 무노 성의 귀족용 식당에서 만찬이 열렸다.

무노 남작령의 참가자는 남작과 남작영애 소로나 양과 카리나 양, 그리고 니나 집정관과 나까지 5명. 오유고크 공작령의 참가자는 세라 양, 신관 한 명, 잘생긴 문관, 기사 여덟 명까지 11명이었다.

나는 무노 남작령의 말석, 카리나 양 옆에 앉았다.

내 반대쪽 옆에는 수가 많은 오유고크 공작령의 젊은 신전기사들이 앉았다.

"그러면 오유고크 공작과 테니온 신전의 번영과 평화를 바라며—."

무노 남작의 인사와 함께 건배를 하고, 남작령에서는 보기 드문 성찬이 들어왔다.

시가 왕국에서는 프랑스 코스 요리처럼 요리가 하나씩 나오는 형식을 취한다.

프랑스 코스 요리와 달리 시가 왕국에서는 수프, 전채, 샐러드, 생선 요리, 빵, 고기 요리, 디저트 순서였다.

레시피 작성과 준비는 도왔지만 마무리는 게르트 요리장의 솜씨에 맡겼다.

분명 훌륭한 요리를 내어줄 거다.

처음에는 깊은 접시에 수프가 담겨 나왔다.

내 옆에 앉은 여성기사가 그 옆의 남성기사와 작게 대화하는 소리가 엿듣기 스킬로 들렸다.

"있잖아, 히스. 영주의 만찬인데 소금 수프야……."

"입 다물어라, 이나. 남작령은 식량이 부족하니 어쩔 수 없는 거겠지."

"그렇네, 어디선가 좋은 냄새가 나니까 다음 요리를 기대하자."

두 사람이 마땅찮은 기색으로 투명한 수프에 스푼을 넣었다.

그리고 스푼을 입에 넣은 순간 두 사람의 움직임이 멎었다.

"—맛있어! 이거 뭐야?"

"말 걸지 마라. 나는 수프를 맛보느라 바쁘다."

여성기사가 놀라고, 남성기사는 진지한 표정으로 수프를 먹고 있었다.

같은 광경이 여기저기서 보였다.

손님의 반응을 보고 메이드들의 입가가 풀어졌다. 나는 몰래 엄지를 세워주었다.

"이런 수프는 처음 먹어봤어요! 이건 어떤 요리인가요?"

"펜드래건 경, 대답해주게."

세라 양이 놀란 표정으로 질문하자 니나 여사가 내게 말했다.

"이것은 콘소메 수프라고 합니다. 검소한 요리로 보이지만, 갖가지 재료의 맛을 담아낸 궁극의 수프죠."

무슨 미식비평가처럼 설명해봤다.

어렴풋한 기억에 의지하여 무노 성의 게르트 요리장과 함께 재현한 수프였다.

본래는 호박색이 되어야 하는데 어느 단계에서 잘못됐는지 투명한 수프가 되어 버렸다.

조리 시간을 단축하기 위해서 미아의 물 마법을 쓴 게 잘못됐나? 아니면 맛을 추출할 때 연성을 쓴 탓일지도 모르겠다.

겉보기에 소금 수프 같다는 점 말고는 문제가 없으니, 본래 모습으로 돌려놓을 생각도 별로 안 들었다.

"한 접시 더 먹을 수 없을까?"

"매너에는 문제가 없지만, 실제로 부탁하는 사람은─."

젊은 기사들의 대화가 들렸다.

여성기사는 어지간히도 마음에 들었는지 벽 근처에서 대기하는 메이드를 불러서 수프를 한 접시 더 부탁했다.

그것에 자극받았는지 다른 손님들도 더 부탁하기 시작하더니, 결국 수프가 다 떨어질 때까지 이어졌다.

전채는 사사카마와 치즈를 사용한 오르되부르였고, 사이드 메뉴로 프라이드 포테토와 포테토 칩스가 나왔다. 포테토 칩스는 독특한 식감이 평가가 좋았다.

그리고 사사카마와 치즈의 조합은 술 좋아하는 사람들에게 호평을 받았다.

이어지는 샐러드는 얇게 썰어낸 셀러리가 이파리 채소 위에 올라가 있고, 잘게 채 썬 무를 새의 날개처럼 배치했다.

메이드들에게 샐러드에 뿌리는 소스 종류에 대해 질문하는 소리가 들렸다.

이번에 쓴 소스는 무노 성에서 대호평이었던 마요네즈와 타르타르 소스에 더해, 시가 왕국에서 일반적으로 쓰이는 산미를 억제한 달콤한 오렌지 소스까지 세 종류를 준비했다.

보수적인 어른들은 오렌지 소스를 택했지만, 대부분 세 종류를 조금씩 뿌려달라고 메이드들에게 지시했다.

"이 하얀 소스 좋은데? 야채가 맛있다고 느낀 건 처음이야."

"이 야채는 뭐지? 하얗고 투명한데, 처음 먹어보는 식감이야."

"화~아. 조금 맵지만 하얀 소스랑 잘 맞네."

기사들이 샐러드를 먹으면서 대화를 나눴다.

그때 음식을 날라오는 메이드와 이야기를 하던 신전기사 케온 경이 놀라서 소리를 질렀다.

"무라고?!"

무 샐러드를 골랐을 때 게르트 요리장이 「공도에서는 무를 싫어하는 사람도 있다」고 했었지 참……

"무였어? 전부 먹었는데……"

"무를 먹으면 오크가 온다는 건 미신이다."

"하지만 무잖아?"

"처음 먹어봤지만 맛있었다. 이나의 입에는 안 맞았나?"

"그야, 맛있긴 했지만……"

기사들의 대화를 들어보니 미신을 믿는 사람들은 무를 싫어하는 모양이군.

불평을 하는 사람은 없었지만 생각보다 반응이 격렬했다. 공도 사람들에게 요리를 대접할 때는 무를 쓰지 말아야겠네.

이번에는 괜찮은 물고기가 잡히질 않아서 생선 요리 포지션에 튀김을 내놓았다.

새우가 메인이고, 야채 3종을 같이 튀겨서 곁들였다.

소스는 평범하게 간장 소스였다. 소금도 좋겠지만 굳이 간장 하나만 내놨다.

"이 노랗고 울퉁불퉁한 건 어떤 요리일까?"

"뭔지는 모르겠지만 아마 맛있을 거다."

기사들의 신뢰를 얻으니 조금 자랑스럽군.

나는 손님들 반응을 보면서 새우튀김을 먹었다.

처음에는 간장을 약간만 찍어서 먹었다.

바삭한 튀김옷에 묻은 달콤한 간장이 혀를 쓸고 간다.

이어서 탄력 있는 새우살의 탱글탱글한 식감을 즐겼다.

뚝 잘라내서 씹었다.

두 가지 식감이 입 안에서 섞이며 간장과 함께 세 가지 맛이 혀 위에서 녹는다.

최고로 행복하다니까―.

두 입째는 간장에 푹 찍어서 젖은 튀김옷을 즐겼다.

사람에 따라 얼굴을 찌푸리기도 하지만, 이 진한 맛도 튀김 요리의 참맛 중 하나였다.

깻잎과 꼭 닮은 이파리 튀김도 받아들이고 있어서 안심했다.

「이파리를 먹이다니 제정신인가!」라고 하지 않을까 내심 조마조마했다.

그리고 메인 요리는 긴 털 소의 커틀릿이었다.

커다란 커틀릿이 아니라 한입 사이즈로 만들어서 이래저래 연구를 해봤다.

평범한 맛이 셋, 고춧가루 분말을 뿌린 것이 하나, 마지막으로 치즈와 함께 튀긴 것 하나였다.

구별하기 쉽도록 종류별로 튀김옷 색을 달리 했다.

소스는 걸쭉한 돈가스 소스를 준비했다. 완성한지 얼마 안 된 거였다.

"이것도 바삭하고 맛있어."

"음— 맵군."

"매워? 이 작고 빨간 거?"

"맵지만 맛있다. 이 조금 노란색은 치즈가 흘러나와서 깜짝 놀랄 거다."

"먼저 말하지 마! 이 바삭함과 부드러운 치즈에 중독되겠네."

기사들의 대화를 듣고 있으니 나도 즐거워졌다.

튀김이 연속되면 안 좋을 것 같다고 생각했지만 게르트 요리장이 괜찮다고 했었다. 요리장 말이 맞았네.

하지만 튀김은 유감스럽게도 여분이 없었다. 긴 털 소고기가 희귀한 탓이다.

"어머! 마지막은 팬케이크로군요."

세라 양이 생크림으로 데코레이션한 팬케이크를 보고 기쁜 듯 외쳤다.

"호오. 왕도에서 유행한다는 펜케이크입니까?"

옆에 앉은 잘생긴 문관도 기뻐 보였다.

"이 하얀 건 아까 그 소스인가요?"

"그 하얀 소스는 팬케이크에 안 맞을 거라 생각하는데……."

"팬케이크는 먹어본 적도 없었는데……."

하급 귀족은 못 먹는 건가? 달걀이 비싸서 그런가?

"맛있어! 이거 엄청 맛있어!"

"정말이군. 왕도에서 먹어본 것보다도 맛있고, 2중으로 만들어 사이에 얇게 썬 과일을 끼워 넣은 모양이다."

"위에 하얀 건 어떻게 만들었을까? 이것만이라도 기념품으로 싸가고 싶어."

"달콤하고 맛있군. 구를리안 시의 명과와 조합하면 더욱 맛있는 과자를 만들 수 있겠다."

호평을 받으니 다행이군.

남성기사가 말한 명과는 나도 꼭 먹어보고 싶네.

나는 공작령 예정 메모에 「구를리안 시에서 명과를 먹는다」라고 추가했다.

만찬은 초대객들의 만족스런 한숨과 갖가지 찬사를 받으며 끝났다.

이 다음에 무노 남작의 권유로 남자들끼리 살롱에서 담화라는 명목의 술자리가 열렸고, 여자들은 남작가문 장녀 소르나 양의 권유로 응접실에서 다과회를 가졌다.

살롱은 1시간쯤 지나자 혼돈에 빠졌다.

"—펜드래건 경! 귀공은 우리 로이드 가문을 섬겨야 마땅하다!"

"어허, 이파사 경. 우리 무노 남작령의 제3위 귀족을 빼내려하다니, 나 『철혈』 나나가 눈을 뜨고 있는 동안에는 결코 용납하지 않겠네."

내가 제3위인 건 작위를 가진 귀족이 영지 안에 세 명밖에 없는 탓이지만 말이죠.

집안이 식도락 일가라는 이파사 경이 가신이 되라고 꼬드기는 게 이걸로 네 번째. 니나 여사가 난입한 뒤로는 세 번째다.

적당히 웃으면서 두 사람의 대화를 듣고 있는데 뒷자리에서 누가 어깨를 당겼다.

"펜드래건 경, 듣고 있는가?"

"네, 물론 듣고 있죠."

"마족과 싸우는 것은 생에 한 번 있을까 말까 한 일이야……. 귀공은 그 행운을 얻었고, 나는 얻지 못했다. 귀공과 나의 차이는 그것뿐일세. 알겠나?"

아니, 그런 행운은 평생 필요 없어요.

필요하시다면야 예쁘게 포장해서 선물하고 싶을 정도라니까요.

하지만 입으로는 다른 말을 했다. 나도 참 일본인답게 분위기를 읽는다.

"그럼요. 맞는 말씀입니다."

"아니, 귀공은 모르고 있네―."

"케온 경, 너무 마셨네."

"펜드래건 사작은 이쪽으로―."

신전기사 두 사람이 케온 경을 막으며 날 구해줬다.

젊은 신전기사 뭐시기 경이 나를 데리고, 방의 한 구석에서 잘생긴 문관과 용사에 대해 토론하고 있는 무노 남작 있는 곳으로 피난시켜주었다.

"―에 기록된 것을 보면, 왕조 야마토 님은 퇴위 뒤에도 미츠쿠니 공작 신분으로 각 영지의 부정을 폭로하면서 세상을 바로잡는 여행을 계속하셨단 설이 있다는 건 알고 계십니까?"

"그럼. 알고 있다마다."

"오오! 역시 용사 연구의 제1인자! 평민밖에 모르는 이야기를 알고 계시다니!"

"쑥스럽구려. 하지만 세간에서는 왕조 야마토 님이 미궁 하층에서 『주검의 왕』이나 『흡혈귀의 진조』를 제압하고, 마지막에는 『귀인(鬼人)족의 왕』과 싸워 목숨을 잃었다는 이야기 『세리빌라의 심원』이 너무 유명하여 그 세상을 바로잡는 이야기는 평민들밖에 모른다는 것이 분하다오."

"귀족이나 기사들은 손에 땀을 쥐는 싸움 이야기를 좋아하니까요."

……어디까지 실화인지는 모르겠지만 왕조 야마토는 상당히 파란만장한 인생을 살았다 보다.

나는 두 사람의 이야기가 끊어진 타이밍에 말을 걸었다.

"저도 이야기를 들을 수 있을까요?"

"어이쿠야. 무노 시 방어전의 영웅 나리가 들어주신다면 황송하옵나이다."

잘생긴 문관은 술이 약한지 말투가 이상해졌다.

―그리고 누가 영웅이라는 거야?

"왕조 야마토 님 이야기라면, 남작 각하와 토론을 벌일 수 있다고 자부합니다. 뭐든지 물어 보시죠."

아니, 질문이 있는 게 아니라 용사 이야기를 재미 있게 듣고 싶은 것뿐인데요.

아이들처럼 가슴을 펴는 잘생긴 문관에게 그게 아니라고 말하기도 뭣해서 적당히 질문해 봤다.

"왕조 야마토 님이 싸운 마왕은 어떤 상대였나요?"

"『황금의 저왕(猪王)』이군요."

—황금?

하급 마족이 말했던「황금의 폐하」를 말하는 건가?

부활이라고 했으니까 과거에 출현한 마왕이 되살아날 가능성을 고려하면서 잘 들어야겠네.

"황금으로 빛나는 몸은 성검조차 튕겨내고, 두 손에 든 유엽도(柳葉刀)는 용사를 둘이나 해쳤다는 이야기가 전해지는 마왕 중의 마왕입니다. 왕조 야마토 님조차 두 번 패퇴하고 세 번째에 천룡의 협력을 얻어서 간신히 이겼다는, 최강이라 불리는 마왕이옵지요."

잘생긴 신관이 물 만난 물고기처럼 술술 말했다.

주정뱅이의 이야기가 얼마나 정확할 지 알 수 없지만, 지금 이야기를 들어보면 용사가 세 명이나 있었다는 건데…….

성검도 튕겨낸다면 무적상태 아냐?

"흠. 그 견해에는 이견이 있네. 최강이라고 하면 신화 시대에 전세계의 신전을 부수고 다닌 『구두(狗頭)의 마왕』. 혹은 파리온 신이 용신에게 용사소환을 부탁한 『고블린의 마왕』이 아니겠는가?"

"『고블린의 마왕』은 엘프들의 광주(光舟)마저 침몰시키고, 신들조차 제거하지 못했던 대마왕. 그건 이해합니다. 그러나! 『구두』에는 이견이 있사옵니다."

"그러나, 각 신전의 성전에서 신의 적이라고 기록했을 정도가 아닌가?"

"그렇지요. 강하다는 점에는 이견이 없습니다. 그러나, 그 『구두』는 마왕이 아니라 마신의 권속. 그러니, 『구두의 사신』이라고 불러야 할 존재라고 소관은 생각하고 있사옵니다."

점점 더 혀가 꼬이는 잘생긴 문관이 머리를 휘청거리며 말했다.

그렇게 괜히 강해 보이는 적의 정보는 필요 없어요.

이상한 플래그가 생기면 차례차례로 부활할 것 같아서 무섭단 말이죠.

특히 「구두」 씨는 절대 만나기 싫은데요!

화제를 바꿔야겠다—.

"왕조 야마토 님은 어느 정도 레벨이었는지 남은 기록이 있나요?"

"여러 설이 있습니다만, 아까 말한 『세리빌라의 심원』에서는 레벨 89라는 초인적인 계위까지 올라가셨다고 합니다."

"하지만, 역대 용사 중에서 레벨 70을 넘은 자가 거의 없는 이상—."

"무노 남작씩이나 되는 분이, 사가 제국의 초대용사가 레벨 88이었으니 그것에 대항하여 나중에 시가왕국이 날조했다는

설을 지지하시는 겁니까?!"

국가들끼리 허영을 부리는 건 이세계에서도 마찬가지군.

두 사람의 대화가 과열되기에 타이밍을 봐서 다른 화제를 던졌다.

"왕조 야마토 님의 성검 이야기를 듣고 싶군요."

"왕조님이 만드셨다는 성검 쥴라혼 말입니까?"

왕조가 만들었다라……. 재주가 너무 많아서 거짓말 같은 사람이군.

내가 가진 성검의 레시피 출처가 왕조일 가능성이 나온 것 같기도 하네.

"아니면, 파리온 신이 내리신『신이 내린 성검』말입니까?"

"후자를 부탁 드립니다."

"실은 왕조 야마토 님이 사가 제국에서 용사로 소환됐을 때 일화가 몇 가지 있습니다만, 그때 가지고 있던 성검이 듀란달인지 클라우 솔라스인지 몇 가지 설이 있습니다……."

성검 듀란달은 내 스토리지 안에 들어 있는데 말이지.

"왕조 님이 마왕과 싸울 때 쓴 성검 이야기를 들을 수 있을까요?"

"그렇다면 성검 클라우 솔라스로군요!『춤추어라 클라우 솔라스, 열세 장의 칼날이 되어 천공을 날아라』라는 유명한 구절이 있습니다만—."

호밍 기능, 분신 기능, 신축 기능까지 있는 신빙성 낮은 터무니없는 이야기가 잔뜩 달린 성검 이야기로 시작하여 왕조의 여러 가지 일화까지, 잘생긴 문관이 취해서 쓰러질 때까지 즐거운 이야기가 이어졌다.

지금이라면 용사 야마토의 대모험을 책 한 권으로 정리할 수도 있을 것 같다.

◆

만찬 날부터 나흘이 지나고, 세라 양 일행의 귀환에 맞추어 우리도 무노 남작령을 떠나게 되었다.

세라 양 일행은 이미 출발했고, 우리 마차는 마지막에 출발이었다.

그리고 우리만 세라 양 일행과 동행하는 것이 아니라, 카리나 양과 그녀의 시종들도 함께 가게 되었다.

카리나 양은 무노 남작령에서 일어난 마족 소동의 전말을 적은 서신을 국왕에게 건네는 사자로서 공도를 경유하여 왕도에 가게 되었다.

무노 남작령에는 국왕에게 보낼 사자에 걸맞은 작위를 가진 사람이 무노 남작 본인과 니나 여사밖에 없는데, 현재 상황에서 둘 다 영지를 비울 수는 없었다.

때문에 차선책으로 남작 영애 둘 중 하나를 보내게 됐고, 최종적으로 카리나 양이 가게 되었다.

시티 코어
도시 핵 통신으로 이미 보고를 끝내긴 했지만, 영주의 대리인이 직접 가는 것이 국왕에 대한 예의라고 한다.

생각에 빠져 있는데 마부석에 있던 루루가 말을 걸었다.

"주인님, 이제 곧 출발입니다."

루루 말처럼 무노 성 주차장에 있던 마차의 수가 줄었다. 이제 곧 출발할 순서였다.

"사토 군. 가는 길에 부디 카리나를 잘 부탁하네."

나는 걱정 많은 무노 남작에게 웃으며 대답했다.

"네. 보르에하르트 시로 가는 분기점까지겠지만, 맡겨 주세요."

보르에하르트 시는 오유고크 공작령에 있는 드워프들의 자치령이었다.

나는 판타지 세계에서 유명한 드워프를 아직 못 만나본 탓에 보르에하르트 시를 방문하는 것에 큰 기대를 품고 있었다.

"카리나 님을 마중한 다음 돌아와도 되네만?"

"그럴 수는 없습니다. 미아를 보르에난 숲까지 바래다줘야 하니까요."

니나 여사가 진심처럼 농담을 하기에 가볍게 대답했다.

그녀는 유력귀족들에게 보내는 소개장을 몇 장이나 써줬다. 그 밖에도 그녀가 배달을 부탁한 서한을 몇 통 맡았다.

"아리사만이라도 두고 갔으면 좋겠군. 걔가 없으면 내 일이 배로 늘어 버리거든."

"안돼요~. 나는 달링 곁이 아니면 살아갈 수가 없는걸."

어느샌가 나타난 아리사가 니나 여사의 불평에 대답했다.

누가 달링이냐고 항의하고 싶었지만, 아리사의 망언은 늘 있는 일이라 가볍게 흘려들었다.

태클을 기다리는 듯 이쪽을 슬쩍 엿보는 아리사는 나중에 상대해줘야지.

그보다도 아까부터 서서히 다가오는 메이드들이 무섭다.

다들 손을 가슴 앞에서 맞잡고 울먹거리며 이쪽을 보고 있었다.

―어~라?

분명히 딱히 손댄 애도 없는데 버려진 강아지 같은 분위기잖아……?

"사작님, 가지 마세요……."

붉은 머리의 슬렌더한 메이드 하나가 앞으로 쓱 나서더니 외치면서 안겨 들었다.

―아깝군. 조금 더 볼륨이 있었으면 좋았을 텐데…….

그녀를 시작으로 다른 메이드들도 차례차례 매달려서 나를 붙잡았다.

개중에는 안겨 든 기세 그대로 볼이나 이마에 키스하는 애도 있었다. 내가 유녀취향이었다면 크게 감격했겠지.

그건 그렇고 로리 체형 메이드들이 너무 빨라서 보디라인이 근사한 어른 메이드들이랑 맞닿을 기회를 놓치고 말았다.

"헤죽거리지마."

뒤에서 아리사랑 미아가 킥을 했지만 무시했다.

"사작님, 계속 있어 주세요!"

"그래요! 사작님이 가시면 누가 크레이프를 만들어 주나요?"

"크레이프보다 튀김을 한 번 더!"

"차라리 장가들어서 매일 밥해주세요!"

"타마라도 놓고 가세요!"

"무슨 소리야! 포치가 귀엽지."

"미아 님의 곡을 못 듣는 건 싫어요오."

근데 붙드는 이유의 절반 이상이 먹을 거로군……. 음식으로 길들일 생각은 없었는데, 생각보다 그녀들의 위장을 사로잡아 버린 모양이다.

—어라?

두 다리에 익숙한 감촉이 있기에 내려다보니— 타마랑 포치였다.

내 다리에 매달려서 뭘 하려고?

둘은 눈빛을 반짝거리면서 똘망하게 올려다보고 있었다. 다들 매달려 있으니 무슨 새로운 놀이라고 생각하는 건가?

메이드장이 손뼉을 쳐서 메이드들에게 주의를 주었다.

"여러분! 아쉬운 건 이해하지만 사작님이 곤란하십니다."

"그래. 식당에 사작님이 구워둔 파운드 케이크가 있다. 오늘 아침 일이 끝난 순서대로 먹으러 와라."

게르트 요리장이 한 마디 보태자, 메이드들이 썰물처럼 뒤로 물러났다.

—좀 쓸쓸하네.

"아침 아직이지? 사작님 실력은 못 당하지만 괜찮으면 드시우."

"고맙습니다. 잘 먹을게요."

게르트 요리장에게 받은 도시락을 마부석의 루루에게 건넸다.

"이제 곧 출발이군? 여행에 질리거든 돌아오게나."

"미궁 도시에서 1, 2년 수행한 다음에 한 번 돌아올게요."

니나 여사의 말에 고개를 끄덕이고 마차에 올라탔다.

"타마와 포치를 부디 잘 부탁하네."

무노 남작은 딸을 시집보내는 분위기로 말했다. 친딸보다 힘이 들어갔는데요.

머무르는 동안 타마랑 포치를 손주처럼 귀여워했으니 헤어지기 힘든 것도 무리가 아니군.

"네, 맡겨만 주세요."

걱정스런 표정의 무노 남작에게 힘차게 대답했다.

"괜찮아~."

"포치는 어디서든 건강한 거예요!"

소르나 양에게 과자가 든 작은 꾸러미를 받고 있던 타마랑 포치가 무노 남작을 돌아보며 활기차게 대답했다.

타마랑 포치를 마차에 태우고, 둘과 함께 창에서 얼굴을 내민 채 마중 나온 사람들에게 손을 흔들었다.

무노 남작 뒤에는 메이드 말고도 성의 사용인들이나 보호한 아이들과 노인들, 수십 명의 사람들이 모두 나와서 배웅해 주었다.

물론 소르나 양과 전직 가짜 용사 하우토, 그리고 조틀 경을 비롯한 병사들도 나와 있었다.

리자와 나나가 말을 탄 채 선도하고, 우리가 탄 마차도 무노 성을 출발했다.

우리는 생각보다 편안했던 무노 시에 작별을 고하고, 오유고크 공작령으로 떠났다.

드워프 마을

"사토입니다. 어렸을 때 읽은 그림책에 나온 난쟁이들이 종류가 있다는 것을 중학교 때 알았습니다. 그 책에 『드워프 여성은 수염이 있다』라고 써 있는 걸 보고 깜짝 놀랐었죠."

무노 시를 출발한지 닷새. 우리는 드디어 보르에하르트 시로 빠지는 갈림길에 도착했다.

인원이 많은데다가 영지 경계의 산악지대가 준험한 탓에 생각보다 시간이 걸렸다.

여행을 하면서 마물들의 습격을 몇 번 받았지만, 우리가 나서기도 전에, 동행했던 기사와 병사들이 처리해줘서 전투는 한 번도 없었다.

"그러면 저희는 이만……. 공도에서 다시 만날 날을 기대하겠습니다."

"네, 공도에 오시면 부디 테니온 신전을 방문해 주세요."

갈림길에서 세라 양 일행과 작별— 아니, 재회를 약속했다.

"사, 사……, —펜드래건 경. 역시 공도까지 함께 가줄 수는 없나요?"

카리나 양은 버려진 아기 고양이 같은 눈으로 애원했다.

여전히 내 퍼스트 네임은 부끄러워서 못 부르는군.

"죄송합니다, 카리나 님. 저는 보르에하르트 시에 니나 님의 서한을 전하는 역할을 맡았습니다."

나는 무표정 스킬의 도움을 받아 표정이 느슨해지지 않도록 주의하면서 카리나 양의 뜻에 따르지 못하는 것을 사과했다.

보르에하르트 시에서 드워프를 만나고 싶으니까 같이 못 간다고는 못 하잖아.

"우후후, 펜드래건 경과 카리나 님은 사이가 좋으시군요."

무녀라고 해도 여자다. 뜻밖에 세라 양도 연애 이야기를 좋아하는지 즐거운 표정으로 우리를 바라보았다.

괜한 오해지만 굳이 정정하지 않는 편이 오히려—.

"저, 저와 이 분은 그러한, 과, 관계가 아니랍니다!"

카리나 양이 필사적으로 부정하자 세라 양이 더욱 짙게 웃었다.

"그렇게 부정하면 상대에게 실례가 됩니다."

……어쩔 수 없지. 도와주자.

"세라 님, 카리나 님은 순진하신 분이니 그쯤 해주시죠."

"우후후, 그렇군요."

세라 양이 내 말을 쉽사리 수락하더니 이야기를 본래 방향으로 되돌렸다.

"저희는 대하를 따라 나아가 구를리안 시에서 며칠 사람을 기다릴 테니, 펜드래건 경의 용건이 짧게 끝나면 그곳에서 합류할 수 있을지도 모르겠군요."

"그러면 기대에 부응할 수 있도록 말들이 힘을 내줘야겠군요."

여정을 생각하면 틀림없이 무리겠지만, 인사치레로 대답을 해뒀다.

나는 말들에게 무리를 시킬 생각이 전혀 없거든.

가도를 오래 막고 있을 수 없으니 우리는 세라 양 일행과 헤어져 보르에하르트 자치령을 향해 출발했다.

우리가 탄 새로운 마차는 상자형태의 4두마차였다.

끄는 말은 늘어났지만 마차 본체는 가벼워진 덕분에 전보다 속력이나 지구력이 늘어나 하루의 도달 거리가 30퍼센트나 늘었다.

무노 남작령을 여행하다가 발견한 흙 광석을 사용해서 자작한 척력판으로 충격흡수 기구를 만들고, 새로 구한 부드러운 쿠션을 사용한 덕분에 여행이 더욱 쾌적해졌다.

그 밖에도 좌석을 변형시켜서 침대로 변신하는 기믹도 넣었다.

또한 마차와 동반하는 기마 두 마리에 리자와 나나가 갑옷을 장비한 상태로 언제나 타고 있었다.

이건 도적을 쫓아내기 위해서였다. 출발하기 전에 자작 행글라이더로 오유고크 공작령을 조사해 보니 도적단이 적지 않았다. 그래서 취한 방법이었다.

쓰러뜨리는 건 간단하지만 마물과 달리 뒷처리가 귀찮으니까 가능한 한 엮이고 싶지 않았다.

나는 마차 안에서 마부석으로 이어지는 문을 열고 루루에게 말을 걸었다.

"루루, 마부 교대하마."

"안돼요. 주인님께선 귀족이 되셨으니까 마부는 사용인인 저한테 맡기셔야죠."

아직 세라 양 일행과 함께 다니는 병사들이 저 뒤에 보였다.

딱히 누가 봐도 상관없을 것 같았지만, 루루가 즐거워 보이니 포기하기로 했다.

"그래. 하지만 옆에 앉는 건 상관없지?"

"네, 물론이죠!"

루루가 옆으로 비껴 앉더니 빈 공간을 툭툭 두드렸다. 귀여워라.

나는 루루에게 인사를 하고 옆에 앉아서 주위를 둘러보았다.

오유고크 공작령은 봄의 조짐이 보이기 시작한 참인지 신록이 싹트고 있었다.

이 세계는 계절의 변화가 도시 핵을 이용한 의식마법에 영향을 받기 때문에 일본의 상식이 얼마나 통하는지 알 수 없었다.

하지만 추위에 떨지 않고 마차를 몰 수 있으니 환영할 일이다.

"시시덕거리는 놈은 여기 있느냐~."

내가 루루 옆에 앉는 걸 예측이라도 한 듯, 아리사가 국어책 읽듯이 항의하며 내 허리를 끌어안았다.

게다가 굳이 루루와 나 사이로 얼굴을 들이밀었다.

루루가 웃으면서 아리사의 머리를 쓰다듬었다.

"아리사도 참. 질투쟁이구나."

그러자 타마랑 포치가 아리사를 짓누르듯 올라탔다.

"으엑."

"시시덕~?"

"금지인 거예요."

타마랑 포치도 오랜만에 우리들끼리만 있는 게 기쁜가 보군.

"금지."

어느샌가 나나와 함께 말을 타고 있던 미아가 볼을 빵빵하게 부풀리면서 내 어깨를 긴 지팡이로 가볍게 찔렀다.

그때 나나가 말 위에서 앞을 가리키며 내 주의를 촉구했다.

"마스터, 전방을 봐주십시오라고 제안합니다."

전방을 보자 약간 앞서 가던 리자가 말에서 내려 길 옆에 있는 갈색 덩어리 옆에 쪼그려 앉아 있었다.

AR표시를 보니 갈색 덩어리는 멧돼지였다.

아마도 리자를 공격했다가 역습당해서 쓰러졌을 것이다.

"오늘 저녁은 멧돼지 전골 먹자."

"와~아, 멧돼지 전골!"

"해체는 맡기는 거예요!"

나는 맵을 열어 가까운 곳에 물가가 없는지 확인했다.

"리자, 조금 더 가면 마을이 있으니까 거기서 물을 좀 쓰자."

"네, 주인님!"

격납 가방에서 멧돼지 운반용으로 쓸 긴 봉과 로프를 꺼내 리자에게 주었다.

이 격납 가방은 겉으로 보이는 것보다 커다란 물건을 수납할 수 있는 마법의 가방이다.

얼마 전에 이 격납 가방의 열화판을 얻었는데, 그건 리자의 말

안장에 넣어두었다. 주로 리자의 마창을 수납하는 용도로 쓴다.

그날 밤에 물을 빌려 쓴 마을에 멧돼지 고기를 대접하고는 마을 광장에 마차를 세워 숙박했다.

내가 귀족인 것을 안 촌장이 자택에 재우려고 했지만 다 함께 실례하기가 미안해서 사양했다.

◆

마을에 묵은 다다음 날, 무노 시를 출발한지 이레째. 우리는 보르에하르트 자치령에 도착했다.

이 자치령은 오유고크 공작령 맵의 공백지대였다. 오랜만에 「모든 맵 탐사」 마법을 써서 정보를 얻었다.

드워프라고 하면 지하 갱도에 사는 이미지가 있었는데, 모든 맵 탐사로 확인한 정보를 보니 반 정도는 평범하게 지상의 성채 도시에 살고 있었다. 나머지 반은 내 이미지처럼 도시 옆에 있는 광산 안에 살고 있었다.

이 드워프 자치령은 그리 넓지 않았다. 산 몇 개를 포함해서 직경 20킬로미터쯤 된다.

보르에하르트 자치령 안에는 도시가 하나에 마을이 잔뜩 있었다. 도시의 인구비율은 드워프가 60퍼센트, 쥐 수인족이 20퍼센트, 토끼 수인족이 10퍼센트, 나머지 10퍼센트가 인간족이나 잡다한 아인종 들이었다.

다른 도시랑 달리 노예나 농노는 거의 없었다.

맵 검색으로 걸린 몇 안 되는 노예는 바깥에서 방문한 상인들이 소유한 자들이었다. 상인은 인간족과 족제비 수인족밖에 없었고, 인간족이 더 많았다.

드워프 말고 다른 요정족은 노움과 스프리건만 소수 있었고, 엘프는 없었다. 역시 판타지의 정석대로 사이가 나쁜가?

그런 생각을 하면서 맵 검색 조건을 바꿨다.

레벨로 검색하니 레벨 40을 넘는 강자가 10명 이상 있었다. 모두 드워프였다. 가장 레벨이 높은 것은 도하루라는 늙은 드워프였다. 그는 레벨이 51이나 되었다.

드워프 전체의 평균 레벨은 7쯤 되니까 이 사람들은 몇 안 되는 예외일 것이다.

덤으로 확인했는데 오유고크 공작령과 마찬가지로 마족이나 전이자, 전생자로 추정되는 존재는 없었다.

그리고 이 자치령에는 마왕 신봉자 집단 「자유의 날개」가 없었다. 여기서는 평범하게 관광을 즐길 수 있겠네.

맵 검색을 하는 동안 식물 종류가 조금 바뀌었다. 키가 큰 수목이 줄어들고 관목이나 적갈색으로 변색된 수풀이 늘었다.

"광물독의 영향일까?"

아리사가 창밖을 보면서 중얼거렸다.

"글쎄? 어떤가 몰라. 광산 근처는 가본 적이 없으니까 잘 모르겠네."

유감이지만 폐광산 구경은 한 적이 있어도 가동 중인 광산은 견학한 적이 없었다.

나 대신 미아가 아리사의 의문에 답했다.

"우웅? 정령."

미아가 입 앞에 가위표를 만들었다.

"정령 때문에 그래?"

"아냐. 정령 없어."

"정령이 없어서 마른 거야?"

"응."

미아가 만족스레 고개를 끄덕였다.

이거 참 판타지스런 이유로군.

"마소 부족."

미아가 추가한 말에 아리사가 고개를 끄덕였다.

그리고 이해했다는 표정으로 나에게 요청했다.

"—주인님, 해설해줘."

나는 아리사의 머리를 가볍게 수도로 내리친 다음 바라는 대로 해설해줬다.

"정령이란 건 마소를 자연계의 사물에 전달하는 역할을 한다더라. 마소가 식물에 어떤 영향을 주는지는 모르겠지만 부족하면 악영향이 있나 보네."

이런 정보는 「요람」 사건 때 얻은 토라자유야 씨의 자료에서 얻었다.

여기서 말하는 사물은 생물이나 비생물 같은 물체뿐 아니라 현상에도 작용한다고 쓰여 있었다. 바람의 흐름이나 기온의 변화 같은 물리현상을 말하는 거겠지.

"흐~음. 주인님은 정령 본 적 있어?"

아리사의 질문에 드라이어드의 앳된 모습이 뇌리를 스쳤다.

"드라이어드라면 전에 봤잖아. 걔도 나무정령이니까 정령의 일종 아냐?"

"아냐."

미아가 고개를 저으며 내 말을 부정했다.

"정령 아니야?"

"응."

미아가 고개를 끄덕였다.

어떻게 다른 건지는 모르겠지만 요정족인 미아가 그렇게 말했으니 틀림없겠지.

미아를 보르에난 숲에 데려다 줄 때 어른 엘프들에게 물어봐야겠네.

그런 생각을 하면서 아리사의 질문에 대답했다.

"드라이어드가 정령이 아니면 정령은 본 적 없네. 미아처럼 정령시 스킬이 없으면 못 보는 거 아닐까?"

아리사가 내 대답에 고개를 끄덕인 다음 몸을 돌려 미아를 보며 물었다.

"미아, 정령은 어떤 모습이야?"

"예뻐."

"그러면 모른다니까."

"우웅."

미아가 눈썹을 찌푸리며 생각에 잠겼다.

"빛나는 구슬. 둥실둥실. 살살."

한 마디로 끝낼 수 없었는지 미아치고는 드물게 많은 단어가 나왔다.

"흐~음, 한 번 보고 싶네."

"그러게 말이다."

아리사가 부러운 듯 중얼거리자 나도 동의했다.

얌전한 운디네나 자유로운 실프를 만나보고 싶단 말이지. 섹시한 누님 타입을 희망한다.

"우움."

"헤죽거리지마!"

아리사의 말에 무심코 얼굴을 손으로 가려 버렸다. 그러자 아리사가 「역시나」를 외치며 바람둥이 취급을 하더니 끌어 안겼다. —미아도 함께.

"바람둥이~?"

"둥이인 거예요!"

졸고 있던 타마랑 포치가 그 소리에 눈을 뜨더니, 아리사랑 미아를 따라 나한테 안겨 들고는 몸을 기어올랐다.

애들 머리를 적당히 쓰다듬며 달래주고 있는데 루루가 마부석 문으로 고개를 내밀어 이쪽 상황을 확인하더니 웃으며 말했다.

"사이좋네요."

그때 리자가 말을 몰아 다가오더니 조금 초조한 기색으로 말했다.

"주인님, 앞에 연기가 몇 줄기 보입니다."

맵으로 확인했지만 보르에하르트 시에 이상이 일어난 기색은 없었다.

"괜찮아. 저건 철을 제련하거나 할 때 나는 연기다."

"그, 그랬었군요. 흐트러져서 죄송합니다."

리자가 황송해하기에 신경 쓰지 말라고 한 뒤 애들을 의자에 앉히고 마부석으로 갔다.

조금 지나자 나무가 사라지고 돌이 드러난 흙이 보이는 황무지가 나왔다.

그 황무지 너머에 회색 민둥산이 있고, 그 산에 안기듯 세워진 성채도시가 있었다. 그리고 여러 개의 굴뚝에서 하얀 연기가 피어올랐다.

민둥산에 몇 개 있는 구멍에서도 굴뚝과 마찬가지로 연기가 나오고 있었다.

점심이 넘어서 도착했는데도 보르에하르트 시의 정문 앞에는 입장을 기다리는 줄이 있었다.

우리는 가장 뒤에 마차를 세우고 순서를 기다렸다.

아리사가 마부석에 앉은 내 몸을 기어 올라가 줄 너머를 보았다.

"스무 번 째 쯤 되나? 꽤 기다려야 되네."

"그러게."

가만 보니 같은 무늬 천막을 친 마차가 많았다. 어디 상단이 도착한 타이밍에 왔나 보네.

등 뒤에 기척이 느껴져 돌아보니, 타마랑 포치가 아리사를 부러운 듯 바라보고 있었다. 시간도 많으니 순서대로 목말을 태워주었다.

누가 옷자락을 꾹꾹 당기기에 돌아보니 미아도 순서를 기다리고 있었다.

"다음."

미아는 타마랑 포치와 달리 스커트라서 허리를 잡아 올려줬다.

"차별 반대."

미아도 목말을 타고 싶은가 보다.

"차별이 아니라 구별. 바지였으면 목말 태워주지."

"우웅."

미아가 볼을 부풀리고 마차 안으로 들어가더니 굳이 바지를 입고 왔다. 그래서 목말을 태워주었다.

"타마, 포치, 마차 뒤쪽에서 도난방지용 보초를 서세요."

마차 옆으로 다가온 리자가 마부석 위에서 주위를 두리번거리는 타마랑 포치에게 지시를 내렸다.

"아이아이 서(Aye aye, Sir)~."

"라져(Roger)인 거예요."

척 포즈를 취한 타마랑 포치가 마부석에서 뛰어내려 마차 뒤로 달려갔다.

지시를 끝낸 리자가 나를 돌아보았다.

"주인님. 이 도시에는 족제비 놈들이 출입한다고 합니다. 방심할 수 없는 놈들이니 조심하시길."

"응, 알았어. 고맙다, 리자."

리자의 마을을 멸망시킨 게 족제비 수인족이랬지 참······.

"나나."

내 어깨에서 내린 미아가 나나를 손짓해 불렀다.

"탈래."

"마스터, 말의 조작권을 미아에게 양도합니다. 허가를."

"좋아. 너무 멀리는 가지 마라."

"응."

나나 앞에 올라탄 미아가 고삐를 움직여 말을 정문 쪽으로 몰았다.

앞쪽이 어떤지 보러 가는 모양이네.

미아와 나나가 탄 말과 교대하듯이 장사꾼 여자들이 다가왔다.

"오빠야, 토란 필요 없냐해? 맛있다 이거."

이상한 말투의 족제비 수인족 여자가 찐 토란을 팔러 왔다. 토란 하나에 동화 1닢이었다. 시세 스킬로 보이는 가격의 3배였다.

"옵빠야, 그런 토란이 파는 토란보다 꼬치구이가 맛있다네. 보르에하르트의 암염이 듬뿍 들어갔다해. 하나에 동화 3닢이라네."

"나리야, 역시 고기라해. 광산 지하에 사는 돌기 개구리 통구이가 씹는 맛이 빼어나서 만족할 수 있다해."

선입견 때문인지 족제비 수인족 여자들 말이 수상쩍게 들렸다.

냄새는 나쁘지 않은데 돌기 개구리의 모양새가 식욕을 감퇴

시켜서 거절했다.

　마차 뒤에서 이쪽을 살피던 타마와 포치가 좀 아쉬워했지만 점심 먹은 지 얼마 안 됐다. 과식은 몸에 안 좋아.

　그 다음에 순서를 기다리는 동안 족제비 수인족 말고도 쥐 수인족이나 토끼 수인족 애들이 샌들이나 밧줄을 팔러 왔지만, 딱히 필요 없어서 시세만 확인하고 안 샀다.

　잠시 지나자 앞쪽에서 뭔가 사고 있던 나나와 미아가 돌아왔다.

　나나와 미아의 머리에는 꽃관이 올라가 있었다. 덤으로 미아가 입에 뭔가를 물고 있었다.

　"사토."

　미아가 물고 있던 길쭉한 줄기 같은 걸 내 입가에 내밀기에 입에 물어보았다.

　―달다.

　어쩐지 그리운 맛이다.

　어렸을 때 길가에 나 있던 진달래꽃을 꺾어 꿀을 빨아먹었던 게 떠올랐다.

　언제나 간식으로 먹는 사탕수수 같은 맛의 가시 감초 과육과 달리 이 줄기는 꽃의 꿀 같은 부드러운 단맛이 느껴졌다.

　"아~!"

　"지금 그거, 간접 키스야?! 잠깐, 다음은 나!"

　옆에서 루루가, 뒤에서 아리사가 비난했다.

　간접 키스라니, 중학생도 아니고― 아니, 루루는 그 정도 나이구나.

아리사가 손을 뻗었지만 미아가 줄기를 낚아채는 게 더 빨랐다. 그리곤 재빨리 입에 물고는 이쪽에 V사인을 보였다.

"우이익!"

아리사가 뒤에서 이를 가니까 도발은 하지마.

아, 루루까지 울상이네…….

마침 족제비 수인족 아이가 미아가 물고 있던 길쭉한 줄기를 팔러왔기에 사람 수대로 사서 나눠줬다.

어째선지 모든 줄기를 한 번씩 물게 됐지만, 신경 쓰지 않고 요청에 응해주었다.

"이야 마부 양반! 이 마차는 귀족님 건가?"

"어이 마부 양반! 아니면 상인인가?"

굵직한 목소리가 들려서 돌아봤는데 아무도 없었다.

"이쪽이야, 마부 양반."

"그래 그래, 이쪽이야."

시선을 아래로 내리자 신장 130센티미터 전후의 땅딸막한 드워프 두 사람이 있었다.

검은 광택이 나는 철제 삼각 투구에 체인메일, 손에는 도끼가 아니라 단창을 들고 있었다.

투구 아래쪽 얼굴은 작은 눈에 매부리코, 거의 배까지 기른 긴 수염― 그야말로 게임에서 자주 보는 드워프였다.

나는 내심 신이 난 걸 무표정 스킬의 도움을 받아 억누르고 마차에서 내려 그들의 질문에 답했다.

"처음 뵙겠습니다, 드워프 위병 양반. 저는 무노 남작령의 명예 사작 사토 펜드래건이라고 합니다."

내가 예의범절 스킬의 도움을 받아 인사를 하자 드워프 두 사람이 황급히 자기 가슴에 주먹을 대고 자세를 고쳤다.

"죄, 죄송하게 됐슴다. 귀족님 본인이었수?"

"마부석에 앉아 있다니 별난 귀족님이시우."

미묘한 말투의 두 사람에게 용건을 물었다.

"그런데 용건은 뭐죠?"

"귀족님이라면 줄 안 서도 된다고 말하러 왔지."

"귀족님이라면 줄 안 서도 되지."

드워프들의 선도를 받아서 행렬 옆으로 빠져 시내로 들어갔다.

보르에하르트 시뿐 아니라 다른 도시에서도 귀족은 우선적으로 들어갈 수 있다고 한다. 최하급인 명예 사작이라도 마찬가지였다.

안으로 들어갈 때 내 신분 확인만 하고 동료들은 전혀 확인하지 않았다. 마차 안도 가볍게 한 번 보더니 조사도 안 하고 입시세도 안 냈다.

이거 귀족은 마음만 먹으면 밀수도 마음껏 할 수 있겠는데.

◆

"처음 뵙겠습니다, 펜드래건 사작. 로틀 자작의 서한 분명히 받았습니다. 그 여걸은 건재합니까?"

"예. 활기차게 수하들을 부리고 계십니다. 괜찮다면 저는 사토라고 불러주세요."

나는 시청사를 방문해서 시장인 도리알 씨와 환담을 나누고 있었다.

다른 애들은 다른 방에서 쉬고 있지만 아리사만은 옆에 있었다. 니나 여사가 무슨 용건을 부탁했다고 한다.

아리사가 평소와는 딴판인 정중한 말씨로 도리알 씨에게 말했다.

"도리알 님. 서한에도 쓰여 있습니다만 무노 령에서 유학생을 받아주셨으면 합니다."

"로틀 자작께는 공도에서 유학하던 시절에 신세를 졌으니 한 해에 몇 명 정도야 받아들이죠."

도리알 씨가 서한을 열면서 대답했다. 이곳 자치령의 영주는 이 사람이 아니라 이 사람 아버지인 도하루 씨인데 멋대로 약속해도 되나?

내 분위기를 눈치 챘는지 도리알 씨가 말을 덧붙였다.

"괜찮습니다. 아버지는 중요한 안건이 아니면 저에게 맡겨 주시니까요."

괜찮구나. 그럼 다행이고.

하지만 기술 유출은 충분히 중요한 안건 아닌가? 「훔칠 수 있다면 훔쳐 봐라」라는 입장인가?

"서한에 사토 경도 대장장이 일을 하신다고 쓰였군요. 흥미가 있다면 공영공방이나 제련시설을 시찰하시겠습니까?"

오오, 이게 웬 떡!

"부탁드립니다!"

나는 마음속으로 니나 여사에게 감사의 말을 바쳤다. 나중에 인사 편지를 써야지.

"여기가 이 도시 최대의 용광로입니다."

눈앞에 높이 20미터쯤 되는 천정이 높은 건물이 있었다.

여기에는 나랑 도리알 씨, 그리고 그의 비서를 맡은 드워프 여성뿐이었다. 도리알 씨의 딸인 죠죠리 씨였다.

드워프 여성은 요즘 게임에 자주 나오는 합법 유녀 타입이 아니라 남자 드워프의 수염 없는 버전이었다.

참고로 아리사랑 다른 애들은 시내의 상업 구역으로 외출했다. 도리알 씨의 응답 서한을 무노 시에 전달해줄 상인을 찾는다고 했다.

죠죠리 씨가 묵직한 문을 열자 열기가 확 흘러나왔다.

건물 안은 공장처럼 커다란 방 하나였고 수많은 남자들이 일하고 있었다. 그들은 방의 중앙에 있는 구멍을 향해서 검은 덩어리를 넣고 있었다.

"저기가 용광로의 윗부분입니다."

—윗부분?

의문이 뇌리를 스쳤지만 맵을 확인하고서 금세 이해했다.

이 건물 지하에 용광로 본체가 있었다. 남자들이 넣고 있는 검은 덩어리는 연료와 철광석이었다.

"연료는 석회를 쓰나요?'

"저건 마핵과 석회를 이용해 연성한 연마회란 연료입니다. 보통 석회보다 화력이 강하고 마핵을 연료로 쓰는 마력로보다 운용비가 낮아요."

죠죠리 씨 설명을 들으면서 토라자유야 씨의 자료를 검색해 봤더니 연마회 레시피가 있었다. 뜻밖에 메이저한 연료일지도 모르겠군.

"여기는 너무 덥군. 설명은 저쪽에 가서 하죠."

도리알 씨의 제안에 따라 견학용 장소로 이동했다. 여기는 조금 더위가 덜했다. 도리알 씨 말로는 단열 마법이 걸려 있다고 한다.

여기서는 용광로의 전모를 볼 수 있었다.

이 방은 바닥이 중간쯤에서 수직으로 잘려 있고, 안쪽이 지하 60미터쯤 아래까지 내려가 있었다.

아래쪽에는 상반신을 드러낸 수많은 드워프와 수인들이 일하고 있었다.

때때로 새빨갛게 녹은 금속이 용광로에서 흘러나와 검은 지하 구역을 비추었다.

"대단한 시설이군요."

"네, 공작령에서 사용되는 철의 30퍼센트를 여기서 제련합니다."

내 감상은 인사치레가 아니었다. 쓰고 있는 기술은 다르지만 본래 세계에서 본 철공소에 뒤지지 않는 수준의 시설이었다.

"연기는 저쪽 관을 통과하면서 정화됩니다. 저 관 안쪽에는 물 광석과 바람 광석으로 연성한 촉매가 있어서 마력을 추가로 공급하지 않아도 연기 속의 그을음을 제거할 수 있죠."

그렇군. 마법 도구나 마법으로 정화하는 게 아니니까 운용비가 적게 드는 거구나.

<small>매직 아이템</small>

이어서 전환로^{#2}와 압연^{#3} 시설을 견학했다. 압정 시설은 마법 도구의 일종인지 거대한 마력로에 접속돼 있었다. 조작하는데도 마력이 필요한지, 마법사풍 로브를 입은 담당자 남성이 마력이 떨어지기 직전이라 비틀거리고 있었다.

"꽤 힘든 일이겠네요."

"네, 평소에는 사람이 더 많은데 노움들이 고향에 돌아가서 일손이 부족해요."

나는 죠죠리 씨의 설명에 맞장구를 치면서 일손이 부족하여 초과근무를 하고 있는 남자들에게 마음속으로 응원을 보냈다.

묵직한 발소리가 들리기에 돌아보니 신장 3미터가 약간 안 되는 소거인들이 완성된 철판과 강재를 나르고 있었다. AR표시를 보니 산수의 마을에서 만난 소거인들과 다른 씨족이었다.

<small>리틀 자이언트</small>

여러모로 안내를 받았지만, 지하 동굴 안에 있는 미스릴 관련 시설은 보여주지 않았다. 아마도 보르에하르트 시의 중요기밀이겠지.

기왕 이렇게 된 거 말이나 한 번 해볼 셈으로 도리알 씨에게

#2 **전환로** 철을 녹여 만든 선철로 강철로 만드는 용광로.
#3 **압연** 용광로에서 나온 철을 강재로 만드는 과정. 아직 달구어진 철을 롤러로 눌러 강도를 높이고 강재의 모양을 잡는다.

물어봤다.

"미스릴 관련 시설은 지하에 있나요?"

"자, 잘 아시는군요. 로틀 자작께 들으신 겁니까?"

"아뇨, 어쩐지 그런 생각이 들었습니다. 그리고 이 도시의 미스릴 제품이 근사하단 이야기를 들었죠. 가능하다면 견학을 해보고 싶어서요."

"그러셨군요……. 견학을 허가해드리고 싶습니다만, 지하 시설은 아버지의 허가가 필요합니다."

도리알 씨가 짧은 팔로 팔짱을 끼고서 얼굴을 찌푸렸다. 죠죠리 씨가 쩔쩔매는 도리알 씨를 보다 못해 조언했다.

"아버님, 할아버님에게 이야기를 해보면 어떨까요? 아무리 할아버님이라도 처음 만난 사람한테 갑자기 검을 만들어보라고 하지는 않으실 거예요."

죠죠리 씨, 그거 플래그란 겁니다.

◆

"그러면 검을 한 자루 만들어 봐라. 이야기는 그 다음이다."

―죠죠리 씨?

그녀를 돌아봤더니 시선을 슥 피했다.

높이가 1미터 반밖에 안 되는 좁은 지하 갱도를 따라서 도하루 노인의 작업장으로 나왔다. 방 안쪽에서 레벨이 높은 드워프들이 검을 만들고 있었다.

다들 솜씨가 대단했다. 모든 검이 공격력과 절삭력, 내구도 등의 수치가 시중에서 판매되는 물건보다 50퍼센트 이상 높았다.

그리고 그는 내 소개를 들은 다음에 방금 전 말을 한 것이다.

도하루 노인은 내가 허리에 찬 「보르에난의 고요한 방울」에 한순간 시선을 주었지만 딱히 아무 말도 안 했다. 엘프의 위광을 드러내는 「보르에난의 고요한 방울」도 그에게는 통하지 않았다.

"아버지. 사토 경은 로틀 자작의 지인—."

"오냐. 니나에게는 신세를 졌다만 그것과 이것은 다른 거다. 검을 만드는 걸 봐야 사람됨이 어떤지를 알 수가 있는 법이야. 다지울, 달군 미스릴 괴를 꺼내와라."

"옙, 스승님."

도리알 씨가 중재해 봤지만 도하루 노인은 거들떠도 안 보고 이야기를 진행했다.

다지울이라고 불린 근육이 울끈불끈한 회색 수염 드워프가 괴와 도구를 준비하여 자리를 양보해 주었다.

무노 시에 머무르는 동안 대장간에서 검 만드는 걸 견학해 봤으니 대강의 순서는 안다. 한 번 해보지 뭐. 대장장이 스킬이 MAX니까 어떻게든 될 거야.

빨갛게 달아오른 괴를 대장장이용 가위로 집어 모루에 놓고 뜻을 굳힌 뒤 망치로 두드렸다.

작은 불꽃과 함께 키잉 새된 소리가 방에 울려 퍼졌다.

—어라?

지금 무슨 위화감을 느꼈는데.

도하루 노인이 내가 머뭇거리는 걸 보더니 도구를 받아 똑같이 두들겨 보았다.

그리고 한 번 두들겨 보더니 다지울 씨를 불러서 그의 머리에 뻑 소리가 나도록 꿀밤을 먹였다.

"바보 자식아. 미스릴을 대체 몇 십 년 다루고 있냐. 녹여서 괴를 만드는 것부터가 일이라고 말 안했냐!"

"죄송합니다. 스승님."

잘은 모르겠지만 다지울 씨가 준비한 괴에 문제가 있었나 보다.

그 미약한 위화감은 그것 때문이었구나.

"좋아, 미스릴 로에 간다. 젊은 친구, 따라와라."

"네."

도하루 노인이 직접 안내해줄 모양이군. 검을 만들진 않았지만 합격점을 받은 건가?

뒤에서 도리알 씨와 죠죠리 씨도 따라왔다. 다지울 씨는 무슨 준비를 해야 한다며 한 발 먼저 가 버렸다.

어떤 용광로일지는 모르겠지만 기대되는군.

이윽고 나타난 미스릴 용광로는 바깥에 있는 철 용광로에 비해 확연하게 작았다. 대략 3분의 1 정도의 크기였다.

철 용광로와 달리 마력만으로 동작하는지 위에서는 미스릴 광석만 투입하고 있었다.

정지한 용광로는 붉은 금속— AR표시를 보니 열에 강한 히히이로카네란 금속이었다.

내 기억이 분명하다면 히히이로카네(日緋色金)는 일본 신화에 나오는 공상의 금속이었다.

전에 세류 백작령에서 봤던 돌 도리이 흔적도 그랬지만, 용사에서 유래된 것 말고도 문득문득 일본풍 테이스트가 섞여 있는 이유가 뭘까? 단순히 번역 스킬 때문인 것 같지는 않은데……

용광로 조작판 앞에서 다지울 씨가 드워프 몇 명에게 외치고 있었다.

하지만 드워프들은 다들 피로가 쌓였는지 땅바닥에 주저 앉으면서 다지울에게 상황을 설명했다.

"다지울 형님. 품질이 나쁜 마핵밖에 안 남아서 화력이 안 나옴다."

"좀더 등급이 높은 마핵이 없으면 마력로를 아무리 돌려도 소용없수."

"노움들이라도 있으면 비상용 마력 공급단자로 보충할 수 있는데 말이우."

연료의 질에 문제가 있나 보군.

한심스런 모습이었지만, 여기 있는 사람들은 모두 레벨 30이 넘는 강자들이었다. 모두 대장장이 스킬과 마법 스킬을 하나씩은 가지고 있었다.

"바보 자식들! 보르에하르트의 젊은이들이 징징거리면 쓰나!"

다지울이 한 소리 했다.

"근성을 보여 봐라! 다 함께 마력 공급단자로 마력을 싣는다!"

"다지울 형님?! 조, 좋아, 다들 해보자!"

"우리들만 해서 되려우?"

"쉬고 있는 자식들도 전부 다 불러와야지!"

인력으로 어떻게든 하려나 보네.

기사 한 사람이 마력로에 핑크색 마핵을 넣더니 가동을 시작했다.

다지울 씨가 호령하자 그를 포함하여 열 명쯤 되는 남자들이 마력 공급단자란 것을 붙잡고 마력을 주입하기 시작했다.

히히이로카네 로가 흐릿하게 주황색으로 빛나기 시작했다.

그러나 단위시간당 마력량이 부족한지 빛이 불안정하게 깜빡이기 시작했다.

"조금 부족한 모양이군. 나도 돕지."

"아버지가 한다면, 저도 돕지요."

도하루 노인과 도리알 씨도 도우러 갔다.

도리알 씨는 현장에서 도울 수 있는 게 기쁜지 팔을 걷어붙이며 웃고 있었다.

─마력이야 팔아도 될 정도로 남아도니까 나도 도우러 가야겠네.

"도하루 님, 저도 도울 수 있을까요?"

"비어 있는 단자를 써라!"

내가 도하루 노인에게 제안하자, 그가 즉시 허가해 주었다.

"─스, 스승님!"

다지울 씨와 드워프들이 믿을 수 없다는 표정으로 도하루 노인을 보고 있었다. 평소에는 관계자 말고는 못 만지나 본데…….

나는 다른 사람들에게 눈인사를 하고서 수정구에 달린 금속 단자를 만졌다.

"자식들아! 호흡을 맞춰봐라!"

"""『으랏차!』"""

도하루 노인과 다지울 씨가 교대로 「하이」, 「호」라고 외치며 리듬을 만들었다.

그 독특한 소리 때문에 힘이 빠질 뻔했지만 간신히 버텼다.

마음을 가다듬고 단자로 마력을 주입했다.

단자에서 느껴지는 미약한 마력의 변화에 맞춰 마력을 흘려 넣었다.

처음에는 용광로가 부서질까 경계하며 1포인트씩 넣었지만 아직 여유가 있었다.

아주 약간이지만 마력의 흐름이 막힌 걸 느꼈다. 아마도 마법 도구 조율 스킬 때문이겠지. 하는 김에 칭호를 「조율사」로 바꾸어 마력경로를 청소해둬야지.

"하이!"

드워프들이 흘려 넣는 마력을 뒤에서 밀어주듯 5포인트 마력을 더했다.

지금 그걸로 마력이 막혀 있는 부분을 대강 씻어 냈다.

깜빡이던 용광로의 주황색 빛이 안정됐다.

"호~!"

방금 전과 마찬가지로 이번에는 10포인트로 밀었다.

이번에는 마력을 주입하는 김에 마력의 경로가 미약하게 틀어져 있는 걸 교정했다.

응, 좋아졌네.

용광로의 주황색 빛이 늘었다.

"안정됐어요! 힘내요!"

죠죠리 씨의 성원에 드워프들의 눈이 반짝였다.

역시 어느 세계든 남자들은 미녀의 응원에 약한 법이군.

마력 공급을 몇 번 반복하니 임계수치를 넘어섰는지 용광로에서 새된 소리가 들리기 시작했다.

"지금이다! 미스릴 광석을 넣어라!"

"─예엡!"

도하루 노인의 지시에 따라 용광로 위에서 대기하던 드워프가 광석을 던져 넣었다.

"미스릴 용광로 가동 준비!"

"전원 섬광 방어!"

도하로 노인의 말에 다지울 씨가 응하더니 주위에 지시를 내렸다.

드워프들이 어디선가 꺼낸 차광성이 높은 고글 같은 걸 썼다.

─엥? 나 그런 거 없는데요?

"사토 씨, 여기요."

뒤에서 죠죠리 씨가 내 얼굴에 선글라스 같은 걸 장착해주었다.

"차광구예요. 눈이 상하니까 쓰고 있을 때도 용광로의 빛을 보면 안됩니다."

"고맙습니다."

죠죠리 씨에게 인사를 하는 동시에 도하루 노인이 용광로 가동을 선언했다.

"미스릴 용광로 가동!"

"예엡!"

드워프 한 사람이 마력공급단자를 놓더니 조작판을 주먹으로 호쾌하게 두들겼다.

용광로 주변의 주황색 빛이 아랫부분에 모이더니 차례차례 눈부신 빛의 고리가 되어 아래쪽에서 위쪽으로 리드미컬하게 올라갔다.

—예쁘다.

다음 순간에 눈이 멀었다.

무의식적으로 밝은 눈 스킬을 쓰고 있었는지, 차광구의 의미가 없을 정도로 과잉된 빛을 받아 망막이 타 버렸나 보다.

새까만 시야에 떠오른 메뉴를 조작하여 스테이터스를 확인하니 상태가 「맹목」이었다.

이걸 어쩌나 생각하고 있는데 시력이 돌아오기 시작했다.

자기 치유 스킬이 망막을 자동으로 회복시켰군. 참 편리하다.

〉「광량 조절」 스킬을 얻었다.
〉「빛 내성」 스킬을 얻었다.

감탄하는 동안에 로봇 같은 스킬을 얻었다. 다시 눈이 멀기 전에 스킬 포인트를 최대까지 분배해서 유효화했다.

데스마치에서 시작되는 이세계 광상곡
5권 발매 기념 초판한정 특별 부록
[NOT FOR SALE]
© Hiro Ainana, shri 2015 / KADOKAWA CORPORATION

적당한 광량이 된 미스릴 용광로를 보니, 도하루 노인이 질타하는 목소리가 들렸다.

"이놈들! 일은 아직 안 끝났다! 마력압을 유지해라!"

""예엡!""

빛에 눈길을 빼앗기고 있을 때가 아니군.

나도 드워프들에 맞추어 마력을 공급했다.

최종적으로 누적 300포인트 정도 마력을 주입했는데, 이 페이스라면 내 회복량이 더 위니까 몇 시간이라도 도울 수 있겠다.

물론 다른 드워프들은 상당히 무리를 했는지 과로로 차례차례 탈락했다.

최종적으로는 나하고 도하루 노인과 다지울 씨만 남았다.

"인간족 꼬마! 다시 봤다!"

다지울 씨가 크하하 웃으면서 두꺼운 손바닥으로 내 어깨를 퍽퍽 두들겼다.

내구 수치가 높으니 망정이지 보통 인간족이었으면 땅바닥에 납작하게 뻗었을 정도로 강하게 쳤다.

"수고하셨어요, 사토 씨. 목마르죠? 다지울 씨도 드세요."

죠죠리 씨가 내민 물을 들이켰다.

─목이 타오를 듯이 강한 주정과 코가 뻥 뚫리는 청량한 미주(米酒)의 향.

허를 찔려서 사레들릴 뻔 했지만 간신히 버텼다.

"─술인가요?"

"공도의 미주를 증류한 거예요. 화주처럼 취하진 않지만 땀을

85

흘린 다음에 마시면 몸에 좋죠."

알코올 도수가 높은 증류주를 스포츠 드링크 대신 마시다니…… 과연 드워프.

"다지울!"

"옙! 스승님!"

다지울 씨가 용광로 아랫부분의 버튼을 조작하자, 아랫부분에 달린 문이 열리더니 제련된 미스릴이 나왔다.

철처럼 녹은 금속이 아니라, 개당 5킬로그램쯤 되는 고형 괴가 20개 정도 나왔다.

괴다운 형태가 잡혀서 나오네. 중간에 거푸집이 있나 보다.

열이 식자 희미한 녹색 광택을 띠는 은색의 예쁜 괴가 완성됐다.

와르륵 소리가 들리기에 돌아보자, 용광로 측면에 있던 문이 열리며 뭔가 검은 덩어리가 빠져 나왔다. AR 표시를 보니 미스릴 찌꺼기였다.

—키잉.

금속음이 나서 돌아보니 도하루 노인이 작은 해머로 괴를 두드려 소리를 확인하고 있었다.

도하루 노인은 그의 기준을 통과한 괴 몇 개를 가리키더니 다지울 씨에게 작업장으로 가져오라고 지시했다.

"젊은 친구, 따라 와라. 한 모루를 치게 해주마."

"스승님! 인간족 꼬마한테는 무리입니다!"

"시끄럽다! 내가 정한 일에 참견하지 마라!"

도하루 노인과 한 모루를 치는 건 어지간히 힘든 일인가 보다.

"젊은 친구! 아침까지 잠은 다 잤다고 생각해라. 죠죠리, 고기다. 바질리스크 훈제가 있었지? 그걸 통째로 가져와라. 일단 배를 채워야지."

바질리스크 먹을 수 있는 거였어……? 전에 쓰러뜨렸을 때 고기에 독이 있기에 스토리지에 사장시켰는데. 독을 빼내고 먹는 방법이 있다면 맛에 따라 조리해보는 것도 좋겠네.

대장장이들의 식당으로 이동한 다음, 접시에 고깃덩어리를 올려서 돌아온 죠죠리 씨에게 우리 애들한테 전할 말과 식사 준비를 부탁했다.

오늘 밤은 시장 공저의 내빈용 저택에 묵을 예정이었으니 문제없겠지.

그리고 시간이 꽤 지난 지라, 도리알 씨는 죠죠리 씨를 남기고 시장 업무를 보러 돌아갔다.

◆

쿠웅. 거대한 철 덩어리가 바닥을 흔들었다.

"왜 그러나, 젊은 친구? 망치를 보고 겁먹었나?"

다지울 씨가 도발하듯 웃으며 대형 망치의 머리 부분을 아래로 두고 자루를 툭툭 두드렸다.

그가 가져온 대형 망치는 가볍게 1톤은 될 법한 묵직한 금속 덩어리였다.

AR표시를 보니 철과 미스릴 합금으로 만들었다.

현실과 동떨어진 투박함에 약간 기겁한 나에게 다지울 씨가 말했다.

"드워프라면 이 정도쯤이야 한 손으로 들 수 있다. 기합을 넣고 해봐!"

드워프 굉장하구만. 이걸 한 손으로—.

내가 마음속으로 감탄하고 있는데 다지울 씨가 실제로 그걸 한 손으로 들어올렸다.

내가 아니라 죠죠리 씨에게 보여주려고 하는 것 같지만 넘어가 주자. 괜한 말을 했다간 또 도하루 노인의 꿀밤을 먹을 것 같으니까.

나는 뜻을 굳히고 망치의 자루에 손을 댔다.

근력 수치가 한계를 넘은 덕분인지 간단히 들었지만 내 체중이 가벼운 탓에 균형 잡기가 어려웠다.

무의식중에 허리를 낮춰 보니 신기할 정도로 안정됐다.

무거운 걸 들었을 때 균형을 잡는 방법을 아는 것은 운반 스킬 덕분일지도 모르겠다.

내가 대형 망치 휘두르는 연습을 하는 동안 도하루 노인은 제자들이 가져온 항아리 내용물을 확인했다.

"조금 약하군. 더 강한 걸로 꺼내와라."

"스승님, 지금은 이것밖에 없슴다."

"없으면 간자에게 조합하라고 해."

"간자는 보르에헤임에서 큰일이 났다고 고향에 돌아갔슴다."

작업에 쓰는 약품이 도하루 노인의 기준에 못 미치나 보다.

게다가 약품 조합 담당자가 휴가중이라서 곤란한 모양이군.

레시피를 알면 대신 조합할 수 있는데 외부인에게 가르쳐주지는 않겠지.

"죠죠리! 누구든 좋으니 밖에 가서 연금술사를 데려 와라."

대충이시네―. 하지만 누구든지 좋다면 나서 봐야지.

"도하루 님, 누구든지 좋다면 제가 조합할까요?"

"응? 연금술도 할 줄 아나? 좋아, 맡기지."

도하루 노인의 결단에 다지울 씨를 비롯한 제자들이 동요했다.

나는 도하루 노인의 제자들 중 한 사람의 안내를 받아 한 구석에 있는 조합 공간으로 갔다.

"나는 조합을 옆에서 돕는 것밖에 못하는데―."

그의 설명에 따르면 소재가 든 항아리 놓인 순서가 섞는 순서고, 항아리 앞에 아무렇게나 놓인 식기가 각 재료의 계량기를 대신한다고 했다. 이것도 대강이네.

항아리 내용물은 알 수 없었지만, 감정 스킬이나 AR표시로 애널라이즈
다 나왔다.

마지막 마무리를 하는 연성판 설정도 고정돼 있어서 별 고생 없이 「드워프의 비약」 만들기를 마스터했다.

내가 만든 약을 확인한 도하루 노인이 묵직하게 고개를 끄덕였다.

"완성도가 좋다. 간자에게 휴가를 주고 교대를 시키고 싶군."

도하루 노인이 말하면 농담 같지가 않다니까.

그는 비약이 든 항아리를 한 손에 들고 공방 옆에 있는 방으로 들어갔다.

이쪽이 도하루 노인 전용 작업실이었다.

이 방에는 히히이로카네로 만든 소형 용해로 하나와 미스릴 합금으로 만든 모루가 있었다.

"■ 마맥접속."

도하루 노인이 주문을 외자 용해로에 주황색 불꽃이 켜졌다.

그가 주문을 욀 때 쓰고 있는 투구의 이마 부분이 빛났다. 아마 영주들이 쓰는 도시 핵의 힘을 이용한 모양이다.

제자 중 한 사람이 그의 옆에서 제련 용구를 늘어놓았다. 냉각용 물통에는 「드워프 물」이란 액체를 채웠다.

조금 신경 쓰여서 옆에 있던 다지울 씨에게 물어보았다.

"이 액체는 물인가요?"

"저건 냉각용 드워프 물이다. 기름 세 잔에 화주 한 잔을 섞은 거지. 미스릴도 술을 좋아하거든."

마지막에 농담을 덧붙이면서 간단히 레시피를 알려 주었다.

드워프 「물」이 아니라 드워프 「기름」 아닌가? 하고 태클을 걸고 싶었지만 이제 곧 내가 나설 차례라 괜한 말은 자중했다.

"스승님! 준비 끝났습니다."

"좋아, 간다."

도하루 노인과 한 모루를 치는 건 명예로운 일이라고 한다. 주위에 있는 드워프들이 질투의 시선을 보내서 따갑다.

불만이 있으면 도하루 노인한테 직접 말해 주세요.

질투의 시선은 내버려두고, 집중하자. 유명한 대장장이랑 함께 망치질을 해볼 기회는 두 번 다시 없을 지도 모르니까 즐겨야지.

◆

다음날 아침, 검이 완성됐다.

꿈에 나오지 않을까 싶을 정도로 망치질을 했다. 지금도 눈을 감으면 불똥이 비치는 것 같았다.

드워프의 비약은 용해로에서 미스릴을 가열할 때 썼다. 재료에 마핵 가루가 있었으니 드워프의 독자적인 마법 무기 제조법일지도 모른다. 마액을 사용하는 마검하고는 기술계통이 다른가 보다.

종반에는 도하루 노인의 마법 같은 정밀한 마무리 작업을 견학했을 뿐이지만 굉장한 공부가 됐다. 지금은 나도 명검을 만들 수 있겠다.

"용케 교대도 안하고 끝까지 해냈군. 진심으로 수행하고 싶다면 언제든지 와라. 너라면 금세 나를 넘어설 수 있을 게야."

도하루 노인이 내 등을 퍽 쳤다.

―으헉.

세류 시 미궁에서 싸운 상급 마족의 꼬리 공격만큼이나 아팠다.

상대를 봐가면서 해야지 안 그러면 사망자가 나오겠어요.

"나는 아직 할 일이 있어. 먼저 가서 밥이라도 먹고 와라."

말을 마친 도하루 노인은 완성된 검을 가시고 어디론가 가버렸다.

그가 다지울 씨를 데리고 밖으로 나가자, 다른 드워프들이 내 주위로 모여들었다.

"인간족 주제에 제법이잖아!"

"정말이지! 사실은 수염 안 난 드워프 아냐?"

"도하루 스승님 말고 저 망치를 아침까지 휘두르는 녀석이 있을 줄은 몰랐다."

"당신이라면 대환영이야, 언제든지 오라구!"

아침까지 도하루 노인의 지시에 따라 망치를 휘둘렀을 뿐인데 드워프 대장장이들에게 인정받았다.

그건 기쁜데 수염이 없는 건 괜한 참견이외다.

이 몸이 전과 마찬가지라면 앞으로 5, 6년 지나면 날 거다. ……아마도.

나는 콤플렉스를 떨쳐내고 다른 드워프들과 함께 아침 식사를 먹으러 식당에 갔다.

방 한구석에 잠들어 있던 죠죠리 씨를 발견하고는 그녀도 깨워서 함께 갔다.

고기와 술로 아침 식사를 하여 에너지 보급을 한 뒤 지하에 있는 광장으로 불려갔다.

그곳은 2층 높이로 뚫려 있어서 천정 높이가 5미터쯤 되었다.

"휘둘러 봐라."

나는 도하루 노인이 내민 검을 받았다. 아침까지 함께 만든 미스릴 검이었다.

도하루 노인은 검의 자루에 미끄럼 방지를 겸한 장식을 추가했나 보다.

완성된 검의 종류는 양날 바스타드 소드였다. 평범한 철검과 비교하면 무게가 70퍼센트밖에 안 된다. 들어보니 조금 더 가벼웠다.

가볍게 다루기는 쉽지만, 검은 중량이 위력에 직결되니 가벼움이 이점만은 아닐 것 같은데……

아마도 무슨 이유가 있겠지. 생각을 고쳐먹고 검을 휘둘러봤다.

균형이 절묘하다. 손에 착 달라붙는 듯 잘 맞았다.

가볍게 휘둘렀다.

느낌 좋은데?

이번에는 조금 더 빠르게 휘둘렀다.

싸구려 검은 공기저항 같은 게 느껴지는데, 이 검은 성검처럼 저항이 적었다.

응, 좋은 검이야.

"이번에는 마력을 담아 휘둘러 봐라."

나를 보고 있던 도하루 노인이 묵직한 목소리로 말했다.

레어 스킬 마인이 아니라 평범하게 마력을 담는 느낌으로 해봐야지.

검에 마력을 10포인트 정도 담아봤다.

─오오.

리자의 창만큼 마력이 잘 통한다. 과연 드워프 명장이 만든 검이었다.

아니면 미스릴 자체의 성능일까?

검의 표면에 파문 같은 녹색 선이 떠올랐다. 상질 미스릴 무기의 특징이라고 한다. 마력을 더욱 담자 파문 주변에서 리자의 마창처럼 붉은 빛이 흘러나왔다.

신기하게도 담은 마력이 늘어날수록 검이 무거워졌다. 처음에 10포인트 넣었을 때는 기분 탓인가 싶었지만 지금은 명백하게 무겁다.

검을 만들 때 마법회로^{서킷}를 형성한 기색이 없었으니까 미스릴 자체의 특성이겠지.

마력을 한계까지 담다가 부수면 미안하니까 50포인트 정도 담아보고 멈췄다.

이 상태에서는 비슷한 크기의 철검보다 두 배 정도 무겁다.

이 특성이 있으면 그 대형 망치도 지금보다 작게 만들 수 있지 않을까?

의문이 들어서 나중에 물어봤는데, 대형 망치를 미스릴로만 만들면 마력이 망치를 통해서 만들고 있는 미스릴에 악영향을 끼치기 때문에 합금제를 쓴다고 했다.

"흠. 소질이 좋군. 잠깐 겨뤄보지."

도하루 노인이 전투 도끼를 가지고 와서 전투 준비를 했다. 전투 도끼가 시야에 들어오자마자 위기 감지가 반응했다.

AR표시를 보니 무기 상태가 「저주」였다.

악취미로군. 저주 받은 무기를 애용하나 보다.

"그러면 간다!"

도하루 노인의 호쾌한 일격을 가벼운 스텝으로 피했다.

어설프게 받아냈다가 이제 막 완성된 검이 상하는 게 싫어서 그랬는데—.

"피하면 어쩌냐! 치고받는 정도로 상할 검을 만들었다고 나를 우롱할 셈이냐!"

—내 행동은 도하루 노인의 프라이드를 찔러 버렸다.

"실례했습니다. 그러면 가겠습니다."

나는 검에 마력을 흘리며 도하루 노인의 묵직한 참격을 받아 냈다.

"그래! 미스릴은 마력을 담을수록 강도가 늘어난다."

도하루 노인의 눈이 반짝거리며 열기를 뿜었다.

"싸우는 와중에도 마력 공급을 끊지 마라!"

도하루 노인의 싸움방식은 변화무쌍해서 마음을 놓을 수가 없었다.

칼날의 참격만 경계하고 있으면 자루 끝이 튀어 올라서 턱을 노린다.

전투 도끼 전체를 경계하면 박치기나 앞차기가 날아와서 검 하나로 받아내기가 참 어려웠다.

되도록 피하거나 흘리는데 전념했지만 몇 번인가 피하지 못 해 스치고 말았다.

내가 피하는 움직임이 더 빠르긴 한데, 뭐가 튀어나올지 모르는 다채로운 공격방법에 더해서 상기처럼 수를 읽어서 점점 피할 장소가 사라졌다. 역시 실전경험이 풍부하면 굉장하군.

최종적으로 도망칠 곳을 잃은 내가 패배하여 결판이 났다.

전투 도끼를 다지울 씨에게 건넨 도하루 노인이 이쪽으로 다가왔다. 그렇게 움직이고서는 숨결조차 흐트러지지 않았다.

그건 그렇고 도하루 노인 터프하네. 철야로 아침까지 작업을 하고서 반시간 동안 대련까지 하는 걸 보면 도저히 노인 같지 않았다.

"검을 보여 봐라."

도하루 노인에게 검을 건네자 그는 칼날을 확인한 다음에 몇 번 휘둘러서 뭔가를 확인했다.

"솜씨가 좋군. 이도 안 나갔고 검이 뒤틀리지도 않았다."

자화자찬인가 했는데 내 칼솜씨를 칭찬한 모양이다.

"캐물을 생각은 없지만 보이는 그대로의 나이가 아니군. 고작해야 10년 20년 살아서 이 정도 솜씨는 못 익힌다."

분명히 외모랑 나이가 다르긴 합니다.

되도록 레벨이 높다는 걸 들키지 않게 움직일 셈이었는데 다 간파 당했나 보다.

도하루 노인은 양손에 든 검을 말없이 바라본 다음에 뭔가 결심한 듯 영창하기 시작했다.

"후우. ■ ■ ^{네임 오더}명명.『요정검 토라자유야』."

―토라자유야?

아차. 까딱하면 얼굴에 드러낼 뻔했다. 무표정 스킬이 있어서 다행이군.

"도하루 님은 토라자유야 씨를 알고 계신가요?"

"그래, 너도 알고 있었군. 옛날 일이지만 나는 과거에 그 현자님을 섬긴 적이 있었다. 이건 내 생애 최고의 검이라 돌아가신 현자님의 이름을 딴 것이야."

이야기의 흐름을 보면 현자님이란 게 토라자유야 씨를 말하는 거군.

눈물을 흘리는 건 아니지만, 도하루 씨는 눈을 감고 침묵했다.

눈을 뜬 그는 말없이 요정검을 나에게 내밀었다. 기세에 밀려서 받아 버렸다.

"그건 네 협력이 있어서 만든 검이다. 네 실력이라면 그 검도 납득하겠지. 쓰도록 해라."

"─삼가 받들겠습니다."

내가 대답하자 도하루 노인이 참 시원스럽게 웃으며 외쳤다.

"오늘은 좋은 날이다! 실컷 마시자! 화주를 통째로 가져와라!"

도하루 노인이 으하하 웃으며 어깨동무를 했다. 그대로 드워프들이 준비한 돗자리 위에 앉게 되었다.

다지울 씨가 가져온 술통이 눈앞에 쿵 놓이자 술자리가 시작되었다.

밥그릇 같은 은잔에 미약하게 붉은색을 띠는 투명한 술을 따랐다.

"일단 한 잔 마셔라!"

"―그럼 마시겠습니다."

입에 머금어 봤더니 도수가 상당히 높았다. 그런 것치고 부드러워서 마시기 쉬웠다. 옛날에 오키나와에서 마신 아와모리 고주(古酒)[#4] 같은 느낌이었다.

어제 죠죠리 씨에게 받은 증류주와는 달리 나중에 뱃속에서부터 불이 솟는 듯 열이 느껴졌다.

"으하하하하핫! 잘 마시는군."

"아직 젊은데 화주를 생으로 마시다니 싹수가 있는 놈이야."

"전에 마신 자칭 검호란 인간족은 성대하게 사레가 들렸지."

드워프들도 도하루 노인을 둘러싸듯 앉아서 화주를 마시기 시작했다.

나도 그들이 권하는 대로 술을 마셨다. 화주가 참 맛있긴 했지만 안주가 있으면 좋겠는데…….

이 몸은 높은 능력치 덕분에 술에 취하기도 어렵고 취해도 금세 깨지만, 역시 맛있는 술은 맛있는 요리가 있어야 한다.

내 속마음이 들리지도 않았을 텐데 드워프 여성들이 대량의 훈제 고기 슬라이스와 대강 잘라낸 치즈를 접시에 담아 가지고 왔다.

그 밖에도 너츠류나 말린 생선을 찢은 포 등 그야말로 술에 맞을 법한 것들이 이것저것 들어왔다.

거기에 지지 않으려는 듯 대장장이가 아닌 드워프 남자들이

#4 아와모리 고주 일본에서 쓰이는 쌀로 만든 증류주. 3년 이상 저장하여 숙성시킨 것을 고주라고 한다.

대량의 술통을 가지고 왔다. 반은 에일이고, 나머지 반은 화주였다.

"오오! 맛있겠군!"

"달려들지마! 이제 곧 구이들이 올 거야!"

남자 드워프들이 요리에 달려들자 여자 드워프들이 나무랐다.

"주인님! 얘들아, 저기 있어!"

아리사의 활기찬 목소리가 들려서 돌아보니 우리 애들이 연회장에 들어오고 있었다.

"주인님~?"

"겨우 만난 거예요!"

"사토."

하루 만에 만난 거라 아이들이 나한테 달려들었다.

좀 쓸쓸했나 보군.

"마스터, 시장에게 연회에 초대를 받았다고 보고합니다."

"그래. 나중에 도리알 시장에게 인사를 해야겠다."

"주인님, 힘든 시련을 받으셨다고 들었습니다. 몸은 괜찮으신 건가요?"

"걱정 끼쳤구나. 몸은 괜찮아."

"주인님, 갈아입을 옷을 가져왔어요."

"고마워, 연회가 끝나고 갈아입을게."

나나, 리자, 루루 순서로 대화를 했다. 연장자 팀도 걱정했나 보군.

나는 드워프 여자들에게 부탁해서 우리 애들에게 알코올 없는 과실수를 준비해 달라고 부탁했다.

조리장으로 이어지는 통로에서 환성이 터졌다.

"얘들아! 뭔가 보기 드문 요리가 있어!"

"고기~?"

"이 냄새는 모르는 거예요!"

구경을 좋아하는 아리사가 타마와 포치를 데리고 달려갔다.

내 옆에 앉은 리자가 움찔거리며 차분함을 잃었다.

아마 고기를 보러 가고 싶은 거겠지.

"리자, 미안하지만 애들 좀 따라가 줄래?"

"네, 네에! 다녀오겠습니다!"

리자치고는 드물게 빛나는 미소를 지은 뒤에 황급히 표정을 가다듬고 고기— 가 아니라 연소자 팀에게 달려갔다.

"루루랑 나나도 괜찮은데?"

"네, 그러면 요리를 이것저것 담아 올게요."

"마스터, 루루의 호위로 동반합니다."

슬쩍 말했더니 루루랑 나나도 보기 드문 요리가 있다는 장소로 갔다.

"미아는 안 가도 되니?"

"응."

미아는 나한테 기댄 자세로 접시 가득 담긴 너츠류를 오독오독 씹고 있었다. 작은 동물 같아서 귀엽군. 너츠만 먹으면 질릴 것 같아서 스토리지에서 꺼낸 드라이 후르츠를 추가해줬다. 산수의 황등 과실로 만든 신작이었다.

"허어, 보르에난 숲의 아인가?"

도하루 노인이 미아를 보고는 놀라서 말을 걸었다.

산수 마을의 요정족이나 소거인들처럼 엘프를 신성시하고 있는 건 아니었다.

"행방불명이라고 들었는데 인간족이랑 야반도주한 게냐?"

"응. 서로 사랑해."

듣기 안 좋다. 사실무근이야.

"나쁜 마법사에게 유괴된 것을 구출하여 숲으로 바래다주는 도중입니다."

"우웅."

미아가 볼을 부풀렸다. 「서로 사랑해」를 흘려버린 게 불만인가 보다.

「요람」 사건 때 미아를 유괴한 건 그냥 마법사가 아니라 「불사의 왕」^{노 라이프 킹}이었지만 설명이 길어질 것 같아서 적당히 생략했다.

"보르에난 숲의 원로원에서 수색 요청서가 나왔으니 이쪽에서도 보고하는 편지를 쓸 건데 상관없겠나?"

"네, 번거로우시겠지만 잘 부탁드립니다."

내가 염려했던 건 편견이었는지 엘프랑 드워프는 사이가 안나쁜가 보다.

도하루 노인의 지시에 따라 시장 도리알 씨가 편지를 써주게 됐다.

세류 시의 해결사인 엘프 점장이 편지를 보냈을 테지만, 현대 일본의 우편과 달리 확실하게 간다는 보장이 없으니 여러 통 보내도 문제없겠지.

나는 미아의 머리카락을 쓰다듬으며 드워프 대장장이와 장인들과 어울렸다.

그늘의 이야기는 상당히 흥미로웠다. 물론 대장장이나 광산 등이 중심이라 기본적으로는 듣는 역할이었다.

낙반이나 가스 등에 대처하는 건 노움 마법사들이 하는데 마법사가 동행하지 않는 경우는 두루마리를 쓴다고 했다. 비싸지만 목숨과 바꿀 수는 없는 법이다.

그 두루마리는 지상의 마법 가게가 아니라 드워프를 상대로 광산구에 있는 마법 가게에서 판다고 했다. 판다면야 꼭 사야지!

아이들이 술을 못 마시도록 주의했지만 드워프들이 재미 삼아서 먹이는 것까지는 막지 못했다.

"에헤헤헤~, 사토. 흐흐~흥, 사·토 아하하~, 사토♪"

루루는 웃는 축인지 키득키득 웃으면서 전력으로 어리광을 부렸다.

나를 부르는 이름이나 말끝에 음표나 하트마크가 붙을 것처럼 달콤했다.

루루의 술잔을 뺏으면서 그대로 안겨 드는 걸 달랬다.

"훌쩍. 어차피 나는 언제까지고 순결을 소중히 지키면 되는 거야. 전세에 이어서 이번 생에도 홀몸으로 끝나는 거야."

아리사는 다우너랄까……. 우는군. 아리사가 술을 못 마시게 조심해야지.

『키득키득, 즐거워 즐거워. 자 사토, 더 마시자. 우후후, 셋이 나 있어, 근사해, 근사해애.』

평소에 말수 적은 미아도 엘프어로 마구 말을 해댔다.

즐거운 듯 빙글빙글 도는 건 좋은데 트윈테일이 채찍처럼 날아오니 위험하다.

스커트도 들춰질 것 같아서 미아의 허리 부근을 손으로 휘감아 루루 반대편에 끌어당겼다.

"니헤헤~. 주이니인거에오오."

"뉴롱~."

포치는 혀가 꼬였다.

타마는 내 무릎 위로 미끄러지듯 움직이더니 몸을 둥글게 말고 자기 시작했다. 그걸 본 포치까지 무릎 위에 올라왔다.

하아, 그래 얼른 자라―.

"마스터, 논리회로의 상태가 이상합니다. 이 물에는 독이 포함되어, 되어, 되어?"

아차, 나나까지 마셨군. 부서진 레코드 상태가 된 나나에게 숙취에 잘 듣는 마법약을 먹이고 재웠다.

내 옆에서 얌전히 마시고 있던 리자는 앉은 자세 그대로 잠들어 있었다.

이 나라에서는 현대 일본과 달리 연령에 따른 음주제한이 없지만, 우리 애들은 미성년일 때는 못 마시게 해야지.

내 결심과는 상관없이 연회의 밤이 깊어갔다.

〉칭호 「요정검의 대장장이」을 얻었다.

〉칭호 「주호(酒豪)」를 얻었다.

〉칭호 「술고래」를 얻었다.

〉칭호 「주선(酒仙)」을 얻었다.

〉칭호 「드워프의 친구」를 얻었다.

◆

이튿날 아침, 연소자 팀 네 명이 숙취로 고생하고 있었다.

"크으, 머리, 아파. 으으, 속 아조아."

"뉴우~."

"아픈…… 거예요."

"사토, 약."

어제 약을 마신 나나는 당연하지만 리자와 루루도 멀쩡했다.

루루가 애들한테 물을 나눠주고 있었다. 루루가 나와 눈이 마주치자 얼굴이 새빨개져서 고개를 숙여 버렸다.

나는 술자리에서 보인 모습을 언급할 정도로 못난 놈이 아니니까 신경 쓰지 않아도 되겠지만, 귀여우니까 놔둬야지.

어젯밤에 나나에게 먹인 약을 먹으면 애들 숙취도 낫겠지만, 잠깐 이대로 둬야겠네.

"잠깐 나갔다 올게. 술 깨는 약 재료를 사올 테니까 말 잘 듣고 기다려라."

"우, 응. 기다리께."

“말 잘 들어~.”

“포치도 말 잘 듣고 기다리는 거예요.”

“술. 싫어.”

울상 짓는 아이들에게 손을 흔들어 주고 방을 나섰다.

나는 죠죠리 씨의 안내를 받아서 어제 들은 마법 가게로 향했다.

죠죠리 씨의 말을 듣고서 어제 받은 요정검을 허리에 차고 나왔다.

칼 띠나 칼집은 연회가 끝나고 취한 기세로 자작한 급조품이었다.

애들 갑옷에 쓴 견갑 과실 껍질을 가공해서 만든 거라 겉보기엔 수수하지만 철검을 받아낼 수 있을 정도로 튼튼했다.

칼집의 장식이나 금속을 써서 보강하는 건 새삼 날을 잡아서 해야지.

그건 그렇고, 목적한 마법상점 『돈 & 한』은 미스릴 용광로가 있는 광장을 빠져나간 곳에 있었다.

“이야. 죠죠리. 인간족이랑 사귀는 거냐? 다지울이 울 거다.”

“어이, 죠죠리. 이런 곳에 인간족을 데리고 오면 나리한테 꿀밤 맞는다?”

마법상점 안에서 조그만 쌍둥이 할아버지들이 맞이해 주었다.

문지기 드워프들과 비슷한 말투였지만 이 사람들은 드워프가 아니라 노움이었다.

노움들의 고향에 큰일이 났다고 들었는데 이 사람들은 귀향
안 해도 되나?

흥미가 생겨서 AR표시로 상세정보를 들여다보니 이 두 사람
은 브라이헤임이란 씨족 출신이었다. 문제가 일어난 건 보르에
헤임 씨족의 노움들뿐인가 보다.

"안녕하세요, 돈 할배랑 한 할배. 할아버님 허가는 받았어요."

죠죠리 씨가 말하면서 내 요정검 자루를 가리켰다. 노움 할배
들이 자세히 보여달라고 하기에 칼 띠에서 풀어 보기 쉬운 위치
로 내밀었다.

"어이쿠야, 놀랍군. 나리의 진인(眞印) 아닌가?"

"정말이지, 놀랍군. 나리가 화주를 너무 마셔서 정신줄을 놓
으셨나?"

듣자 하니 진인이라는 건 도하루 노인의 보증수표 같은 거란
다. 평범한 작품에는 붙이지 않는다.

보르에하르트 자치령과 인연이 있는 드워프와 노움이라면 이
표식을 보이기만 해도 오랜 친구처럼 대해주는 특별한 표식이
라고 한다.

내가 가진 「보르에난의 고요한 방울」 드워프 판 같은 거군.

도하루 노인……. 엊그제 만난 나한테 그런 굉장한 걸 줘도
되는 건가?

어쨌든 진인 덕분에 가게에 있는 거라면 뭐든지 판다고하기
에 마법서와 두루마리를 보여달라고 했다.

연금술 가게도 겸하고 있었는데 완성품만 판매할 뿐 조합기

107

구나 소재는 팔지 않았다.

"그렇구만. 흙, 물, 불, 바람, 얼음, 불꽃 하급 마법서와 흙, 불, 불꽃 중급 마법서가 있다. 희귀한 대장장이 마법과 산(山) 마법의 책도 있지."

돈 씨가 마법서를 쌓아 올리며 말했다.

대장장이 마법이란 건 처음 들었는데 대장기술에 맞도록 어레인지해서 정리한 것이라 불 마법 스킬로 쓸 수 있는 것이었다.

산 마법도 광산에서 광석을 찾거나 채굴을 하기 위한 용도로 어레인지해서 정리한 것이고 흙 마법 스킬로 쓸 수 있었다.

약간 다른 속성 마법 스킬이 필요한 주문도 있으니 주의하라는 충고를 받았다.

돈 씨에게 허가를 받아서 하급 마법서를 주욱 훑어 보았다.

인간족 도시에서 산 것과 비슷한 내용이었지만 주문의 특성이 인간족 것과 달라서 흥미롭기에 모두 구입했다. 지불과 마법서 수령은 격납 가방이 활약했다.

다음으로 오늘의 메인, 두루마리를 구입했다. 두루마리나 마법도구는 한 씨 담당이었다.

"허어? 두루마리 말인가? 두루마리는 비싸기만 하지 미약한 효과밖에 없는데?"

한 씨가 그렇게 충고하면서도 책장에서 스크롤을 꺼냈다.

여기에는 여섯 종류밖에 없다고 한다.

"광산기사들이 단독으로 조사할 때 보험으로 가져가는 것들이야. 바위를 부숴서 모래로 만드는 『바위 부수기(록 스매셔)』에, 물이 나올 때 쓰는 『빙결』이나 『점토 경화』라든가, 암반이 무른 장소를 보강할 때 쓰는 『흙 벽』 같은 게지. 그리고 이상한 가스가 나오는 장소를 돌파할 때 쓰는 『공기 정화』나 『바람 벽』이 있다.”

물론 모두 구입하고 싶다고 했지만, 한 씨가 말렸다.

“소년, 미안하군. 꼭 필요하지 않다면 『공기 정화』는 사양해 줄 수 없겠나? 그건 하나밖에 남질 않았어. 다음 달에 재고가 보충될 때까지 남겨두고 싶군.”

“그렇다면 그것 말고 다섯 개만 주셔도 됩니다.”

아쉽지만 드워프들에게 폐를 끼치면서까지 갖고 싶지는 않았다.

이번에 얻은 두루마리는 다음과 같았다―

〉두루마리, 흙 마법 「흙 벽」
〉두루마리, 흙 마법 「바위 부수기」
〉두루마리, 흙 마법 「점토 경화」
〉두루마리, 바람 마법 「바람 벽」
〉두루마리, 얼음 마법 「빙결」

인적이 없는 곳에 가서 쓸 때까지 사용하는 건 참아야지.

◆

반시간만에 용건을 끝내고 아이들 있는 곳으로 돌아왔다.

"어서아~."

아리사가 헤롱거리며 죽을 것 같은 표정으로 바닥에 뒹굴고 있었다.

타마, 포치, 미아는 뭐라고 말도 못 했다. 버릇을 고쳐주려던 거지만 좀 심했나?

나는 숙취에 잘 듣는 마법약을 격납 가방에서 꺼내 넷에게 먹였다.

"부화~알!"

"나았어~?"

"주인님, 고마운 거예요."

"감사."

마법약의 효과는 근사했다. 방금 전까지 낑낑거리던 모습이 환상이라도 되는 것처럼 금세 평소의 모습으로 돌아왔다.

다들 배가 고프다고 하기에 루루가 가벼운 수프 종류를 받으러 주방에 갔다.

기분 탓인지 아리사가 묘하게 신이 나 있었다. 아마 어제 술자리에서 한 말을 잊으려는 거겠지. 되도록 건드리지 않게 주의해야지.

어제는 방치해 버렸지만 오늘은 애들을 모두 데리고 보르에하르트 시 관광을 했다.

죠죠리 씨가 일부러 나서서 안내를 해줬다. 마치 VIP 같군.

일단 처음에는 죠죠리 씨가 추천한 중앙광장으로 갔다.

"손잡아~?"

"포치도 잡고 싶은 거예요."

"그래."

타마랑 포치와 손을 잡고 길을 걸었다.

"우웅."

"나중에 교대해야 돼."

"네잉~."

"네, 인 거예요."

언제부터 교대제가 된 거지?

―어라?

그런데 걷기 시작한지 얼마 안 가서 미행하는 사람이 있는 걸 눈치 챘다.

맵으로 확인해 보니 미행자는 드워프. 보르에하르트 시의 치안국 사람들이었다. 죠죠리 씨에게 확인해 보니 도리알 씨가 준비한 호위라고 한다.

VIP 같은 게 아니라 진짜로 VIP 취급이었군.

분수가 있는 중앙 광장에서는 검의 연무를 하는 검사나 칼 갈이꾼, 무기나 방어구를 파는 사람들이 노점을 열고 있었다.

세류 시와 달리 판매대가 있는 게 아니라 땅바닥에 시트를 깔고 그 위에 상품을 늘어놓았다. 지역색인지 금속류가 많았다.

노점을 구경하고 있는데 드워프와 젊은 남자의 대화가 들렸다.

"뭐라고! 어째서 드워프의 도시에서 미스릴 검을 안파는 거냐!"

"귀족 양반 억지 좀 부리지 마쇼. 미스릴 같은 상급 소재를 다룰 수 있는 건 도하루 님과 직제자들뿐이우."

"그러면 그 도하루 공에게 청하면 구할 수 있는 거로군?"

드워프는 마땅찮은 목소리였지만, 젊은 남자의 목소리는 거의 달려들 것처럼 필사적이었다.

"하지만 말이우, 여기서 파는 검이랑 달라서 미스릴 검은 적어도 금화 100닢은 있어야 되우?"

"뭐라고? 이 철검조차 금화 1닢이었는데 금화 100닢?!"

"금화 1닢이라니, 양산된 싸구려를 그 가격에⋯⋯."

놀라는 젊은 남자에게 드워프가 기가 막힌단 목소리로 말했다.

어쩐지 트러블의 냄새가 나기에 관광코스를 수정하여 즐거워 보이는 소란이 들리는 쪽으로 갔다.

광장 한 구석에서 무술을 겨루는 사람들이 길거리 시합을 하고 있었다.

"누구 도전자는 없나! 이 몸을 이기면 병사 사마귀의 검팔로 ^{솔저 맨티스}만든 이 당랑검을 내놓겠다! 서로 무기를 걸고 1대 1로 도전할 강자는 없는가!"

호랑이 수인족의 거한이 마물의 부위로 만든 검을 하늘로 들고 그를 둘러싼 민중을 도발했다.

"공도의 무술대회가 머지않으니 실력을 자랑하는 사람들이 몰려든 거예요."

"무술대회라고요?"

"네. 3년에 한 번 공도에서 열리죠. 대회에서 활약하면 귀족의 가신이 될 수 있으니까 무술로 입신출세를 노리는 사람들이 모여요."

죠죠리 씨와 이야기를 나누며 광장을 걷고 있는데 누가 소매를 콕콕 잡아 당겼다.

"창자 고기~?"

타마가 가리키는 방향을 보니 노점에서 소시지를 팔고 있었다.

야채와 동물성 지방을 졸여서 만든 소스를 발라 먹는 거였다.

"주인님, 갈색을 바르는 거예요. 노란 건 매우니까 바르면 안되는 거예요. 포치는 알고 있는 거예요!"

포치가 진지한 표정으로 호소하자, 타마도 고개를 끄덕였다.

─그거 혹시.

나는 조바심을 억누르고 노점으로 향했다.

"역시, 머스터드군!"

"매콤이 말이야? 매운 걸 좋아한다면 고춧가루가 들어간 게 하나에 동화 3닢, 보통은 하나에 동화 2닢이야."

"매콤이를 바른 보통으로 하나 줘요."

"여기 있어."

나는 머스터드를 바른 소시지를 깨물었다.

생생한 매콤한 맛이 혀를 자극했다. 그리운 자극이다. 맛있군.

나는 맛과 머스터드의 매콤함을 즐기면서 다음 한 입을 먹었다.

크으, 멈출 수 없는 맛이야.

정신이 들고 보니 순식간에 소시지를 먹어 치웠다.

루루가 눈을 동그랗게 뜨고 손수건을 내밀었다.

"드문 일이네요. 주인님이 그렇게 열중하면서 노점의 음식을 드시다니."

입가에 머스터드가 묻어있나 보군.

루루에게 인사를 하고 입가를 닦자, 내 옆에서 아리사가 뿅뿅 뛰며 비명을 질렀다.

"아아, 쇼타의 볼을 손가락으로 닦아주면서 『우후후, 먹보구나』 하는 꿈이⋯⋯."

땅을 주먹으로 칠 정도로 분하니?

아리사의 기괴한 행동을 무시하며 아이들에게 소시지를 권했다.

루루 말을 들으니 어제 이미 머스터드와 소시지를 사들였다고 한다.

"잘했다."

루루의 머리를 쓰다듬어 주니 얼굴이 새빨개져서 귀여웠다.

한편 포치는 자기 충고를 들어주지 않아서 그런지 쓸쓸해 보였다.

다음에는 포치가 권하는 대로 먹겠노라고 마음속으로 다짐했다.

광장을 빠져나가 마차를 잡아 장인들의 거리 사이를 나아갔다.

투캉, 땡강. 망치가 모루를 두드리는 소리와 드워프들의 소란이 거리를 채색하고 있었다.

"활기차군요."

"네. 단조 무기의 수요도 그렇지만, 보르에하르트 자치령은 정밀한 주조 기술로도 시가 왕국 제일이니까 매달 수많은 주문이 와요."

과연, 분명히 살벌한 세계에서도 무기만 만들지는 않겠지.

"흥미가 있다면 견학하시겠어요?"

"네, 부디!"

죠죠리 씨의 제안에 즉시 달려들어서 그녀의 지인이 운영하는 주조 공방에 실례했다.

"ㅡ그렇게 하는 거지. 간단히 말하면 열로 녹인 금속을 거푸집으로 흘려 넣고 식어서 굳은 주물을 꺼내 여분을 줄로 갈아내면 완성이다."

공방에서는 공방 주인 드워프가 딱 붙어서 설명을 해주었다.

이것도 도하루 노인의 진인 덕분이었다.

넓은 방 너머에서 거푸집에 녹인 금속을 흘려 넣고 있었다.

조금 어두운 방에 녹은 금속의 붉은 빛이 퍼졌다.

흘려 넣을 때 빨간 불꽃이 튀어서 참 예쁘다.

금속 냄새가 조금 강해서 손수건으로 입가를 가렸다. 옆을 보니 루루와 미아도 나를 흉내 내어 손수건을 쓰고 있었다.

공방 주인이 섬세한 우리를 보고 호쾌하게 으하하 웃었다.

"불꽃 이뻐~?"

"푸슉푸슉 하는 거예요!"

타마랑 포치가 거푸집에 녹인 금속을 넣는 걸 보고 환성을 질렀다.

불꽃에 이끌려 다가가려는 타마와 포치가 한 걸음 내디딘 시점에서 리자에게 붙잡혀 둘 다 시체처럼 늘어진 자세가 되어 리자의 옆구리에 매달렸다.

불꽃의 빛에 매료됐는지, 둘에 이어 나나가 공방 직원들 쪽으로 가려고 했다.

"안돼."

미아가 나나의 긴 포니테일 끝을 붙잡아 가차 없이 당겼다.

허를 찔린 나나의 목에서 뚜둑 소리가 날 법한 기세였다.

"미아, 목이 아프다고 항의합니다."

"응, 미안."

나나가 눈에 눈물을 담고서 목덜미를 쓰다듬었다. 하지만 시선은 불꽃을 보고 있었다.

"예쁘니까 가까이서 보고 싶다고 진언합니다."

"위험해."

미아에게 혼난 나나가 나한테 도움을 청했다.

"마스터, 허가를."

"위험하니까 여기서 보렴."

나도 금지하자 나나가 실망하여 어깨가 늘어졌다.

"관둬, 아가씨. 섣불리 다가가면 예쁜 얼굴에 화상을 입는다."

공방 주인이 나나에게 말하며 다음 방을 안내해 주었다.

이동하는 와중에 나는 의문이 든 것을 질문했다.

"거푸집은 어떻게 만드는 거죠?"

"일단 나무를 깎거나 점토로 모형을 만들지. 다음으로 마법사한테 가서 모형을 돌로 바꿔달라고 하는 거야. 그 돌 모형을 녹인 금속에 가라앉혀서 굳힌 다음에 둘로 쪼갠다. 마지막으로 다시 한 번 마법사에게 부탁해서 금형에 남은 돌을 진흙으로 바꿔 흘려보내면 완성이지.”

……드워프가 주조 공정에 마법을 쓰는 건 뜻밖이었다.

“모래나 석고를 쓰는 주조도 있지만 여기서는 안 쓴다. 그러고 보니 엘프는 마법으로 직접 형태를 만든다지?”

“응.”

공방 주인이 미아에게 묻자, 미아가 짧게 대답하고서 고개를 끄덕였다.

분명히 「방패」나 「방어벽^{쉘터}」 같은 마법의 강도가 있다면 거푸집 정도는 충분히 만들겠네.

공방을 한 차례 견학한 다음에 주조품 샘플이 장식된 사무소에서 차가운 차를 대접 받았다.

더운 방에서 나온 다음이라 온몸에 쫙 퍼지면서 맛있었다.

문득 시선을 돌리자 방 한 구석에 흥미로운 것이 있었다.

“저건 고기 다짐기인가요?”

“그래, 맞아. 노점상들이 쓰는 소형부터 식육 가공소에서 쓰는 대형까지 이것저것 만들지.”

어허, 역시 그랬군.

“주문하면 얼마 만에 완성될까요?”

“혹시 사려고?”

“네, 광장에서 먹어본 내장 고기가 맛있기에 직접 편리하게 다진 고기를 만들 수 있는 기계가 있으면 좋겠다 싶었죠.”

식칼로 다지는 것도 괜찮지만 귀찮은데다가 내가 아닌 다른 사람이 만들면 고기조각 크기가 너무 크거나 고기의 섬유가 뭉개지기도 해서 곤란한 참이었다.

"노점에서 쓰는 소형이라면 재고가 있었을 거야. 시장 저택으로 보내면 되나?"

"네, 부탁드립니다."

─이걸로 애들한테 **그걸** 만들어줄 수 있겠군.

나는 우리 애들이 기뻐하는 모습을 상상하며 공방 주인에게 대금을 지불하고 구입 수속을 끝냈다.

주조 공방 말고도 일반 장인들 공방 몇 개를 견학한 뒤, 죠죠리 씨가 추천한 대풍차 앞에서 잠깐 쉬기로 했다.

대풍차 앞 공원에서 명물인 새우 과자를 맛보고 드워프 아이들과 우리 아이들이 교류하는 걸 지켜봤다.

얼추 관광을 끝내고 죠죠리 씨 안내를 받아 어느 가게 앞에 도착했다.

"여기가『가로하루 마법상회』예요."

가게 안에는 손님이 없고, 카운터에서 드워프 한 사람이 엎어져 자고 있었다.

"아이 참, 가로하루!"

죠죠리 씨가 카운터로 달려가더니 가로하루 씨 머리에 꿀밤을 먹였다.

도하루 노인의 손녀답게 행동이 닮았다.

"아파라아……."

가로하루 씨가 머리를 문지르며 고개를 들었다.

그는 드워프치고 배도 안 나왔고, 수염도 왁스로 차분하게 세팅했다. 어쩌면 드워프치고 잘생긴 건지도 모르겠다.

"깼어?"

가로하루 씨는 죠죠리 씨 얼굴을 보자마자 머신건처럼 말을 던져댔다.

"이야, 죠죠리. 네가 이 가게에 오다니 희한한 일이군! 이제야 근육 바보 다지울에게 정이 떨어졌어? 좋은 일이야! 그건 아주 좋은 일이야."

"안녕, 가로하루. 다지울 씨를 그런 식으로 말하면 안돼."

죠죠리 씨는 가로하루의 말을 가볍게 흘리면서 타일렀다.

"어라, 뒤에 있는 사람들은 손님인가?"

"그래. 할아버님 손님이니까 접객 잘 해."

"어허. 인간족인데 도하루 노인의 손님이라니. 어디 대귀족 자제님이라도 되나?"

"아니야, 사토 씨는 할아버님한테 진인을 받을 정도의 대장장이야."

"정말이야?"

눈을 동그랗게 뜬 가로하루 씨에게 요정검 자루를 보여 납득시킨 다음에 마법서와 두루마리를 부탁했다.

마법서는 지하에서 팔던 것과 거의 같았지만 저자가 다른 생활 마법 책이 두 권 있기에 구입했다.

대장일에 관련된 연금술 소재도 이것저것 있었다.

수은과 유황 같은, 다른 도시에서는 재고가 적었던 광산계열 물품이 풍부한데다가 가격도 싸기에 독점이 되지 않을 만큼의 양을 사들였다.

수은은 커다란 통으로 샀기 때문에 앞으로는 연성에 도금 처리 같은 것도 가볍게 할 수 있겠다.

"하하하, 가게를 연 이래 가장 많이 팔았어. 역시 죠죠리는 내 여신님이라니까."

"가로하루도 참! 들떠있지 말고 손님을 상대해."

신이 난 가로하루 씨를 죠죠리 씨가 타일렀다.

나는 이쪽을 돌아본 가로하루 씨에게 두루마리를 보여달라고 말했다.

여기서부터가 진짜 목적이었다.

두루마리 라인업은 지하와 달랐다.

가로하루 씨 말에 따르면 이건 귀족이나 상인들이 사는 거라고 했다.

"어때? 일부러 요루스카까지 가서 사온 거야. 희귀한 거지."

"어머! 요루스카는 마사냥꾼이랑 족제비 수인족 상인들밖에 없는 도시잖아. 혹시 이상한 상품을 떠맡은 거 아냐?"

자신만만한 가로하루 씨에게 죠죠리 씨가 걱정스레 물었다.

요루스카는 이 자치령 남동쪽에 있는 도시인데, 동쪽 산맥 너머에 있는 소국들로 이어지는 가도의 요충지였다.

"죠죠리는 걱정도 많아."

가로하루 씨가 약간 기가 죽은 듯 두루마리를 늘어놓았다.

"보라고! 이건 보기 드문 생활 마법 두루마리야. 여행에 익숙지 않은 사람들에게 딱 맞는 『해충 쫓기』(버그 와이퍼)에 『가려움 방지』(안티 이치), 그리고 『냄새 지우기』(데오드란트). 물 잘못 마셨다 배탈이 나지 않도록 해주는 『정수』(퓨어 워터) 두루마리까지 있지."

제법 재미있는 두루마리지만, 코스트가 안 맞는 것 같은데…….

예상대로 죠죠리 씨의 표정이 어두워졌다.

"가로하루. 이 두루마리 하나에 얼마야?"

"후후, 사실은 하나당 금화 1닢을 받고 싶지만, 네가 소개한 손님이니까 하나에 은화 3닢이면 돼."

"이 두루마리 하나도 안 팔린 거 아냐?"

가로하루 씨는 콧대를 세우면서 자랑하듯 말했지만, 죠죠리 씨의 말을 듣더니 얼어 버렸다.

더욱이 아리사가 결정타를 날렸다.

"그렇겠다. 그렇게 비싼 두루마리를 가지고 다닐 정도면 생활 마법을 쓸 수 있는 종자를 고용하는 편이 더 편리하고 융통성이 있잖아?"

아리사와 똑같은 생각을 한 귀족과 상인이 많았는지, 반년 동안 전혀 안 팔린 불량재고였다.

"그, 그 밖에도 늑대를 찾아내는 『탐지』(소나)랑 도적에게서 도망칠 때 쓰는 『방호벽』(펜스)도 있어!"

"탐지는 수인족의 청각이나 후각이 더 우수하지 않아?"

가로하루 씨가 정신을 가다듬고 세일즈를 계속했지만, 아리사의 말이 막아 버렸다.

"그, 그러면, 떨어진 장소에 있는 동료에게 신호를 보내는 『신호(시그널)』는 어때!"

"그건 수신하는 쪽도 『신호』 마법을 발동해야 하는 거지?"

"응, 필요."

"그러면 봉화가 낫겠네."

마법 매니아인 아리사가 「신호」의 문제점을 지적하고, 미아도 그것을 긍정했다.

마지막으로 죠죠리 씨가 현실적인 평가를 내리자 가로하루 씨는 울상을 지었다.

나나의 이술에 「신호」가 있으니까 나나의 긴급 신호를 받는 데는 편리하겠네.

가로하루 씨가 자포자기한 듯 다음에 내놓은 것은 빛 마법 「집광(콘덴스)」 두루마리였다.

"이건 굉장한 거야! 흐린 날에도 빨래가 잘 마르고 어두운 방에서도 책을 읽을 수 있지!"

"가, 가로하루……."

"그래, 『발광(라이트)』 두루마리랑 착각해서 사버렸어……."

가로하루 씨의 자포자기 세일즈 토크에 죠죠리 씨가 배려해 주는 표정을 지었다.

그 모습이 딱하기에 구원의 손길을 내밀기로 했다. 지금이라면 싸게 살 수 있겠어.

"가로하루 씨. 저는 보기 드문 두루마리를 수집하니까 여기 있는 두루마리 모두 사겠습니다."

"저, 정말이야?"

내 말에 가로하루 씨가 눈에 눈물을 지으며 매달렸다.

"물론 가격은 조정을 해주는 거겠지?"

"다, 당연하지, 죠죠리. 이익은 버릴게. 원가로 팔지."

다소 깎아주는 걸 기대했는데 원가까지 내려줄 줄은 몰랐네.

"그렇지! 두루마리를 수집한다면 그 밖에도 희귀한 두루마리가 잔뜩 있어! 금방 가져올 테니까 잠깐만."

나라면 살 거라고 판단했는지, 가로하루 씨가 가게 안쪽에 있는 창고로 날아갔다.

잠시 지나자, 먼지를 뒤집어쓴 가로하루 씨가 두루마리를 끌어안고 돌아왔다.

"어때? 좀처럼 보기 힘든 물건이야."

분명히 좀처럼 보기 힘들겠다.

첫 번째는 흙 마법 「연마」 두루마리. 언뜻 편리해 보이지만 평범하게 줄을 쓰면 조정도 쉽고 편했다고 한다.

두 번째는 불 마법 「화염로」다.

불 마법으로 광석을 녹여 괴를 만들기 위한 마법이었다.

참으로 드워프에게 맞는 마법이라고 생각했지만, 두루마리로는 한 스무 번은 써야 구리를 녹일 수 있다고 한다.

"고, 공격마법으로 쓸 수 있습니다."

"이걸로 공격을 하면 자기도 다치잖아. 불 탄환이 마력 효율도 좋아."

더욱이 발동거리가 가까워서 두루마리를 쓴 사람까지 화상을

123

입는 결함품이었다.

간단히 말해서 보통 용광로를 쓰는 편이 나았다.

그리고 여행지에서 대장일을 할 의미도 없으니 수요가 전혀 없었다고 한다.

세 번째로 나온 건 술리 마법 「이력의 틀_{매직 몰드}」이었다.

이건 공중에 투명한 입방체가 출현하여 술자의 이미지로 입방체를 임의로 변형, 마지막으로 겉과 속을 반전시켜서 거푸집을 만드는 마법이었다.

"편리해 보이는 마법이네."

"그러게. 이거라면 시험작을 만드는 사람에게 팔 수 있지 않을까?"

"그게 말이지……."

이것도 언뜻 대장일에 맞을 것 같았지만 결점이 있었다.

"중급."

"아아, 그렇구나! 이 마법 중급이었지."

미아가 조용히 말하자 아리사도 한마디 했다.

그러니까 소비 마력이 하급 마법과 비교해서 훨씬 많았다.

"그리고 점토가 쓰기 편하다고 해서……."

그래도 점토로 시험작을 만들 때 틀로 쓸 수는 있었지만 그 밖에도 결점이 있었다고 자백했다.

내구성에 문제가 있어서 녹은 금속을 흘려 넣으면 굳기 전에 틀이 열 대미지로 부서져 버리는 것이다.

"초, 촛농을 흘려 넣는 정도는 가능해—."

그렇게 호소하는 가로하루 씨에게 뭐라 할 말을 못 찾은 죠죠리 씨가 격려하듯 그의 어깨를 툭툭 두드렸다.

마지막으로 슐리 마법 「입방체^{큐브}」가 나왔다.

"어째서, 이런 미묘한 두루마리를……."

용도가 떠오르질 않는지 아리사가 눈썹을 찌푸렸다.

이건 「방패」와 「이동하는 판^{플로팅 보드}」의 중간쯤 되는 마법인데, 술자의 생각대로 공중에 임의 사이즈의 투명한 입방체를 만드는 마법이었다.

주로 돌진하는 적의 발을 묶거나, 일시적으로 책상이나 의자를 만드는데 쓴다.

효과시간이 짧은데다가 술자에게서 멀어지면 사라진다. 완전히 공중에 고정되는 것도 아니고, 어느 정도를 넘는 무게가 더해지면 움직여 버린다.

공중에 보이지 않는 계단 같은 걸 만들 수 있겠네. 뜻밖에 쓸 만한 마법 아닐까?

"최저 레벨의『입방체』는 이만하거든?"

아리사가 손가락으로 한 변이 10센티미터쯤 되는 입방체를 공중에 그렸다. 게다가 버티는 것도 500그램 정도였다. 두루마리로 쓰면 최저 레벨밖에 발동 못하니까 불량재고가 되는 것도 어쩔 수 없겠군.

"『이력의 틀』 두루마리를 두 개 사려고 했었는데 하나가 『입방체』였어."

"가로하루……."

가로하루 씨가 자조적으로 중얼거리자 죠죠리 씨도 말을 잃었다.

"참 신기하게, 이상한 두루마리만 있네……."

"우웅."

아리사와 미아는 기가 찬 표정이었다.

타마와 포치는 리자의 발치에서 잠들어 있었다. 역시 질려 버렸나?

이제 두루마리도 다 나온 것 같으니 이제 그만 상담을 해봐야지.

"재미있는 두루마리들밖에 없네요. 그래서 이건 얼마쯤 되죠?"

"……어?"

죠죠리 씨와 아리사가 있는 대로 태클을 걸어댄 탓에 안 팔릴 거라고 생각했는지, 내가 가격흥정을 시작하자 가로하루 씨가 얼빠진 표정으로 되물었다.

분명히 보통은 쓰레기라고 해도 될 물건이었지만, 나에게는 지하에서 산 두루마리보다도 매력적이었다.

"팔아주시는 거겠죠?"

"어, 어어……. 그럼! 물론이지! 물론이고말고!"

내가 확인하자 가로하루 씨가 믿을 수 없다는 듯 말하며 고개를 끄덕였다.

"도매원가— 아니, 그런 쩨쩨한 소리는 안 하지. 하나에 은화 1닢이면 돼! 이야아, 오늘은 좋은 날이야. 죠죠리, 네가 진짜 여신님으로 보인다."

시원스런 표정의 가로하루 씨에게 대금을 건네고, 수많은 두루마리를 받았다.

언젠가 내가 마법 두루마리를 자작할 수 있게 되면 그에게 팔릴 법한 물건을 값싸게 공급해주리라고 마음속으로 다짐했다.

그리고 이번에 얻은 두루마리는 다음과 같았다.

〉두루마리, 생활 마법 「해충 쫓기」 (버그 와이퍼)
〉두루마리, 생활 마법 「가려움 방지」 (안티 이치)
〉두루마리, 생활 마법 「냄새 지우기」 (데오드란트)
〉두루마리, 생활 마법 「정수」 (퓨어 워터)
〉두루마리, 술리 마법 「탐지」 (소나)
〉두루마리, 술리 마법 「방어벽」 (펜스)
〉두루마리, 술리 마법 「신호」 (시그널)
〉두루마리, 술리 마법 「입방체」 (큐브)
〉두루마리, 술리 마법 「이력의 틀」 (매직 몰드)
〉두루마리, 흙 마법 「연마」 (폴리쉬)
〉두루마리, 불 마법 「화염로」 (포지)
〉두루마리, 빛 마법 「집광」 (콘덴스)

마법란에서 썼을 때 효과를 확인하는 게 벌써부터 기대되는군.

◆

다음날, 우리는 보르에하르트 시를 출발하기 전에 도하루 노인에게 인사하러 갔다.

"사토, 죠죠리를 색시로 줄 테니 내 뒤를 이어라."

"스, 스승님! 죠, 죠죠리는 내가!"

"하, 할아버님?! 그리고 다지울 씨까지 무슨 말을 하는 거예요?"

도하루 노인의 갑작스런 말에 다지울 씨와 죠죠리 씨가 당황했다.

죠죠리 씨는 멋진 아가씨라고 생각하지만, 안타깝게도 내 스트라이크 존에서 압도적으로 벗어나 있었다.

"도하루 님, 안타깝지만 저에게는 이루어야 할 사명이 있습니다. 그리고 저 같은 자에게 의지하지 않아도 보르에하르트에는 근사한 젊은이들이 있지 않습니까? 도하루 님이 갈고 닦은 기술은 제자들에게—."

내가 사양하자, 도하루 노인도 그 이상 억지를 부리지는 않았다.

아마도 설득 스킬이 지원해준 덕분이다.

우리는 도하루 노인과 수많은 드워프들에게 배웅을 받으며 보르에하르트를 떠났다.

다음에는 여행지에서 찾은 명주를 선물로 들고서 놀러 와야지.

나는 허리에 찬 요정검의 자루에 손을 얹고, 산 너머에 가려진 보르에하르트에서 오르는 연기를 바라보았다.

대하의 강변

"사토입니다. 대하란 말을 들으면 장강이 떠오릅니다. 나일 강이나 아마
존 강, 미시시피 강도 있지만 어째선지 장강이 떠오르죠. 역시 삼국지 적
벽대전의 영향일까요?"

"루루, 그 샛길로 빠지자"

"네, 주인님."

마차가 내 지시에 따라 주 가도에서 빠지는 샛길로 진로를 바
꿨다.

"어머? 지름길이야?"

아리사가 신기하다는 표정으로 물었지만 대답 없이 웃어 주
었다.

아리사가 잠깐 의문스런 표정을 지었지만 금세 함박웃음을
지었다.

"우와아~, 꽃밭이네? 굉장하다아, 전부다 꽃밭이야."

아리사가 기뻐하면서 말한 것처럼 색색깔의 꽃들이 흐드러지
게 피어 있었다.

보르에하르트 시에 도착했을 때 나나와 미아가 머리에 올리
고 있던 꽃관과 같은 종류의 꽃을 맵 검색으로 찾았다.

우리는 꽃밭 앞에 있는 개천 옆에 마차를 세웠다.

"오늘은 여기서 점심 먹자."

"알겠습니다. 전원, 점심 식사 배치! 행동을 개시하세요."

"아이아이 서!."

"라져인 거예요."

내가 선언하자 리자가 모두에게 지시를 내렸다.

타마와 포치가 말을 돌보고 미아와 아리사는 채집을 하러 갔다. 리자와 루루가 점심 식사 보조다.

나나는 점심 식사 보조를 하는 일이 많았지만, 이번에는 아리사와 미아의 호위로 따라갔다.

보르에하르트 시에서 구한 **고기 다짐기** 사용법을 리자와 루루에게 가르치며 요리 밑 준비를 진행했다.

이윽고 타마와 포치가 일을 끝내고 조리를 구경하러 왔다.

"둥그래~?"

"별난 고기인 거예요."

보르에하르트 시에서 구한 기계로 만든 **그 요리**를 보고 타마와 포치가 고개를 갸웃거렸다.

양 손 사이로 캐치볼하듯 움직이는 고기를 타마가 진지한 눈으로 쫓았다.

당장이라도 손을 대고 싶어서 몸이 근질거리지만, 먹을 것 같고 장난치면 안 된다는 생각이 행동을 억제하고 있는 모양이었다.

기름을 두른 뜨거운 철판에 손바닥 사이즈인 그것을 늘어놓고 한 번 뒤집은 다음, 보르에하르트 시에서 산 뚜껑을 덮어서

찐다.

"냄새가 참 좋아요."

"리자에게는 조금 부드러울지도 모르니까 분사 늑대^{로켓 울프} 스테이크도 구울까?"

"아니요! 저 리자는 주인님께서 만들어주신 요리라면 지방질 한 조각도 남기지 않고 먹겠습니다."

리자가 진지한 표정으로 선언했다.

……아니, 그냥 점심 식산데 그렇게까지 기합 안 넣어도 돼.

"오오! **햄버그**잖아!"

아리사가 냄새를 킁킁 맡더니 무슨 요린지 맞췄다.

"혼합한 거야? 아니면 소고기만?"

"긴 털 소와 멧돼지 고기를 써서 혼합했어. 다들 햄버그를 좋아하면 다른 고기 바리에이션도 개척해봐야지."

아리사의 질문에 대답하면서 당근 글라세와 감자 튀김 같은 사이드 메뉴를 만들었다.

이 세계의 당근은 둥글고 약간 단 맛이 강하다. 감자는 몇 종류가 있는데 튀김에 적합한 종류를 엄선했다.

"채집했어."

"적재량 오버라고 쓴 소리를 합니다."

나나가 마차 앞에 대나무 다발과 묵직한 주머니를 내려놓았다.

주머니 안에는 죽순이 들어 있었다.

"맛있어 보이는 죽순이네."

"응, 맛있어."

"죽순은 밑 준비에 시간이 걸리니까 내일 점심에 먹자."

"유감."

조리 시간 단축 전용 마법이라도 만들어 볼까?

대나무 다발은 AR표시를 보니 「식죽(食竹)」이란 종류였다.

파란 줄기를 콩콩 노크해보니 금속 같은 감촉이었다. 평범한 대나무보다 몇 배 단단한 껍질이었다. 대나무 아머도 만들 수 있을 것 같지만 그건 관두자.

이름이 식죽이니까 먹을 수 있겠지만 현재로서는 조리방법을 모르겠다.

다음 마을에서 조리법을 아는 사람이 있는지 물어봐야지. 거슬리는 것도 아니니까 그때까지는 스토리지에서 재워두면 되겠다.

아리사와 미아가 채집해온 각종 마법약 재료와 향초 산나물 중에서, 오늘 점심 식사에 쓸 만큼만 빼고 격납 가방을 경유하여 스토리지에 수납했다.

"두릅 싹은 튀겨서 먹을까?"

"응, 기대."

루루에게 두릅 싹 밑 준비를 부탁했다.

산나물은 리자보다 루루가 더 잘 다룬다.

"마스터, 운반보조에 신체강화를 사용했기 때문에 마력을 소모했다고 보고합니다. 마력 보급을 희망한다고 호소합니다."

"알았어. 나중에 마력 회복약 꺼내줄게."

내가 대답하자 나나가 말없이 정지했다. 표정에 드러나지는 않았지만 좀 불만스러워 보였다.

"……직접 마력 공급을 희망합니다. 안되나요, 라고 묻습니다."

여전히 무표정하지만 말투를 들으면 어린애가 어리광부리는 분위기가 느껴졌다.

"식후에 마법 실험을 하려고 했는데…… 열심히 일한 상으로 나나를 우선해주마."

"예스, 마스터."

나나의 목소리 톤이 올라갔다.

나나가 옷자락에 손을 대면서 벗을 자세를 취했지만 아리사와 미아의 어엿한 연계로 막아냈다.

"아리사 철벽 가드는 못 빠져나가."

"응, 완벽."

재는 표정의 두 사람에게서 시선을 돌리고, 나나에게 마력 공급은 점심 먹은 다음이라고 주의를 주었다.

"그러면 점심 먹자."

각자의 그릇 말고도 테이블 중앙에 갓 구운 스테이크 몇 장도 쌓았다.

그리고 평소처럼 아리사가 「잘 먹겠습니다」를 선창하며 식사가 시작됐다.

"움움~."

"우움~!"

햄버그를 한 입 먹은 타마와 포치가 눈이 동그래지며 놀랐다.

리자도 놀란 표정을 지었지만, 이내 진지한 표정으로 입 안의 햄버그를 씹었다.

이윽고 리자의 목이 움직이며 만족스런 표정이 떠올랐다.

딱딱한 음식을 좋아하는 리자도 마음에 들었나 보다.

"맛있어! ……그리고 부드럽네요. 전에 먹은 완자랑 비슷하지만 이게 더 좋아요."

"마이써! 햄버그 엄청 오랜만이야. 곁들인 포테토도 진짜 맛있어."

루루와 아리사가 즐겁게 햄버그 감상을 나누었다.

"미아, 두릅 튀김과 당근 트레이드를 희망합니다."

"응, 교환."

미아와 나나가 반찬 교환을 즐기고 있었다.

다음부터는 고기뿐 아니라 사이드 메뉴도 여분을 만들어 다 함께 나눌 수 있도록 해야지.

나도 호평에 만족하며 햄버그 한 조각을 먹었다.

입 안에 넣은 순간 햄버그를 구성하는 고기가 풀리며 입 안에서 녹았다.

고기 두 종류의 맛과 농후한 소스가 혼연일체가 되어 혀에 행복을 전했다.

만화였다면 내 주위에 천사가 날아다닐 정도로 맛있다.

곁들인 당근을 먹어 단 맛을 즐긴 다음, 감자와 브로콜리에 이어 입가심으로 갓 지은 밥을 먹었다.

또 다시 고기를 바라는 젊은 몸의 본능에 따라 햄버그로 젓가락을 뻗었다.

정신 차리고 보니 모든 그릇이 비어 있었다.

아인 소녀들은 스테이크의 산을 공략하고 있었지만, 어째선지 시선은 나에게 고정돼 있었다.

"햄버그 더 먹을 사람 있니?"

분위기를 파악하여 질문했지만 결과는 말할 것도 없었다. 드워프제 고기 다짐기의 연속 가동성능이 근사했다고만 말해두겠다.

식후에 나나의 매끄러운 등을 탐닉— 이 아니라, 마력 공급을 해줬다.

마력 공급을 할 때 내는 요염한 목소리에 가슴이 설렜지만 아이들 앞이라 여러모로 자중했다.

리비도의 발산과 식후 소화를 겸해서 요정검을 쓰는 연습을 했다.

검을 휘둘러 올리고서 멈춘 뒤, 마력을 담아 내리 벤다. 이번에는 내린 자세로 마력을 빨아들여 가벼워진 검을 재빨리 올렸다.

요정검을 사용하는데 중요한 중량 변화를 느린 동작으로 확실하게 연습한 다음 조금씩 속도를 높였다.

30분 정도 쉬지 않고 반복하자 납득이 가도록 움직일 수 있었기에 끝냈다.

어째선지 짝짝짝 박수를 받았다.

어느샌가 다들 방해가 되지 않는 장소에서 구경하고 있었다.

"정~말로, 치트네. 자기가 뭘 했는지 알고는 있어?"

"그야 자세 연습이잖아?"

자기류 검술이 중2병 같았나?

"역시 모르는구나⋯⋯."

터벅터벅 곁으로 걸어온 아리사가 내 목덜미를 붙잡듯 얼굴을 접근시키더니 작게 가르쳐 주었다.

"보통은 그런 속도로 검에 마력을 주입할 수 없어. 덤으로 검에 주입한 마력을 **흐트러뜨릴** 수는 있어도 다시 한 번 흡수하는 것도 못해."

—그랬어?

리자의 마창으로 가능했으니까 당연한 것처럼 했던 건데⋯⋯.

"할 생각을 못했던 건 아니고?"

"그럴 리 없잖아? 그런 일을 가볍게 할 수 있으면 마력 회복약 같은 거 필요 없어. 마법을 써도 마력을 소비할 때마다 마법 도구에 담긴 마력을 흡수해서 회복하면 되니까 혼자서 고정포대가 될 수 있어."

아리사가 내 목덜미를 놓고서 항복 포즈를 취했다.

—그렇군, 좋은 얘기 들었네.

아리사에게 감사를 해야지.

말만 하면 미안하니까 껴안아주었다.

"으햐, 갑자기 그러면, 안대애~."

아리사가 전처럼 이상한 소리를 내며 아둥바둥거렸다.

자기가 밀어 붙일 때는 태연하면서 상대가 적극적으로 나서면 부끄러워하는 건 여전하군. 가끔 기습을 하면 참 즐겁다.

일단 검에 마력을 담았다가 흡수할 때의 효율 체크와, 스토리지에 하룻밤 넣어둔 다음에 마력을 흡수해서 어느 정도 감소했는지 조사해 봐야지.

예상이 맞으면 언제나 대량으로 남아도는 마력을 저장해둘 수 있겠다.

출발하기 전에 보르에하르트 시에서 산 두루마리를 전부 써서 마법란에 등록해뒀다.

두루마리 효과와 마법란의 효과 차이를 비교하는 것도 즐거웠지만, 두루마리 레벨로 쓸 일은 없어서 확인은 적당히 했다.

두루마리를 쭉 사용해서 「빛 마법」, 「얼음 마법」, 「얼음 내성」 스킬을 새롭게 얻고, 스킬 포인트를 최대로 분배해서 유효화했다.

마법란 테스트는 해가 진 다음 깊은 산 속에 들어가서 해야지.

가도를 이동하고 있는데 회색 늑대 무리가 습격해왔다. 덕분에 늑대 고기를 대량으로 보충한 것 말고는 특별한 일도 없었다. 참 평화롭고 풍류가 있는 여행길이었다.

그날 저녁 식사 뒤, 일과인 영창 연습을 끝낸 다음 야음을 틈타 행글라이더로 하늘을 날았다. 「풍압^{블로우}」 마법이 있어서 어디서든 이륙할 수 있었다.

가도에서 20킬로미터쯤 떨어진 산 속에 불이 번질 염려가 적어 보이는 황무지가 있기에 그곳을 실험장으로 택했다. 관목이나 수풀이 드문드문 있었지만 이 정도면 문제없겠지.

그러면 마법 실험을 해야지―.

내가 처음 고른 마법은「화염로」다.

대장장이 마법 책에 의하면「화염로」는 중급 불 마법으로 분류된다.

하급인「불씨 탄환」^{파이어 샷}으로 미궁 벽이 용암이 된 것을 떠올리고 스토리지에서 꺼낸 거대 **운석**으로 작업대를 만들었다.

이 운석은「유성우」마법으로 하늘에서 떨어진 거니까 열에도 강할 거다.

거대한 운석 끝 부분을 성검으로 베어냈다.

성검으로 벤 것치고는 묘하게 저항이 느껴졌지만 문제없이 절단에 성공했다. 나머지는 스토리지에 다시 수납했다.

완성된 작업대 위에 동화, 철제 단검, 미스릴 광석을 두고서 마법란에서「화염로」를 발동했다.

제련용 마법이라 화력을 조절할 수 있었다. 화력의 강함과 유지시간에 따라 소비마력도 달라진다.

서서히 온도를 올리자 금속이 타오르는 냄새가 퍼졌다.

냄새가 신경 쓰일 때마다「냄새 지우기」마법을 썼다.

─덥네.

이 몸이 된 이후로 기후 변화에 강해졌지만, 그래도「화염로」의 불꽃 옆에 있으면 땀이 맺혔다.

발동하고 10초쯤 지나자 동화가 녹았고, 30초만에 단검도 녹아 액체 상태가 되었다.

3분쯤 걸렸지만 미스릴 용해도 확인했다. 불꽃 온도가 AR표시가 되니까 각각의 융점을 메모해 뒀다.

이 정도 고온이다 보니, 한여름 햇살 아래서 탄 것처럼 피부가 따끔거렸다.

보통 사람이라면 치명적일지도 모르니까 이 마법을 쓸 때는 주위를 잘 보고 써야겠다.

이번에는 최대화력 테스트.

조금 아깝지만 미스릴 합금제 단검을 써야지.

가차 없이 전력으로 설정하고 「화염로」를 썼다.

그 순간―.

눈이 멀 정도의 하얀 불꽃이 시야를 채웠다.

위기 감지의 반응을 기다리지도 않고 반사적으로 「화염로」를 정지하면서 「풍압」 마법으로 열을 하늘에 빼냈다.

광량 조절 스킬이 작동했는지 멀었던 시야가 본래대로 돌아왔다.

작업대 위는 검게 그을려 있었고, 실험용으로 둔 미스릴 합금제 단검이 약간의 흔적만 남기고 증발했다. 무시무시하게도 작업대 자체는 녹은 부분이 없었다.

몸을 확인했더니 가벼운 화상을 입었다.

1미터 앞에서 금속이 증발할 정도로 고온이 발생했으니 당연한 일이다.

오히려 가벼운 화상정도로 끝난 게 이상하다고 할 수 있었다.

얼굴을 감싼 손이 가장 심하게 데었는데, 살펴보는 동안에 필름을 거꾸로 돌리는 것처럼 회복했다. 아마도 자기 치유 스킬 덕분이겠지.

내 몸이지만 기분 나쁠 정도의 자가회복 능력이군.

—아니, 마음 든든한 스킬이라고 해야지.

몸은 스킬로 나았지만 옷은 불타 버렸다.

불꽃과 마주보고 있던 면은 타올라서 너덜너덜해졌고, 내화성이 높은 히드라 가죽제 외투마저 그을려서 구멍이 뚫렸다.

애들이 걱정하지 않도록 방금 전까지 입고 있던 것과 같은 옷으로 갈아입어야지.

「화염로」 마법은 비전투용인데, 이 상궤를 벗어난 고온은 공격마법으로도 쓸 수 있겠다.

효과범위가 좁아서 자폭공격이 되겠지만, 비장의 수단으로 소중하게 챙겨둬야지.

마족을 상대할 때는 성스런 무기가 승패를 정하니까 쓸 기회는 없겠지만…….

이어서 다른 마법도 이래저래 실험해봤다.

「바람 벽」, 「이력의 틀」, 「연마」, 「빙결」, 「정수」는 여러모로 쓸 일이 많겠다. 다만 「이력의 틀」은 요령을 터득하기가 좀 어려웠다.

그리고 나한테는 필요 없지만, 우리 애들이 약초를 채집할 때 「해충 쫓기」나 「가려움 방지」가 편리하겠다.

나는 모기나 해충이 피부를 뚫지 못해서 전혀 물리질 않거든.

토목작업을 할 때 「흙 벽」, 「바위 부수기」, 「점토 경화」가 있으니까 효율이 엄청났다. 농담이 아니라 하룻밤에 성을 세울 수 있다. 시험 삼아서 황무지에 세워봤더니 3분 만에 만들었다. 인

스턴트 라면 수준이다.

편리한 마법이 많은 한 편으로「집광」은 용도가 떠오르지 않았다.「방호벽」은 못 쓸 거야 없지만「방어벽」이나「방패」가 더 편리하다.「탐지」는 훨씬 좋은 레이더가 있잖아.

그리고 마지막으로「입방체」마법이다―.

"이거 재밌네."

공중에 한 변 10센티미터부터 12미터까지 투명한 입방체를 만드는 마법으로 크기에 따라 지탱할 수 있는 중량이 다르다.

"얼마나 올라갈 수 있지?"

혼잣말을 하면서「입방체」로 만들어낸 투명한 계단을 올랐다.

효과 시간이 길어도 10분이라 평범한 술자라면 마력이 떨어져 낙하해 버리겠지만, 나는 체중을 지탱할 수 있는 사이즈로 만들어도 자연 회복량이 보충하기 때문에 계속 만들 수 있었다.

공중에 올라가자 영역을 침범 당한 비행형 마물이 공격해왔다. 좋은 기회니 공중전 연습을 해봐야지.

날아오는 마물은 레벨 20의 소형 트럭만한 딱정벌레였다. AR표시를 보니「병사 딱정벌레」였다.
^{솔저 비틀}

이번에는 공중전이 목적이라,「입방체」마법으로 공중에 발판을 만들어 옮겨 다니며 병사 딱정벌레의 공격이나 마법을 피했다.

―내가 하는 짓이지만 게임 캐릭터 같군.

입체기동 스킬과 공중기동 스킬이 보조해주는 덕분에 기동에 맞춘「입방체」의 최소 사이즈를 익혔다. 더욱이 최적의 움직임을 모색해봤다.

　병사 딱정벌레의 체력이 떨어질 무렵이 되자, 지상과 손색없을 정도의 싸움을 할 수 있었다.

　이 정도면 용이나 마족과 공중전도 할 수 있겠군.

　〉「천구(天驅)」스킬을 얻었다.
　〉칭호「하늘을 걷는 자」를 얻었다.
　〉칭호「날개 없는 비행자」를 얻었다.
　〉칭호「하늘의 패자」를 얻었다.

　자유자재로 공중전을 하게 될 무렵에 이런 스킬과 칭호를 얻었다.

　스킬 이름에 끌려서 곧장 스킬 포인트를 분배하고 유효화했다.

　이 천구 스킬은 「입방체」를 발판으로 삼아 나는 것과 거의 같은 효과를, 보다 적은 마력으로 실현할 수 있는 스킬이었다.

　반응도 빠르고, 매번 「입방체」를 만드는 크기나 위치를 의식하지 않아도 되니 좋군.

　「천구」는 가속할 때 마력소비가 좀 많았지만, 그래도 자연회복 속도보다 조금 많은 정도라서 나는 법을 연구하면 항속거리가 얼마든지 늘어난다.

　풍압이나 감압에 견딜 수 있는 게 나뿐이라 누군가를 데리고 날 때는 속도와 고도를 주의해야겠군.

◆

마법 실험을 한 다음다음 날 아침.

우리는 산간지역을 빠져 나와 이제 곧 대하를 따라 뻗은 가도가 보이는 곳에 도착했다.

"주인님, 주 가도와 합류하는 지점이 보여요."

마부를 맡은 루루가 보고하기에 나도 마부석으로 나왔다.

합류지점 근처에 등대 같은 것이 서 있었고, 공작령 병사가 있었다. 대하는 건물 너머에 있는 숲에 가려 안 보였다.

앞서 가서 합류지점을 보고 온 리자와 나나가 말을 타고 돌아왔다. 나나의 말에는 미아도 타고 있었다.

"주인님, 저기를 보십시오. 숲 너머에 뭔가 있습니다."

리자가 가리키는 방향을 보니, 숲 사이로 대형선의 돛 말고는 아무 것도 없었다. 아니군, 리자가 말하는 **뭔가**는 아마 저 돛이겠지.

"저건 배의 돛이야. 숲 너머에 대하가 있으니까 거길 다니는 거겠지."

타마와 포치가 내 말을 들었는지 밖으로 고개를 내밀었다.

"배~?"

"어디, 인 거예요?"

타마가 내 몸을 받침 삼아서 숲 너머를 보려고 발돋움했다.

포치도 루루의 어깨를 붙잡고 발돋움했지만 안 보이나 보다.

"위험하니까, 이리 와라."

"포로~?"

"잡혀 버린 거예요."

타마랑 포치를 붙잡아 무릎 위에 올리고 두 손으로 떨어지지 않도록 잡았다.

타마는 나한테 붙잡혀서 좋아했지만, 포치는 고개를 돌려 호소했다.

"배, 보고 싶은 거예요."

"이대로 앉아 있어도 금세 보일 거야."

설득하면서 포치의 머리를 쓰다듬었다.

마차 안에서 아리사까지 나왔다.

"—그래?"

아리사가 루루의 목을 뒤에서 끌어안아 자매의 스킨십을 하면서 물었다.

이윽고 하천이 보였다. 진행방향 오른편이었다.

"보인다—."

"커다~배~?"

"배가 보이는 거예요!"

내가 말하자 타마와 포치가 동시에 신이 나서 말했다.

꽤 커다란 범선이 우리와 같은 방향으로 나아가고 있었다. 진행방향이 강 하류라 저쪽이 더 빠르다.

내 무릎 위에 앉은 타마와 포치가 배를 향해 손을 크게 흔들었다.

왼쪽에 앉아 있는 포치가 보기 힘들 것 같아서 몸을 오른쪽으로 틀었다.

"여~기."

"저쪽에서도 흔드는 거예요."

포치도 말하면서 배에 손을 흔들었다.

"용케 보이네. 저쪽도 수인족이야?"

"새~?"

"새 머리 아저씨인 거예요."

아리사 예상이 맞았다. 상대는 새 수인족이었다.

포치와 타마는 배가 숲에 가려 안 보일 때까지 손을 흔들었다.

그러면 이쯤에서 오유고크 공작령의 정보를 재검토해야지.

이 영토에는 총 길이가 800킬로미터에 가까운 장대한 대하가 있다.

대하는 세라 양과 카리나 양이 가고 있는 다레간이란 도시가 북쪽 끝이고, 공도를 비롯한 네 도시를 경유해서 바다로 이어진다.

이 장대한 대하가 있는 시점에서 알 수 있는 일이지만 오유고크 공작령은 넓다.

무노 남작령도 형태가 비틀어졌지만 홋카이도만한 넓이였는데, 지금 있는 공작령은 그보다 더 넓어서 일본 혼슈 정도 면적이다. 일본처럼 길쭉하질 않으니 길이를 비교하면 절반쯤 된다.

이 정도 넓지만 도시는 일곱 개뿐이었다. 공도는 인구 21만이나 된다. 지금까지 본 도시와는 격이 다른 대도시다. 「도읍」이라고 할만하다.

아마도 대하를 이용한 운송력이 이 인구를 지탱하고 있을 것이다.

대하를 따라 무수한 마을이 있고, 아인들만 사는 마을도 잔뜩 있었다.

물론 총 인구의 80퍼센트가 인간족이라 인간족이 우위인 것은 다른 영지와 다를 바 없었다.

맵 검색을 해보니 마족, 전생자, 유니크 스킬을 가진 자는 존재하지 않았다.

레벨 30을 넘는 사람이나 마물은 꽤 많아서 모두 마커를 달기 귀찮았다. 여정에서 만날지도 모르는 상대만 마커를 달아둬야지.

마왕 신봉자 「자유의 날개」 구성원도 공작령 전체에서 200명이 넘었다. 많기도 하지.

기본적으로 도시 안에만 있는 것 같으니 가장 가까운 도시에 있는 녀석들만 마커를 달아두면 되겠지.

◆

대하 강변에서 점심 휴식을 마친 다음, 대하의 지류가 합류하는 다리 앞에서 곤란한 손님을 접대하게 되었다.

지류의 상류 쪽에서 도망치듯 날아온 중형 개 사이즈의 큰 침벌이란 마물들이었다.

"포치, 타마, 둘러싸이지 않도록 주의하세요."

"네잉!"

"네, 인 거예요!"

큰 침벌이 아인 소녀들에게 쇄도했다.

"하늘하늘~?"

"타앗, 인 거예요!"

타마가 공격해오는 벌들의 주의를 끌고, 틈을 보인 개체를 포치가 공격했다.

타마가 한 줄로 유도한 벌들을 리자의 마창이 경단처럼 꿰뚫었다.

"으핫, 위험해!"

"미안."

미아가 조심성 없이 발사한 광범위 공격마법이 벌을 잔뜩 끌어들이고 말았다.

"에잇! 에잇!"

아리사의 정신 마법과 루루의 마법총이 벌들을 격추했지만 미아에게 달려드는 수는 줄어들지 않았다.

"미아의 보호를 실행합니다."

나나가 이술「방패」를 쓰며 미아 앞에 끼어들었지만 벌들은 나나를 빙 돌아서 미아에게 갔다.

리자가 달려왔지만 도저히 때맞추기 어려운 거리였다.

"사토."

"주인님 헬프."

"주, 주인님."

마법으로 요격하고 싶었지만 중간에 후위가 있어서 사선이
안 나온다.

나는 재빠르게 달려가서— 애들을 등 뒤에 두고 마법으로 섬
멸했다.

황급히 달릴 때 한 순간 스르륵 하는 이상한 느낌이 들었지만
기분 탓이겠지.

내가 고개를 갸웃거리는 동안 나머지 몇 마리 벌은 아인 소녀
들이 처리했다.

"후우~."

"수고했다."

아리사에게 차가운 과실수를 건넸다.

물론 다른 애들에게도 나눠줬다.

"고마워. 역시 전위에 『도발』 스킬을 가진 사람이 없으면 후위
가 공격의 주축이 되기는 어렵겠네."

"그게 있어?"

내가 질문하자 아리사가 고개를 끄덕였다.

아리사가 말하는 도발 스킬은 다수가 참가하는 게임의 정석
으로, 몬스터의 공격목표를 방어력 높은 중장비 캐릭터에게 모
으는 것이다.

게임에 따라 타깃을 얼마나 잡을 수 있는지가 우수한 방어 플
레이어의 증거가 된다.

"아리사, 『도발』이 어떤 것인지 추가정보를 요구합니다."

나나의 질문에 아리사가 대답했다.

"주인님, 마핵을 회수해 왔습니다."

"날개~?"

"침인 거예요."

전투 뒤에도 활기찬 아인 소녀들이 큰 침벌의 시체에서 회수한 전리품을 나에게 건넸다.

"이제 곧 큰 침벌의 제2진이 올 테니까 휴식해둬."

나는 맵에서 확인한 정보를 아인 소녀들에게 알려주고 휴식하도록 했다.

10분 뒤, 예고했던 큰 침벌 제2진이 도착했다.

기왕 온 거 나나와 함께 도발스킬 획득에 도전했다.

"아리사, 샘플 제공을 희망합니다."

"오케이. 이 굼벵이처럼 느려터진 벌들아! 너희 같은 것들은 꿀 곰한테 잡아 먹혀버려!"

아리사가 신이 나서 도발했지만, 유감스럽게도 벌들은 반응이 없었다.

설렁설렁 비행해온 벌들은 추락하듯 다리 위에 착지하여 쉬고 있었다. 완전히 지쳐서 아리사의 도발은 물론이고 우리들의 존재마저 아무래도 좋다는 태도였다.

"자, 해보라우."

"알겠습니다. 이 굼벵이처럼 느려터진 벌들이여! 그 날개는 장식입니까라고 우롱합니다!"

아리사의 지시에 따라 나나가 도발을 해봤지만 역시 영향이 없었다.

이번엔 내가 해봐야지.

"와라!"

내가 심플하게 외치자마자 다리 위에 모여 있던 30여마리 벌들이 나를 향해 쇄도했다.

〉「도발」 스킬을 얻었다.

이대로 쇄도하면 옷이 찢어질 것 같아서 녀석들이 다가오기 전에 「짧은 기절탄」으로 섬멸했다.

"아앗, 경험치가아……!"

"경경치~?"

"검험지인 거예요?"

아리사가 땅에 손을 짚고 좌절하자 타마와 포치가 흉내 냈다.

나는 아리사의 어깨를 툭 두드리고 그녀의 걱정을 덜어 주었다.

"아리사, 안심해. 여기까지 벌들을 쫓아온 녀석들이 온다."

상류에서 수면을 활공하며 접근하는 갑각 도롱뇽이라는 몸길이 9미터의 마물이었다. 이 녀석은 강산(強酸) 공격이 있는데다가 레벨이 25나 되니까 우리 애들이랑 정면으로 싸우게 만들 수도 없었다.

"—와라!"

모습을 드러낸 **9마리** 갑각 도롱뇽에게 지금 막 배운 도발 스킬을 썼다.

"다들 도롱뇽 전부에 일격을 먹여라! 절대로 다가가지 말고 철저하게 멀리서 공격해!"

내가 그렇게 말하고 갑각 도롱뇽 앞에 나섰다.

파워 레벨링이란 말을 체현하는 전투에 의해 우리 애들 레벨이 2에서 4까지 올랐다. 가장 낮은 미아가 레벨 11, 가장 높은 아인 소녀들이 레벨 16이다.

다들 여러모로 새로운 스킬을 배웠지만 특히 주목할만한 것은 리자의 「마인」과 나나의 「도발」이었다.

애당초 레벨이 낮았던 아이들은 레벨 업 멀미가 시작된 탓에, 오늘 야영은 급하게 이 근방에서 하기로 했다.

저녁 식사까지 시간이 좀 남아서 갑각 도롱뇽 해체가 끝난 다음에는 자유행동을 했다.

레벨 업 멀미로 다운된 루루, 미아, 나나는 마차의 의자를 변형시킨 침대에서 잠들어 있었다.

리자는 이제 막 익힌 「마인」 연습을 시작했고, 타마와 포치는 강변으로 채집을 하러 갔다.

아리사는 보르에하르트 시에서 구한 새로운 마법서를 읽고 있었다.

나는 오랜만에 뭘 만들어 보기로 했다.

가면 예비나 새로운 색 가발은 이동하면서 손이 심심해 여러 가지 만들었지만, 수고가 들어가는 마법 도구나 무기는 오랜만이었다.

새로운 마법도 배웠으니 주조로 놀아봐야지.

화재 방지용 흙 벽을 사방에 세워서 주위에 피해가 나오지 않도록 했다. 높이는 3미터쯤이면 되겠지.

노는 거니까 보르에하르트 시에서 산 철괴와 강재를 쓰지 않고 은화나 놋쇠 촛대를 녹여서 재료로 삼았다.

1시간 만에 은잔에 은제 병, 무수한 놋쇠 액세서리를 만들었다.

병아리 귀걸이는 나나에게, 고양이와 강아지 와펜은 타마와 포치에게, 미아에게는 토끼 헤어핀, 다른 아이들에겐 꽃무늬 커프스를 만들었다. 각 액세서리에는 연성으로 은도금을 했다.

아직 시간이 남기에 성스런 무기도 만들기로 했다.

"그럼 재료는 뭘 쓸까……."

턱에 손을 대고서 생각했다.

전에 성시를 만들 때는 흑요석 촉과 산수의 가지로 만들었지만, 흑요석이 얼마 안 남아서 운석 작업대를 만들 때 썼던 재료를 쓰기로 했다.

재료 가공은 성검을 썼다.

평소 쓰던 성검 엑스칼리버는 마력충전 실험에 쓰고 있었기 때문에 이번에는 성검 듀란달을 썼다.

성검은 그 밖에도 두 자루 더 있었지만 지구에 전해지는 듀란달은 이가 나가도 칼집에 넣어두면 본래대로 돌아간다는 일화가 있어서 이 성검을 골랐다.

참고로 전혀 나설 차례가 없었지만, 스토리지에는 마검 두 자루와 성창도 한 자루 잠들어 있었다.

마검은 사용하는데 칭호가 필요 없었지만 겉보기에 화려한데다가 너무 무거워 우리 애들한테 들려줄 수가 없었다.

그리고 레벨 30이하의 마물 상대로는 미스릴 합금제 무기로도 충분하고 남는다.

재료를 가공해서 화살촉과 창날을 만들고, 마법회로용 홈을 파는 공구도 같은 재료로 만들었다. 남은 조각은 투척용 자갈로 만들어 둬야지.

화살촉과 창날에 회로용 홈을 다 판 다음에 청액^{블루}을 만들기 시작했다.

전에 만든 청액은 무노 시에 머무르는 동안 다 썼기 때문에 다시 한 번 새로 만들었다. 이번에는 넉넉하게 만들어야지.

두 번째다 보니 청액을 만드는 것도 익숙해졌다.

완성된 청액을 방금 전에 만든 은제 병에 담아 스토리지에 수납했다. 병 5개 분량의 청액이 완성됐다.

정밀 각인봉으로 화살촉과 창날에 청액을 흘려 넣어 마법회로를 마무리했다.

성시 10개와 성단창 3개를 만들었다.

성검을 쓰면서 활을 당길 수가 없으니, 그 결점을 보조하기 위해서 한 손으로도 쓸 수 있는 성단창을 준비했다.

"주인님, 애들이 눈 떴어."

흙 벽 너머에서 아리사가 부르는 소리가 들리기에 흙 벽을 제거하고 애들에게 갔다.

액세서리는 대단히 호평이었다.

◆

마물과 싸우느라 배가 고팠는지, 오늘 저녁 식사는 상당히 격했다.

식후 정리는 아이들한테 맡기고 전부터 염원하던 것을 만들고자 나무들 사이로 들어갔다.

"이쯤이면 되려나."

대하가 잘 보이는 둔덕 한쪽을 골랐다.

흙 마법「흙 벽」과「함정 파기」를 써서 직경 3미터쯤 되는 **욕조**를 만들었다.

만든 욕조를 흙 마법「점토 경화」로 굳혀서 물이 흐려지지 않도록 한 다음, 타마와 포치가 강변에서 주워온 둥근 자갈을 깔았다.

이 정도 넓으면 다 같이 들어갈 수 있겠다.

여성용 욕조를 만든 다음 조금 떨어진 곳에 내가 혼자 쓸 욕조를 만들었다.

혼욕이라도 괜찮을 것 같지만, 부끄럼을 타는 한창 사춘기 소녀 루루가 편히 쉬지 못하면 가여우니까 남녀의 욕조를 나눴다.

다음으로 야음을 틈타 대하 중간쯤에 가서 스토리지에 대량의 물을 확보했다.

이 물을 욕조에 꺼내고 물 마법「정수」를 써서 깨끗한 물로 바꿨다.「정수」로 나온 불순물 결정은 스토리지에 회수해서 나중에 처분해야지.

이어서 불 마법 「화염로」를 최소출력으로 써서 물을 끓이면 **노천탕** 완성이다.

더욱이 「점토 경화」로 땅을 굳혀서 몸을 씻는 공간도 만들었다. 온도 조절용 물을 넣은 통과 바가지를 근처에 두었다.

무노 성에는 사우나 실밖에 없었기 때문에 오랜만의 목욕이었다. 느긋하게 즐겨야지.

다들 있는 곳으로 돌아가서 목욕탕 만들었다고 하자 갖가지 반응이 나왔다. 루루와 나나는 목욕을 몰랐기 때문에 간단히 설명했다.

"크우, 소년과 혼욕! 아아, 지금까지 고생한 보람이 있어!"

"목욕은 남녀 따로야."

"뭐, 뭐라고오~! 초식계는 이렇다니까! 이럴 때는 러브러브 온천회를 찍어야지!"

아리사는 예상대로 이상한 방향으로 신이 났다. 애당초 온천이 아냐.

"마스터, 등을 씻겨드리는 임무에 지원합니다."

"안돼."

"그래요, 안돼요."

나나의 말을 미아와 루루가 부정하는 것도 예상대로.

"오랜만에 목욕이군요. **또** 주인님 등을 씻겨드리겠습니다."

"타마도 할래~."

"포치도 하는 거예요."

155

세류 시 영빈관에서 목욕한 걸 떠올린 아인 소녀들이 즐겁게 말했다.

　일부에서 「또」라는 부분에 반응하는 사람도 있었지만 사소한 일이라 무시했다.

　내 등을 씻을 도구를 만들어 놨으니 문제없다.

　그렇게 말하자 어째선지 다들 낙담했다. 리자와 루루가 먼저 목욕을 하라고 했지만, 욕조를 따로 준비했다고 하자 순순히 욕탕으로 갔다. 역시 아리사가 남탕에 따라오려고 했지만 루루가 연행해 갔다.

　"후우, 몸에 스며드네―."

　남탕에 들어가 밤하늘을 보았다.

　별이 딱 좋게 보이기 시작했다. 대하의 수면이 별이 비칠 정도로 잔잔하지 못해 아쉬웠지만, 달빛이 반사되어 상당히 예뻤다.

　거슬리는 메뉴 표시를 끄고서 풍류를 즐겼다.

　"대자연 속에서 목욕이라. 대학 시절에 숨은 온천을 찾아 다녔을 때 이후 처음이네."

　욕조 벽에 등을 기대고 힘을 뺐더니 퐁당하는 소리가 들리며 몸에 무게가 더해졌다. 공간파악으로 누가 오는 건 알고 있었지만 레이더를 지운 탓에 누군지는 몰랐다.

　고개를 들자 머리를 푼 미아가 있었다.

　"미아, 이쪽은 남탕이야."

　"응."

　부드럽게 타일렀지만, 미아는 신경 쓰지 않고 자세를 바꾸더니 내 무릎 위에 앉아 등을 기댔다.

어쩐지 친척 애들 목욕시키던 게 떠오르는군.

회수 팀이 이쪽으로 오고 있는 모양이니까 얼마간 좋을 대로 하게 돼야겠다.

"엘프 마을에도 목욕탕 있었니?"

"공동."

대중탕이 있구나.

미아가 작은 머리를 내 가슴에 기대더니 나와 함께 밤하늘을 보았다.

그때 회수 팀 제1진이라기보다, 습격 팀 제2진이 도착했다.

"같이~?"

"들어가는 거예요."

타마랑 포치가 양 옆에서 첨벙 들어왔다.

너희들이 아무리 작아도 이건 용량 오버야. 욕탕에 들어갔다 기보다 꼬맹이들에게 파묻힌 꼴이었다. 좀 좁군.

타마랑 포치도 미아와 같은 자세를 하고 싶어 해서 가라앉지 않도록 손으로 허리를 받쳐주었다.

"잠깐, 거기 셋! 새치기 금지야!"

얇은 가운을 입은 아리사가 떡 버티고 섰다.

젖은 가운이 몸에 달라붙어서 비치고 있지만 어린애의 몸에는 흥미가 없으니 아무래도 좋았다.

그보다도 아리사를 뒤따라온 연장자 팀에게 시선이 가 버린다.

나나는 흉악하기 짝이 없어서 말도 안 나오지만, 만났을 때보다 좋아진 루루의 비율을 보고 딸의 성장을 지켜보는 아버지 같은 감개를 품고 말았다.

"주인님은 저쪽 큰 욕탕에서 같이 목욕하는 게 좋아."

아리사의 제안을 모두 환영해 버린 탓에 어쩔 수 없이 나도 함께 목욕을 하게 되었다.

—역시 욕탕은 넓은 게 좋지.

"제에길, 달빛이, 달빛이 부족해. 역시 빛 마법을 배워야 하려나……!"

아리사가 방금 전부터 욕탕 중앙에서 중얼거리며 잠수를 반복했다.

대충 뭐가 목적인지 예상이 된다. 유감이지만 가운 대신 새 트렁크스를 입었으니 그녀가 보고 싶은 건 안 보인다. 못난 짓이지만 긴급 피난이라고 생각해주면 좋겠다.

"쇄, 쇄골 곡선이……."

아리사 옆에서 어깨까지 몸을 담근 루루는 나에게 시선을 고정한 채 얼굴을 붉히며 뭐라고 중얼거렸다. 그렇게 쳐다보면 좀 거북한데 말이지…….

욕조 벽에 등을 기대고 아까 전 포즈로 돌아갔다.

수증기가 별로 일을 안 해서 시선을 앞으로 향하기 힘들었다.

조금 뜨거워지기에 양팔을 욕조 위로 꺼냈더니 베개가 되어 버렸다. 오른팔에 타마와 포치, 왼팔에 미아다. 어째선지 루루가 순서를 기다리러 다가왔다.

"마스터, 대단한 발견을 했습니다! 확인을 요청합니다."

루루 뒤쪽에서 나나가 말했다. 무방비하게 그쪽을 봤더니—.

"가슴은 물에 뜹니다! 게다가 가볍고, 어쩐지 귀엽습니다."

가운 앞을 연 나나가 가슴을 물에 띄우고 무표정함을 유지하며 즐겁게 말했다.

만화였다면 주인공이 코피를 뿜어낼 장면이었다. 이거 참 눈보신인걸.

"나나 씨, 안돼요!"

"야해."

루루가 나나 앞에 서서 내 시선을 가렸다. 나한테 등을 향하고 있는 건 좋은데, 젖은 가운이 달라붙어서 귀여운 엉덩이가 다 보인다.

조금 늦게 미아가 내 앞에서 두 다리를 벌리고 섰다. 미아는 가운을 안 입어서 보이면 안 되는 부분이 여기저기 보였다. 내가 유녀취향이었다면 울면서 기뻐했을 것이다.

이런 식으로 느긋하게, 때로는 소란스럽게 목욕 타임이 지났다.

다음날 아침, 리자가 식은 목욕탕을 보고 슬픈 표정을 짓기에 다시 데워줬더니 아침부터 목욕을 했다. 리자는 여전히 목욕을 좋아했다.

토르마 일가

"사토입니다. 옛날에 영화에서 본 장면이었는데, 산을 뒤진답시고 횃불을 든 남자들이 산에 들어가는 장면이 인상 깊었습니다. 야간에 산에 들어가면 위험한데 말이죠."

구를리안 시까지 반나절쯤 남은 장소에 있는 가도 교차지점에서 전에 본 기사와 재회했다.

레이더로 미리 알고 있었던 터라 받아들일 준비는 끝냈다.

"페, 펜드래건 경이군……. 부탁한다. 말을 빌려줘."

내가 건넨 물통의 물을 거의 쏟아내듯이 마신 기사가 말했다.

그는 무노 시에서 만난 젊은 신전기사 히스였다.

"『신탁의 무녀』가 도적들에게 납치되었다고 태수에게 보고를 해야 한다."

─뭐야! 세라 양이 위험한가?

그가 「신탁의 무녀」라고 하기에 황급히 맵을 검색해봤지만 세라 양은 구를리안 시에 무사히 도착했다. 아무래도 다른 사람인가 보다.

나나가 타고 있는 말의 고삐를 그에게 건넸다.

내가 말을 쉽사리 내준 것이 뜻밖이었는지, 히스는 조금 놀란 표정으로 고삐를 쥐었다.

산 속을 달려왔는지 그의 기사 외투가 초목의 즙으로 지저분했고, 여기저기 찢어져 있었다.

"감사한다."

그는 피로에 찌든 모습이었지만, 가슴에 주먹을 대는 기사의 경례를 한 다음 말을 타고 구를리안 시를 향해 달려갔다.

"그런데 주인님, 이 도적들은 어떡하지?"

내가 기사와 대화하는 동안에 **사후처리**를 하고 있던 아리사가 물었다.

아리사 뒤에는 30명쯤 되는 도적들이 무장해제된 상태로 묶여 있었는데, 모두 아리사의 정신 마법으로 잠들어 있었다.

이 도적들은 신전기사를 쫓아온 놈들이었다.

길가에 도적의 시체가 셋 정도 널 부러져 있었지만, 이건 방금 전의 신전기사가 죽인 거다.

사전에 레이더로 추격전을 감지한 우리는 신전기사와 합류가 예상되는 지점에서 만반의 준비를 갖추고 응전하여 도적들을 일망타진했다.

도적들 주제에 이상하게 장비가 충실해서 청동제 갑옷이나 검, 그리고 네 개뿐이지만 불 지팡이와 벼락 지팡이 같은 군용 마법 도구까지 가지고 있는 게 좀 마음에 걸렸다.

"방금 전의 기사가 원군을 데리고 돌아올 테니, 귀찮은 운반 작업은 그 사람들한테 맡기자."

범죄자의 뒤처리는 현지의 관료들에게 맡기는 게 편하고 좋다.

그 생각을 하며 맵을 조사했다.

도적 아지트에서 「신탁의 무녀」를 구출해야 하니까.

아지트의 도적은 10명. 남자가 셋에 여자가 일곱이었다. 납치된 인물은 남성이 네 명에 여성이 세 명이었다.

세 여성 중에는 세라 양의 호위를 맡았던 여성 신전기사도 있었다. 아마도 아까 본 신전기사 히스와 함께 「신탁의 무녀」 호위 임무를 맡았겠지.

나 혼자서 갈까 했지만 구조해야할 사람이 많았다.

몇 명 데리고 가야겠네. 정신 마법을 쓸 수 있는 아리사는 필수고, 리자랑 또 한 사람 데리고 갈까?

"도적 아지트에서 피해자를 구하러 간다. 아리사랑 리자, 그리고 타마는 나랑 같이 가자."

세 사람은 고개를 끄덕였지만 나나, 포치, 미아는 불만스러워 보였다.

"마스터, 동행 허가를."

"포치는, 필요 없는 애인 거예요?"

"우웅, 갈래."

나나는 평소처럼 무표정하게, 포치는 눈물지으며, 미아는 볼을 부풀렸다.

"세 사람은 여기서 루루랑 마차를 지켜주면 좋겠다."

"마스터의 거점방어 명령을 수락."

나나는 금세 고개를 끄덕였지만 포치랑 미아의 반응은 신통찮았다.

두 사람 머리를 순서대로 쓰다듬으며 새삼 달랬다.

나나가 그 옆으로 슥 움직여 서기에 같이 쓰다듬어줬다.

"혼자서는 불안하네~, 강한 검사님이랑 마법사님이 지켜주지 않을까~?"

내 뜻을 파악한 루루가 두 사람을 유도해 주었다.

"포치가 지키는 거예요!"

포치가 금세 낚였다.

그 말을 들은 마차 말들이 「푸르륵」 콧소리를 냈다.

"무, 물론, 기랑 다리, 그리고 뉴랑 비도 지키는 거예요. 물론 자드도 지키는 거예요."

포치가 황급히 말들의 이름을 부르며 허둥지둥 말했다.

말들이 「흥, 우리가 지켜주마」라고 말하는 표정으로 다시 한 번 「푸르륵」거렸다.

그 모습을 보면서 미아를 설득했다.

"부탁해, 미아."

"──응, 알았어."

내가 눈높이를 맞추며 부탁하자 목덜미를 끌어안고 허그한 다음에 납득했다.

"아~!"

아리사가 비난하며 소리쳤지만 그건 무시했다.

도적들을 3중 방어벽으로 격리한 다음 도적의 아지트가 있는 산으로 갔다.

좁은 산길을 달렸다. 물론 체력이 없는 아리사는 어깨에 올리고 이동했다.

　이윽고 나무들 너머로 동굴 입구가 보였다. 입구에 반쯤 부러진 결계주 같은 것이 있었다. 저걸로 마물의 접근을 막고 있나 보다.

　동굴 앞에 남자 도적 두 명이 망을 보고 있었다. 마침 밖에서 돌아온 도적들을 맞이하고 있었다.

　"어떻게 됐어?"

　"암컷 꼬맹이 두 마리랑 별 볼일 없는 짐뿐이야."

　보초가 묻자 누더기 자루를 짊어진 도적이 불만스레 말했다. 자루 안에 인질이 있는 모양이군.

　"마부는 암컷 꼬맹이를 버리고 산으로 도망갔다. 혈기 넘치는 젊은 놈이 쫓아가 버렸어."

　"두목이 『살려서 데리고 오라』고 한 걸 잊으면 안 될 텐데."

　"그건 무리지. 그리고 살려서 와봤자 두목이 가지고 놀다가 죽이니까 똑같아."

　도적 두목은 고문이 취미인 변탠가 보네.

　애들은 수풀에 남겨두고 숨어서 도적들에게 접근했다.

　"정말이지. 그 묘한 꽃병을 받은 뒤로 두목이 심하게 맛이 갔단 말이지."

　"보라색 로브 입은 놈들한테 무기나 불 지팡이랑 같이 받은 그거 말이군."

　"역시, 저주받은 물건인가ㅡ."

나는 방심하고 있는 도적들 사이로 뛰어들어 상대가 반응하기 전에 도적 네 명을 기절시키고, 경보 피리를 불려던 도적을 아리사의 정신 마법 「정신 충격타_{마인드 블로우}」가 혼절시켰다.

누더기 자루를 버리고 검을 뽑으려던 나머지 두 도적을 앞차기로 날려버리고 자루가 땅에 떨어지기 전에 받아냈다.

나는 애들에게 신호하여 불러들이고 도적들을 구속하라고 시켰다.

"다친 데 없니?"

"어? 살았어, 요?"

자루 속에서 중학생쯤 되는 소녀가 나와서 두리번거리며 주위 상황을 보더니 중얼거렸다.

"언니이이이이이이—!"

또 다른 자루에서 나온 아리사쯤 되는 나이의 소녀가 방금 전 그 소녀를 보고 울면서 안겼다. 보아하니 둘이 자매로군.

"아리사, 두 사람을 보살펴줘. 내가 동굴을 정찰하고 올 테니까 리자랑 타마는 바깥에서 돌아오는 도적을 경계해라."

나는 지시를 내리고 동굴로 향했다. 돌아오는 도적은 레벨 7이 안 되는 작자들 셋이니까 애들이 충분히 대처할 수 있었다.

맵으로 동굴 안을 표시하면서 구조할 사람들이 있는 곳으로 향했다.

가장 안쪽에 있는 넓은 방에 납치된 사람들이 모여 있었고, 도적 두목이 여자 부두목과 함께 있었다.

출발했을 때랑 비교하니 납치된 사람들 수가 줄었다. 남성 세

명이 도적에게 살해당한 모양이다. 서둘러야겠네.

나머지 도적 여섯 명 중에서 여자 도적 넷이 동굴 안의 물가에 모여 있었고, 나머지 둘이 입구로 이동하고 있었다.

경계심 없이 모퉁이를 돈 두 도적을 가볍게 기절시키고 안쪽 방으로 향했다.

"큭, ―죽여라."

도적 두목이 있는 방에서 여성의 목소리가 들렸다.

입구에서 고개를 내밀고 안쪽을 보니 벽에 구속구로 고정된 여성기사가 보였다.

여성기사는 상반신의 금속갑옷이 벗겨져 있고, 옷의 가슴 부분이 찢어져 한쪽 가슴이 드러나 있었다.

아래쪽은 입고 있으니 긴급성이 낮다고 판단하여 먼저 주위 상황을 확인했다.

여성기사 옆에는 덥수룩한 머리칼의 중년 남자가 앉아 있고, 고개를 돌리는 여성기사에게 뭔가를 보여주며 저열하게 웃고 있었다.

그 옆에는 노출이 많은 짙은 화장의 여자 도적이 있었고, 여성기사를 내려다보며 깔깔거리고 있었다.

그밖에 납치된 사람들은 조금 떨어진 철창 안에 갇혀 힘없이 바닥을 보고 있었다.

방의 한 구석에는 무참한 모습의 시체가 쌓여 있었다.

그러면 함정도 없는 것 같으니 얼른 끝내야지.

"그렇게 빨리 단념하면 즐겁지가 않아. 좀 더 격렬하게 반항하라구."

"그, 그만둬라. 그걸 들이밀지 마."

자기가 쓰레기라고 신고하는 듯한 말을 하는 남자의 손에는 날개가 뜯겨나간 강아지만한 사이즈의 벌이 있었다.

AR표시를 보니 「썩은 고기 벌」이란 마물로, 동물의 몸 안에 알을 심고 부화한 유충이 부패독을 뿜어서 숙주를 부패시킨 다음 먹이로 삼는 녀석이다. 호러 이야기에 나올 법한 흉악한 놈이었다.

"이 벌에 찔린 녀석이 어떻게 되는지―."

젊은 여성이 그런 꼴을 당하는 걸 구경하는 취미는 없으니, 스토리지에서 꺼낸 자갈을 던져서 썩은 고기 벌을 파괴했다.

"―웬 놈이냐!"

썩은 고기 벌의 녹색 체액을 뒤집어쓴 도적이 분노하며 돌아보았다.

나는 놈에게 대답하지 않고 담담하게 처리했다.

자갈에 사지가 꿰뚫어진 도적 둘이 바닥에 나뒹굴었다.

이미 사람의 말인지 수상쩍을 정도의 욕설을 내뱉는 도적들의 배를 걷어차 조용히 만들었다. 아마 반시간 정도는 기절해 있겠지.

나는 급전개를 따라가지 못하고 눈을 깜빡이는 여성기사에게 다가갔다.

"귀, 귀공은 분명히 무노 남작령의―."

나는 가까이 있던 천으로 그녀의 가슴을 가려주고 손목의 구속을 나이프로 파괴했다.

그녀도 썩은 고기 벌을 파괴할 때 체액을 뒤집어 썼기 때문에 물통과 타월을 추가로 건넸다.

"감사한다, 펜드래건 경. 그건 그렇고 어째서 여기에……?"

"젊은 신전기사님을 쫓아온 도적에게 본때를 보여주니 가르쳐 주더군요."

나는 빼앗긴 장비를 찾는 여성기사에게 대답하면서 철창 안의 사람들에게 말을 걸었다.

"구출하러 왔습니다. 금세 구해줄 테니 조금만 기다리세요."

약하게 기뻐하는 사람들에게 미소를 짓고서 철창의 열쇠가 어디 있는지 맵으로 검색했다.

벽 쪽에 있는 책상 위였다.

"젊은 신전기사? 그러면 히스도 같이 있는 겁니까?"

"아뇨, 그는 구를리안 시까지 지원군을 부르러 갔습니다."

여성기사의 질문에 대답하면서 쓰레기가 흩어진 책상으로 향했다.

일단 책상 위에 놓인 꽃병이 눈에 들어왔다.

그것도 눈알과 입을 모티프로 삼은 수상쩍은 무늬가 그려진 것이었다.

AR표시를 보니 이 뚜껑이 달린 꽃병은 「주원병(呪怨甁)」이란 것이었다.

전에 무노 시에서 퇴치한 마족이 「황금의 폐하」란 놈의 부활에 필요하다고 했던 혼돈 항아리의 아종 같았다. 원념이나 부정적인 감정을 모으는 것도 여러 장소에서 했나 보군.

입구를 지키던 도적들이 투덜거리며 말한 「두목이 이상해진 원인이 된 꽃병」이란 게 틀림없이 이거다.

뚜껑을 열면 저주를 받을 것 같아서 얼른 스토리지에 회수했다.

공도에 도착하면 테니온 신전의 성녀님 같은 사람한테 해주를 부탁해야겠다.

열쇠는 금세 찾았다. 철창에서 납치된 사람들을 구해냈다.

"이제 괜찮습니다."

"고, 고맙습니다."

갓난아기를 안은 20대 중반의 여성이 나오는 걸 도왔다.

마지막에 나온 남성은 얼굴이 부어 있고 한쪽 팔이 부러져 있었다.

"상처가 심하군요."

"우리를 지키려다가 도적들에게 맞아서……."

"딸과 아내를 지키는 거야 당연하지 않나?"

남자는 아파 보이는 입을 비틀면서 씨익 웃었다.

그가 살해당하지 않았다는 게 신기했는데, AR표시에 나온 그의 출신을 확인하고는 납득했다.

그는 공도의 상급 귀족 중 한 명이었다.

아마도 몸값을 요구하려고 살려둔 거겠지.

상처가 심하기에 골절에도 효과가 있는 하급 마법약을 주었다. 요즘에는 나설 차례가 없었던 최고품질이었다.

"이것은 마법약인가? 미안하군."

남성은 물 한 잔 받은 것처럼 가볍게 말하더니 마법약을 들이켰다.

"오오 굉장하군! 좋은 약이야. 벌써 나았다!"

남성이 약의 효능에 놀라며 외쳤다.

"나는 토르마라고 하네. 이쪽은 아내인 하유나와 딸인 마유나야. 공도에 오면 시멘 자작가에 들르게. 시멘 가문의 이름을 걸고 자네를 환대하겠어."

"자작 가문 분이셨군요—."

분명히 토르마 씨의 집안인 시멘 자작가는 공도에서 두루마리 공방을 경영하고 있었다.

현 자작의 동생인 그와 연줄이 생긴 건 뜻밖에 행운일지도 모르겠군.

그리고 그의 딸인 마유나가 「신탁의 무녀」였다.

내가 웃어주자 「우아우」 하면서 흥미를 보였다.

이런 곳인데도 울지 않다니, **갓난아기**치고는 담이 크군.

자기소개를 하는 토르마 씨에게 나도 자기소개를 했다.

"무노 남작령의 가신? 육촌에게 귀족 가신이 있다는 건 처음 들었군. 육촌께선 건강하신가?"

그는 무노 남작과 친척이었다. 무노 남작도 본래는 공도 출신이라고 했으니 신기할 것도 없었다.

토르마 씨와 원만하게 이야기를 나누는데, 뒤에서 하유나 씨가 비명을 질렀다.

비명의 원인은 여성기사의 복수였다.

피가 떨어지는 칼끝에 도적들의 목이 굴러다녔다.

저항도 못하는 자를 죽이는 건 좀 그렇지 않은가 싶었지만, 방 안에 쌓인 시체의 산에 합류하기 직전이었던 여성기사로서는 당연한 보복이었을 것이다.

시가 왕국의 법률로도 도적을 죽이는 건 죄가 아니었지만, 나는 한 마디만 하기로 했다.

"—뭐지? 기사도에 반한다고 말하고 싶나?"

"도적을 죽이지 말라고 하진 않겠지만, 사람들 앞에서 함부로 살생하는 건 삼가시죠."

"알았다. 다음부터는 고려하지."

그녀는 내 말에 검을 칼집에 넣고서 구석에 있던 갑옷을 입기 시작했다.

쫌. 그로테스크한 건 싫다니까요.

구출한 사람들을 지상에 있는 우리 애들이랑 합류시키고, 동굴 안에 있는 여자 도적을 포박한 뒤 전리품을 회수했다. 이동 수단까지 확보한 다음 다들 기다리는 곳으로 돌아갔다.

확보한 이동수단은 짐마차와 둔보룡(鈍步龍)이란 하마와 공룡이 교배된 듯한 사역수, 그리고 벨로키랍토르처럼 생긴 주룡(走龍)이라는 기승동물과 말들이었다.

"주인님, 이 주룡은 근사합니다. 실로 민첩하게 움직입니다."

"『퀵 터언』도 맘대로 된다~냥."

리자와 타마가 주룡을 절찬했다. 타마는 아리사에게 배웠는지 말끝에「냥」을 붙였다.

주룡의 목 때문에 앞이 안 보이는 타마는 안장 위에 서서 조작하고 있었다. 육식치고는 얌전한 생물이군.

나는 둔보룡이 끄는 짐마차에 타기 전에 전리품 속에서 발견한 미스릴 단검과 짐 주머니를 토르마 씨에게 건넸다.

"오오! 이것은 우리 가문의 문장이 들어간 단검!"

"역시 토르마 경의 물건이었군요."

AR표시로 그의 물건인 걸 알았기 때문에 반납했다.

"참 고맙군! 이걸로 집에 돌아가서 형님을 뵐 면목이 생겼어. 정말로 감사하네, 펜드래건 경!"

"사토라고 부르시면 됩니다."

"그러면 사토 경, 이 답례는 공도에서 반드시 하겠네!"

토르마 씨가 한 번 말을 끊더니 조금 빠르게 말을 이었다.

"당주인 형님과는 달리 지금 가진 건 빈약하지만 말이야. 그래도 사교계에는 제법 알려져 있어. 분명히 자네에게 도움이 될 거야."

사교계 데뷔는 별로 하고 싶지도 않아요.

나는 토르마 씨에게 공도 이야기를 들려달라고 부탁했다.

도착하는 동안 공도의 두루마리 공방 견학 약속을 받아냈으니 좋은 일이지.

"그렇지. 두루마리 수집이 취미라면 이런 건 필요 없나? 이쪽 두 개는 이미 사용했지만, 이 『유도 화살』 두루마리는 아직 안 썼어."

리모트 애로우

"받아도 괜찮을까요?"

"그야 물론이지. 단검의 대가로는 한참 부족하지만 자네가 기뻐한다면 좋지."

토르마 씨가 짐 속에서 꺼낸 두루마리를 고맙게 받았다.

나중에 「유도 화살」을 써서 마법란에 등록했다. 「마법의 화살」과 거의 같은 성능이었지만 목표추적 기능이 있어서 여러모로 편리했다.

둔보룡은 이름과 달리 나귀와 비슷한 속도를 낼 수 있었다. 그래서 신전기사가 지원군을 데리고 오는 것보다도 빨리 우리 마차를 세워둔 곳에 도착하여 합류할 수 있었다.

◆

신전기사 히스가 데리고 온 태수의 기사와 종자는 합계 30명.

그 중에서 24명이 도적의 잔당을 사냥하려고 산길을 헤치고 들어갔다.

"그러면 뒷일을 잘 부탁합니다."

"예! 도적들의 호송은 맡겨 주십시오!"

우직해 보이는 늙은 종자가 듬직하게 웃으며 맡아주었다.

그가 리더를 맡은 합계 여섯 명의 기사와 종자가 포박한 도적들 운반을 담당했다.

걸음이 느린 둔보룡이 끄는 짐차에 다 태울 수 없으니 나머지 도적들은 밧줄로 묶어 끌고 간다고 한다.

지구에서는 포로 학대라고 할 법하지만 이 세계에서 도적에게 인권은 없으니 도적들도 순순히 따랐다. 「싫다」라고 외친 순간에 목이 날아가 버리니 무서운 일이다.

그러면 자업자득인 도적들에 대해서는 뇌리에서 떨쳐버리고 우리들 마차에 갔다.

타마와 포치가 주룡을 타고, 리자, 나나, 미아가 말을 탄 채 기다리고 있었다.

방금 전까지 재회를 축복하던 신전기사도 말을 탄 채 대기하고 있었다.

내 모습을 본 포치가 주룡 위에서 활짝 웃었다.

"주인님! 리자가 양보해준 거예요."

리자는 자신의 애마를 우선한 모양이다.

"주인님, 아리사랑 다른 사람들은 다들 마차에 탔어요."

"그래 알았다."

마부석 위에서 보고하는 루루에게 대답하고 마차에 탔다.

"루루, 출발하자."

"네, 주인님."

요즘 루루는 마부 테크닉이 늘어서 출발할 때 괜한 가속이 적었다.

"이렇게 좋은 마차는 처음이야."

"응, 푹신푹신해."

"좋지~? 요즘에 겨우 푹신하게 만들었어."

내가 구해낸 마을 자매가 나와 아리사 맞은편 의자에 앉아서 즐겁게 말했다.

"이야~, 정말로 승차감이 좋은 마차로군. 우리 가문 마차와 비교해도 손색이 없어."

"만족하셨다니 영광입니다."

마차 가장 뒤에 있는 예비석에 앉은 토르마 씨가 흥미롭다는 듯 마차 안을 둘러보았다.

"이런 건 얼마나 하려나?"

"잠깐, 토르마!"

품위 있다고 하기 어려운 토르마 씨의 말을 옆에 앉은 하유나 씨가 타일렀다.

방금 전까지 조용했던 아기 마유나가 큰 소리로 울기 시작했다.

AR 정보를 보니 배가 고픈가 보다. 하유나 씨가 가슴을 드러낼 기색이기에 시선을 앞으로 되돌렸다.

아기 울음소리를 BGM 삼아서 강변을 따라 나아갔다.

그대로 구를리안 시까지 밤새 달리는 건가 했더니, 신전기사 두 사람이 권해서 중간에 있는 마을에 묵기로 했다.

밤에는 대하에서 마물이 올라와 위험하다고 한다.

맵으로 확인했지만 마물은 없었다. 아마 무슨 미신이겠지.

"이것 참~, 갑자기 이렇게 많이 와서 미안하군."

"아, 아니, 그렇지 않습니다."

토르마 씨는 스스럼없이 말했지만 촌장의 목소리는 갈라져 있었다.

공도의 상급 귀족이나 신전기사가 예고도 없이 나타나면 이렇게 반응할 수밖에 없겠지.

여자를 물색하러 왔다고 생각한 건지, 마을 아가씨들이 촌장의 집에서 먼 오두막 같은 곳에 숨어 있는 걸 맵으로 발견했다.

이건 실례라면서 화를 내야 할지, 불편하게 했으니 사과해야 할지 망설여지네.

일단 내일 출발할 때 사례금을 충분히 줘야겠다.

"이런 장소라 죄송합니다……."

"집회장인가?"

"네, 여러분을 대접할 수 있는 넓이가 있는 방이 여기밖에 없사옵니오이다."

긴장해서 말투가 이상해진 촌장의 안내를 받아 촌장댁 옆에 있는 집에 들어갔다.

안에는 50평쯤 되는 방이 있고, 나이 든 여자들이 연회 준비를 하고 있었다.

그리고 포치와 타마의 배가 소리를 내기 시작할 무렵에 드디어 완성된 요리가 나왔다.

각자 앞에 「콩과 정어리 눈과 버섯」 수프와 「버섯과 산나물」이 들어간 오코노미야키[#5] 같은 것, 그리고 같은 접시에 작은 생선이 한 마리씩 있었다.

"와~ 진수성찬이야, 언니."

"추, 축제 같구나."

#5 **오코노미야키** 일본의 지짐 요리. 취향에 따라 다양한 재료를 쓰지만 기본적으로 야채와 달걀, 밀가루로 반죽을 만들고 고기를 붙여 구워 먹는다.

일반적인 농촌의 식사인가 했더니 자매들 같은 보통 마을 사람 기준으로는 성찬 같은 식사구나.

나랑 루루, 미아에게는 딱 좋은 양이었지만 다른 애들에게는 조금 적겠다.

실제로 타마랑 포치가 요리를 보며 두리번거렸다.

"저, 사토 씨."

"뭐니?"

마을 자매 언니가 내 소매를 끌었다.

"저희들, 이런 음식 대금을 낼 수 있는 돈이 없어요."

"대금은 걱정하지 않아도 돼. 내가 사는 거니까 안심하고 먹어라."

"예, 예에……."

걱정 많은 소녀에게 문제가 없다고 한 다음 자리에 앉으라고 권했다.

토르마 씨와 신전기사 두 사람은 평민이나 아인과 동석하는 것을 피하는 기색이 없었다.

"초라한 식사로다, 참으로……."

"가끔은 빈곤한 식사도 상관없어. 먹을 수만 있으면 되는 거지."

"토르마! 식사를 만들어준 사람들한테 실례야!"

토르마 씨가 포장하지 않고 내뱉은 실언을 하유나 씨가 황급히 꾸짖었다.

촌장과 할머니들 표정이 굳어 있기에 커버했다.

"동행자가 실례했습니다. 여러분의 마음이 담긴 음식 고맙게 먹겠습니다."

"화, 황송한 말씀입니다."

기분 탓인지 모르겠지만 촌장은 공도의 상급 귀족이 나라고 착각하는 것 같았다.

토르마 부부는 평범한 여행자 차림이니까 잘 만든 로브를 입은 내가 귀족이라고 착각하는 것도 어쩔 수 없는 일이었다.

실제로 내 앞에만 접시가 하나 많았다. 나중에 원하는 사람에게 나눠줘야지.

"자, 먹지."

빈곤한 식사라고 말한 주제에, 토르마 씨가 손을 비비더니 가장 먼저 먹기 시작했다.

결식아동 같은 속도였지만 상급 귀족이니만큼 먹는 법은 정중했다.

하유나 씨와 마을 자매도 토르마 씨를 따라 먹기 시작했다. 셋 다 상당히 빨리 먹었다.

""잘 먹겠습니다.""

우리 애들도 아리사의 선언에 맞춰 먹기 시작했다.

평소보다 검소한 식사였지만 불평하는 애는 없었다. 미아와 타마가 생선과 야채를 교환한 정도다.

중간까지는 평범하게 식사를 했는데, 타마랑 포치가 좀 이상했다.

오늘은 식사 양이 적으니까 꼭꼭 씹으며 느긋하게 먹는 거야 그렇다 치고, 반쯤 먹더니 자기들 접시랑 아기를 안은 하유나

179

씨 사이로 시선이 허우적거렸다.

그리곤 의자 소리를 내며 일어서더니, 자기들 접시를 들고 하유나 씨에게 갔다.

—왜 저러지?

"밥 나눠 먹어~?"

"반 주는 거예요."

둘이 하유나 씨에게 자기 접시를 내밀었다.

뭘까? 굉장히 진지하고 괴로운 표정으로 내밀었다.

"어허, 아무리 식사 양이 부족해도 아인 노예의 잔반을 먹을 리가 없잖아?"

토르마 씨의 말은 딱히 큰 목소리가 아니었지만 타이밍이 나빠서 참 잘 들렸다.

그걸 들은 타마와 포치의 귀가 축 늘어졌다.

"토르마! 입을 열기 전에 상대에 대해서 생각하라고 늘 말했지!"

하유나 씨가 토르마 씨의 말에 일어서더니 불같이 혼을 냈다. 덤으로 손도 나갔다.

머리를 맞은 토르마 씨가 한심스런 표정으로 하유나 씨를 올려다보았다.

나도 그의 말에 불평을 하고 싶었지만, 하유나 씨가 대신 혼내줬으니 그에게 뭐라고 하는 건 관둬야지.

이 나라에는 엄격한 신분격차가 있으니 토르마 씨의 입장이라면 당연한 반응일지도 모르지만, 우리 애들의 선의를 저런 말로 대응하는 건 받아들이기 어려웠다.

이제 토르마 씨라고 안 한다. 앞으로 속으로는 그냥 아저씨다.

아차, 아저씨보다 타마랑 포치를 챙겨야지.

"왜 그러니?"

"잔뜩 안 먹으면 아기 죽어~?"

"젖 안 나오면 아기가 우는 거예요."

의미는 잘 모르겠지만 아까부터 좀 이상했던 이유가 있구나.

그러고 보니 오면서도 아기가 계속 울었으니까, 그것 때문에 많이 굶주렸다고 착각을 했나?

"주인님, 전의 주인에게 있을 때 아기를 가진 표범 머리 종족의 여자가 있었습니다. 식사가 적은 탓에 모유가 나오지 않아 아기가 굶어 죽을뻔했습니다. 그때 아인 노예들이 협력하여 식사를 반씩 나눠준 것을 기억하고 있는 것이죠."

리자의 설명을 듣고 납득했다.

"그렇구나, 타마랑 포치는 상냥하네. 걱정 안 해도 되니까 그건 둘이서 먹어라."

아인 소녀들 전 주인이라면 그런 대우를 할 법 하군.

"걱정해줘서 고마워."

하유나 씨가 둘의 머리를 쓰다듬으며 말해줬지만, 아저씨는 머리를 긁적이면서 「술도 안 내오나」라며 허공을 향해 불평했다.

아저씨의 재촉은 마을 사람들에게도 들린 모양이었지만 아무도 대답하는 사람이 없었다.

타마와 포치는 나와 하유나 씨의 말을 들은 뒤 고개를 끄덕이고는 자기들 자리로 돌아갔다.

식사가 끝나고—.

"아까부터 남편 때문에 미안하네요."

"아야야, 하유나, 반성했으니까 귀는 좀 그만 당겨."

"안돼요. 애들한테 사과할 때까지 용서 안 해요."

아저씨가 생긋 웃으면서 화내는 하유나 씨에게 연행되어 사과하러 왔다.

"사토 경, 자네 노예들의 호의를 망쳐서 미안하네."

"사과할 상대가 틀렸잖아요?"

"아니, 귀족들 사이에서는 이게 맞는 거야. 그리고 아까도 말했잖아. 아인 노예는 불결한 자가 많아. 식사를 공유해서 괜한 병이 옮으면 위험하단 말이지. 엄마인 당신이 병에 걸리면 마유나한테도 옮을 거 아닌가?"

그렇군, 잡균에 저항력이 낮은 아기에 대한 배려였구나.

"두 분 이제 그만 싸우세요. 토르마 님의 사죄를 받아들이겠습니다. 이 일에 대해서는 여기까지 하죠."

"그런가? 그렇게 말해주니 고맙군."

아저씨하고는 구를리안 시에서 헤어질 테니까 뭐.

두루마리 공방이랑 연줄은 쓰겠지만 앞으로 우리 애들이랑 접점이 없도록 주의해야지.

애들 교육에 안 좋거든!

구를리안 시의 소동

　"사토입니다. 양과자 화과자 가리지 않고 좋아하지만 양과자의 맛을 받
아들인 화과자를 특히 좋아합니다. 전통을 지키면서도 끊임없이 진화하
는 것이 좋다고 생각해요."

　"구를리안 시에 도착하면 명과 구를리안을 먹어야지! 하나에
대동화 1닢이니까 쉽게 먹을 수는 없지만."

　"어떤 과자니?"

　"그게에~. 하얀 알갱이로 만든 알맹이에 까맣고 단 알갱이로
만든 껍질이 붙어 있어."

　마을 자매와 도시의 명과 이야기를 하고 있는데 마부석의 루
루가 구를리안 시의 성벽이 보인다고 보고했다. 그 동안에도 마
을 자매와 이야기가 이어졌다.

　"너는 먹어본 적 없잖니."

　마을 언니가 이쪽을 돌아보며 여동생의 이야기 출처를 보충
했다.

　"—마을에 온 상인이 거창하게 자랑을 해서 얘도 먹어본 것처
럼 말하는 거예요."

　"흥이다~. 일하는 데서 급료를 받으면 맨 먼저 먹을 거야~."

"급료는 몇 년이나 뒤잖니."

이 자매는 상가에서 고용살이를 하러 구를리안 시에 오고 있었다고 한다.

고용살이를 하는 곳에서 제 몫을 할 때까지 의식주가 보장되는 대신 급료는 안 나온다.

이렇게 고용살이를 받으면 초기투자가 필요 없는 만큼 노예보다 값싼 노동력일지도 모르겠다.

이윽고 구를리안 시의 정문 앞에 도착했다.

입장을 기다리는 줄이 있었지만, 우리는 신전기사의 선도로 줄 옆을 빠져나갔다.

문 앞에서 청년 귀족들이 들어가길 기다리는 상인들에게 연설을 하고 있었다.

"구를리안 시를 찾아온 상인들이여! 우리는 마검을 구하고 있다. 우리에게 마검을 제공하는 자에게는 장래 어용상인으로 채용할 것을 약속하겠다!"

정문 근처에서 기사복풍 패션의 스무 살쯤 되는 남자들이 큰 소리로 외치고 있었다.

당연한 거지만 아무도 대답하지 않았다. 보르에하르트 시에서도 비슷한 젊은 귀족을 봤는데 아마 동류겠지.

"와아, 저 귀족님한테 마검을 주면 어용상인이 될 수 있대! 굉장하다, 언니."

"그렇구나. 하지만 마검이랑 인연이 없으니까 상관없어."

"─너희들, 그래서는 도시에서 속아 넘어갈 거야."

태평한 마을 자매의 말에 아리사가 걱정스레 참견을 했다.

"저건 말이지, 『우리는 돈이 없다. 하지만 마검은 갖고 싶다. 공짜로 줘. 그 대신 만약 장래에 출세하면 자주 사주마. 출세 못해도 불평하지 마』라고 지껄이는 헛소리야."

"우와~, 그렇구나. 몰랐어."

"아리사는 쪼그만데도 머리 좋구나."

태평한 대화를 들으면서 창을 열어 바깥 상황을 바라보았다.

청년 귀족이 리자의 마창을 탐내듯 바라보았지만, 신전기사 가 호위하는 마차에 무례한 짓을 할 정도로 어리석지는 않은지 이쪽에 시비를 걸지는 않았다.

문으로 들어가서 마을 자매를 내려줬다.

두 사람은 평민이라 입시 수속이 필요하다.

신전기사 히스와 문지기가 아는 사이인지 마을 자매의 입시 수속도 금세 끝나고 문지기가 고용살이를 하는 곳까지 바래다 주게 되었다. 친절한 문지기로군.

"사토 씨, 고마워~."

"정말로 고마워. 도적들에게서 구해준 데다가 이것저것 신세 를 져 버려서……."

"신경 쓰지마."

"그럴 수는 없어, 『미도리야』라는 금속점에서 고용살이하는 거니까 뭐 필요한 거 있으면 찾아와. 깎아줄 수는 없지만 정성 껏 좋은 물건 준비할게."

고용살이에게는 잡일밖에 안 시킬 것 같았지만, 두 사람이 나름대로 호의를 보이는 거라 고맙다고 해두었다.

마을 자매와 헤어지고서 시내로 나아갔다. 축제라도 있는 건지 사람들이 많았다.

큰 길에서도 차도와 보도가 나누어지지 않은 탓에 마차의 속도가 느렸다.

그래서 신전기사 히스가 전령 삼아 한 발 먼저 테니온 신전에 가게 되었다.

이틀에 맵을 열어서 재검색을 실행했다. 마족이나 「혼돈 항아리」, 「주원병」 같은 것은 없었지만 마왕 신봉자 「자유의 날개」 구성원을 20명 정도 발견했다.

구성원의 이름과 장소를 적은 종이를 야음을 틈타 위병들 대기소에 투서해야지.

"주인님~?"

주룡을 탄 타마가 창으로 불렀다. 포치도 함께였다.

"칼 싸움 해~?"

"저쪽에서 어른들이 싸우고 있는 거예요."

나는 두 사람의 이야기에 흥미가 생겨서 마부석으로 나가 가리키는 방향을 보았다.

가까운 커다란 공원에 사람들이 잔뜩 모여 있었다. 꽤 떠들썩한 장소였다.

"주인님, 저쪽이에요."

"뭘까? 사람들이 몰려 있는데, 시합인가?"

마부석의 루루가 가리키는 방향을 보고 있는데 아리사가 고개를 내밀었다.

한눈팔면 위험하니까 서행하고 있던 마차를 세웠다.

"죠죠리 씨가 말한 무술대회 아닐까?"

그러고 보니 공도에서 대회가 열린다고 했었지.

"아마 1차 예선 참가권을 건 예비전이야. 구경하고 가지 않겠나?"

마차에서 내려 기지개를 켜던 아저씨가 제안했다.

—당최 어느 틈에 내린 거야?

"토르마 경. 일단 테니온 신전에 가야 합니다."

"딱딱하게 그러지마. 근처 가게에서 맛있는 거라도 먹은 다음에 가지."

신전기사가 제지했지만 아저씨는 태평하게 흘리고서 인파 속으로 슥 들어갔다.

"미안해요, 토르마는 언제나 저래요."

하유나 씨가 말했지만 신전기사는 여전히 떫은 표정이었다.

"—펜드래건 경. 미안하지만 토르마 경을 데리고 오기 위해 부하들을 빌려주실 수 있을까요?"

"네, 상관없습니다."

그녀의 호위대상은 「신탁의 무녀」인 마유나뿐이라 여기서 떨어질 수 없었다.

나는 리자와 나나 둘에게 아저씨 회수를 부탁했다.

주룡을 타고 있던 타마와 포치가 코를 벌름거렸다.

"달콤한 냄새~?"

"꿀 과자나 감초하고는 다른 냄새인 거예요!"

잠시 지나자 우리도 알 수 있을 정도로 달콤한 냄새가 흘러왔다. 화과자 단팥 냄새였다.

"크으, 좋은 냄새! 화과자일까? 일까?"

묘하게 신이 난 아리사의 시선이 주위를 헤맸다.

그때 목에 매대를 건 여자애가 인파 속에서 나타나 마부석에 앉은 나에게 말했다.

"거기 젊은 나리, 명과 구를리안 어떠세요?"

그녀의 차림새는 옛날에 에키벤#6 같은 걸 파는 스타일에 가까웠다.

유감이지만 복장은 일본 옷이 아니라 평범한 마을 아가씨풍 의상이고 허리 아래에 짤막한 앞치마를 두르고 있었다.

"그럼 11개 살게."

"감사합니다! 대동화 11닢입니다."

깎기도 귀찮아서 은화 2닢과 대동화 1닢을 건넸다.

1개가 세류 시 문전여관 1박 분량인 걸 생각하면 상당히 비싼 과자였다.

이파리 그릇에 올린 구를리안을 모두에게 나눠주었다.

신전기사는 거절할 거라 생각했지만 기뻐하며 받았다. 이세계에서도 단 맛을 싫어하는 여성은 소수파인가 보다.

#6 에키벤 기차역에서 만들어 파는 도시락. 본래 역에서 파는 다른 부식과 비슷한 선상에 있었지만 점점 발달하여 각 역의 특산품이 되었다.

"우웅, 까만 알갱이."

구를리안을 받은 미아는 좀 꺼리는 기색이었다.

"곡물이나 콩으로 만든 단 과자야."

내가 말하며 권하자 미아가 과자를 조심조심 입으로 옮겼다.

"맛있어."

미아가 짧게 칭찬의 말을 흘리더니 두 손에 든 구를리안을 소중하게 먹기 시작했다.

"설탕이 조금 더 많아도 좋겠어."

아리사가 조금 주문을 추가했지만 순식간에 먹어 치웠다.

아마 비싼 설탕을 대량으로 쓰니까 가격이 비싼 거겠지.

"후우. 이건 그거네."

"그래, 그거다."

구를리안의 정체는「오하기[7]」였다.

안에 들어간 것이 떡이 아니라 찹쌀 알갱이를 뭉친 경단이었다.

팥소도 알갱이가 많은 거라 예부터 전해지는「오하기」느낌이었다.

"역시 이 도시의 이름말인데……."

"아마 말장난이겠지."

일본어를 모르면 말장난이란 것도 모를 테니 말은 안 하겠지만 오하기는 하얀 쌀을 빙 둘러싸듯 팥소로 감싸니까「구루리앙[8]」이란 이름을 붙였겠지.

#7 **오하기** 보타모치라고도 한다. 찹쌀과 맵쌀을 혼합하여 찐 다음 단팥으로 감싼다.
#8 **구루리앙** 일본어로 빙그르란 뜻이 있는 '구루리'에 단팥을 뜻하는 '앙'을 붙여 만든 단어.

명명한 녀석이 말장난 좋아하는 일본인이란 게 확정됐다.

오하기를 다 먹었지만 리자와 나나가 아저씨를 데리고 올 기색이 없었다.

"잠깐 보고 올게. 타마랑 포치를 호위로 데리고 갈 테니까 다들 기다려."

타마와 포치 손을 잡고 인파 속으로 들어갔다.

보통은 다중 미아 플래그지만 레이더가 있는 나는 그럴 걱정이 없었다.

"예비전 참가증을 가지고 싶은 녀석은 여기다! 관청에 가지 않아도 이 출장소에서 동화 3닢으로 판매하고 있다!"

대머리 거한이 청동제 뱃지 같은 것을 한 손에 들고 외쳤다.

보아하니 저 뱃지를 걸고 시합을 하나 보군.

"승자, 『와르트 마을의 늑대』 톤!"

시합이 끝난 참인가 보다.

톤이라 불린 젊은이가 패자에게서 뱃지를 받았다.

주위에 있는 친구들이 젊은이에게 마실 것과 땀을 닦을 천을 건네며 호들갑을 떨었다.

"굉장하다, 톤! 앞으로 3개면 1차 예선에 나갈 수 있어."

"헤, 이 정도야 여유지."

톤이란 청년의 가슴에는 뱃지 7개가 비좁게 달려 있었다.

시합에서 아홉 번 승리하면 대회 1차 예선에 참가할 수 있구나.

"1차예선 같은 쩨쩨한 소리 하지마."

"그래, 톤은 1차 예선을 네 번 이겨서 공도의 2차 예선까지 갈 수 있어!"

"으하하, 끝내주네. 거기까지 가면 기사님도 될 수 있잖아."

과연, 무력으로 출세할 수 있다는 당근이 매달려 있으니까 이렇게 시합이 열기를 띠는 거구나.

영지 안에서 마물과 싸울 수 있는 사람도 늘어날 테고, 꽤 좋은 대회 같았다.

시합을 하는 사람들은 레벨 5부터 7정도가 많았고 레벨 10이 넘는 사람은 드문 모양이다.

"구를리안 시의 1차 예선은 앞으로 넷이니까 여유 있네."

"방심은 금물이야. 작년에 나머지 세 자리가 하루 만에 정해졌으니까."

"그래, 쉬고 있을 수 없구만. 다음 도전자 없나! 나는 누구의 도전이든 받는다!"

톤의 뜨거운 외침에 응한 중년남자와 시합이 시작됐다.

시합에 조금 흥미가 있었지만 시합장을 둘러싼 사람들 너머로 리자와 나나가 보이기에 합류하기로 했다.

"어라라~?"

"누가 리자를 괴롭히고 있는 거예요!"

다가갔더니 잘 차려입은 젊은이 다섯이 리자와 나나에게 시비를 걸고 있었다.

"마스터, 조력을 요청합니다!"

가까이 다가가자 나를 발견한 나나가 달려왔다.

나는 나나의 손에 이끌려 다섯 젊은이 앞에 섰다.

"당신은 뭐야?"

"이 두 사람의 보호자다."

이 젊은이들은 구를리안 시에 사는 귀족자제로, 다섯 모두 소속이 공란이었다.

아마도 모두 무위무관, 쉽게 말해서 무직이겠지.

"우리 애들한테 무슨 용건이지?"

본래는 존댓말을 써야겠지만, 이런 권력지향이 강한 녀석은 낮추고 들어가면 기어오르기 때문에 잘난 태도를 취하는 편이 좋다. ─라고 무노 남작령 집정관 나나 여사가 불량 관리를 숙청하면서 말했다.

"그, 그 아인이 가진 마창을 내놓으라고 명했는데 말을 안 들었다."

"그 마창은 창의 명수인 호란에게 걸맞은데."

"네놈이 주인이라면 호란 님에게 헌상하라고 명령해라."

요컨대 「리자의 마창을 가지고 싶으니 내놔라」라는 어린애 같은 억지를 부리고 있는 거구나.

20대 중반이나 되어서 부끄럽지도 않나? 어떻게 이런 바보 같은 말을 할 수 있지?

참고로 동료가 창의 명수라고 말한 호란은 일단 「창」 스킬을 가졌지만 레벨은 4였다. 리자가 콧노래를 흥얼거리며 쓰러뜨릴 수 있을 정도다.

이걸 어떻게 처리할까 생각하고 있는데 뜻밖의 지원군이 나타났다.

"이야, 자네들."

"뭐야? 평민은 나서지마."

인파를 헤치고 여행자 차림의 아저씨^(토르마)가 고개를 내밀었다.

"미안하지만 우리는 이제부터 테니온 신전에서 세라 양을 만난 다음 월고크 경에게 인사를 하러 가야 해. 대단찮은 용건이라면 가주지 않겠나?"

"세라라면, 테니온 신전에 머무는 공작가문 공주님?"

"월고크 경은 태수님 말하는 거지?"

토르마의 말을 들은 청년 귀족의 추종자들이 동요했다.

"어이 평민! 고귀한 분의 이름을 함부로 들먹이다니 무례하구나! 이 자리에서 처단해주마!"

동요하는 동료들의 한심한 모습에 흥분한 호란이 철검을 뽑았다.

"성질도 급하군. 이걸 보게나."

아저씨가 상의 안쪽에서 시멘 자작가의 문양이 들어간 단검을 꺼내 귀족 자제들에게 보였다.

"저, 저건!"

"고, 공도의 대귀족……."

귀족 자제들 중에 시멘 자작가의 문양을 알고 있던 호란과 동료 한 명이 놀라며 뒤로 물러났다. 마치 암행어사 마패 같군.

아저씨가 웃으면서 한 걸음 앞으로 나서자―.

"""죄송합니다!"""

―귀족자제들이 입을 모아 사죄한 다음 허둥지둥 큰 길 쪽으로 도망가 버렸다.

설마 아저씨한테 도움을 받을 줄이야.

이건 속으로 부르는 이름을 토르마 씨로 정정해야 되나―.

"덕분에 살았습니다, 토르마 경."

"아니 뭘. 사실 나도 사토 경의 도움을 빌리고 싶었거든."

토르마가 가리키는 곳을 보자 노점 주인들 몇이 기다리고 있었다.

……그렇군, 대금을 내지 못한 거구나.

씨를 붙이는 건 관두자. 앞으로는 그냥 토르마라고 해야지.

나는 토르마 대신 대금을 지불한 다음에 토르마가 권하는 매점에서 다 같이 먹을 선물을 샀다. 새 꼬치와 우물물로 식힌 참외 같은 과실 등 노점의 단골 메뉴가 많았다.

노점을 둘러볼 때, 토르마가 귀족자제들이 리자의 마창을 노린 이유를 가르쳐줬다.

"그러면 그들은 무술대회 1차 예선에서 면제된다는 것 때문에 마창이 필요했던 건가요?"

"그래. 마창뿐 아니라 마검이나 미스릴 검을 소유한 자도 마찬가지."

"하지만 면제된다고 해도 실력이 동반되지 않으면 2차 예선에서 참패하고 끝나지 않나요?"

그렇게까지 해서 공도의 대회에 참가하고 싶은가?

"그게 아니지. 『1차 예선 돌파』란 것이 공작군의 근위대에 입

대하는 조건이거든."

"그러니까 근위대에 입대하고 싶어서 그런 짓을?"

"이을 작위가 없는 젊은 귀족에게 근위대란 것은 사토 경이 생각하는 것 이상으로 자랑스런 직업이야."

과연, 벼랑 위의 꽃 같은 곳에 취직하기 위한 반칙이구나.

조금 이해된다.

하지만 거기에 협력해주는 것은 다른 문제다.

그들은 나랑 연관되지 않는 방향으로 노력해주면 좋겠군.

◆

우리는 노점에서 산 선물을 먹어 치우고 테니온 신전으로 출발했다.

"—사람들아! 거짓된 신앙에서 눈을 떠라!"

마차의 창밖에서 어수선한 소리가 들리기에 마부석의 루루 옆에 나가 바깥을 살폈다.

보라색 로브를 입은 남자가 길옆에 놓인 통 위에 올라가 연설을 하고 있었다.

전에 무노 시에서 만난 마왕 신봉자 집단 「자유의 날개」 소속인가 보다.

"신은 사람들의 행복을 바라지 않는다! 자유로운 발전을 금기란 말로 가로막고 언제까지나 마물의 위협에 떠는 일을 용인하는 것이 신의 의지란 것이다! 사람들아! 이제 인간족의 자유를 되찾아야 한다!"

입에 거품을 문다는 표현이 어울릴 정도로 광기 어린 보라색 로브의 연설에 큰 길을 걷던 사람들도 반응하지 못한 채 굳어 있었다.

보라색 로브의 연설에 이견을 외친 것은 우리들과 동행하고 있는 여성기사였다.

신전 소속 기사는 보라색 로브의 연설을 넘어갈 수 없었을 것이다.

"이놈, 마왕 신봉자구나!"

"칫, 어리석은 신의 개들이군!"

보라색 로브는 여성기사의 모습을 보자마자 통에서 뛰어내려 뒷골목 사이로 토끼처럼 도망쳤다.

"기다려라아! 이 무례한 노옴!"

도망치는 모습에 낚인 여성기사가 말을 탄 채 쫓아가 버리고 말았다.

마유나 호위 임무를 방치하면 윗사람한테 혼나는 거 아닐까?

그런 사소한 일을 생각하면서 시내에서 「자유의 날개」가 있는 장소를 다시 검색해봤다.

뭘 하는 건지 모르지만 과반수가 누군가에게 쫓기는 움직임 이었다. 아마도 연설을 하다가 관료나 신전관계자에게 쫓기고 있는 거겠군.

─응?

갑자기 맵 위에 빨간 광점이 생겼다.

이 길 앞이다─.

"큰일이다! 도시 안에 마물이 나타났다!"

누군가 외치자 큰 길에서 패닉이 일어났다.

사람들이 마물이 출현한 곳에서 도망치려고 어마어마한 기세로 달려왔다.

"아리사!"

"오~케이!"

아리사가 정신 마법 「기피 공간」을 발동했다.
리퍼런트 필드

아리사의 정신 마법을 받은 사람들이 더러운 거라도 본 것처럼 우리들 앞을 피해 달렸다.

무노 시에서 고블린에게서 도망치는 사람들에게 썼던 것과 같은 마법이었다.

그 광경을 확인하면서 방금 전 나타난 빨간 광점을 확인했다.

그곳에는, 마족이 있었다─.

"루루 빼고 전투준비. 루루는 마차를 길가에 세워."

전투준비라고 해 봤자 격납 가방에서 아리사와 미아가 지팡이를, 타마와 포치가 소검을 꺼내는 것뿐이었다.

나는 명령을 내린 뒤 맵을 확인했다.

방금 전에 나타난 것은 짧은 뿔 마족이란 하급 마족이었다.

레벨 30에다 종족 고유능력이 「변형」, 「불꽃 손」이고, 스킬은 「괴력」, 「강철 몸」 둘뿐이었다. 마법 스킬은 없다. 전위에서 싸우는 마족인가 보다.

　이미 전투가 시작됐는지, 레벨 33부터 레벨 13에 이르는 기사와 전사 일곱 명이 마족을 둘러싸고 있었다.

　마족이랑 같은 레벨인 사람이 세 명이나 있으니까 내가 갈 필요 없으려나— 아니, 아니다.

　—기사 중대의 반을 잃을 각오로 도전하지 않으면 이길 수 없는 상대가 아닌가?

　분명히 신전기사 케온 경이 그렇게 말했다.

　기사중대가 어느 정도 규모인지는 모르지만 일곱 명밖에 안 되진 않을 거다.

　그리고…… 마족 옆에 지인을 가리키는 파란 광점이 있었다. 그것도 둘이나.

　이걸 그냥 넘어갈 수는 없었다.

　"루루는 여기서 대기해. 마차랑 말을 맡긴다. 미아랑 아리사도—."

　"갈래."

　"나도 갈 거야!"

　아리사와 미아가 내 말을 지우듯이 거절했다.

　"알았어. 철저하게 후방에서 엄호해. 나나는 루루를 호위하면서 대기. 리자는 타마랑 포치를 지휘해서 날 따라와."

　"주인님, 이거."

　아리사가 건네준 요정검과 검 띠를 허리에 찼다.

　"고맙다, 아리사. 가자!"

모두에게 말한 다음 나는 듬성듬성해진 인파 사이를 빠져 달려나갔다.

뒤 따라오는 애들한테 이 앞에 마물이 아니라 마족이 있다는 것, 마족의 레벨과 스킬, 싸울 때 주의 사항을 전달했다.

싸우는 건 기사들에게 맡기고 나는 철저하게 지원한다. 우리 애들은 구조할 사람을 운반하고 치료를 할 예정이었다.

지금 아인 소녀들은 어지간한 기사보다 높은 방어력을 가졌으니, 내가 커버만 제대로 해주면 하급 마족을 상대로도 뒤지지 않는다.

그건 그렇고, 이런 시내에 갑자기 마족이 출현한 이유를 알 수가 없었다.

적어도 이 도시에 들어오기 전에는 틀림없이 마족이 없었다.

뿐만 아니라 공작령 전체에도 없었다고 잘라 말할 수 있었다. 텔레포트를 하진 못할 것 같으니 누군가가 이동시켰든지 소환을 했겠지.

이윽고 사람들의 흐름이 완전히 끊어지고, 방치된 마차와 짐차들만 드문드문 길 위에 넘어진 상황이 되었다.

큰 길이 교차되는 사거리를 지나자 마족과 싸우는 기사와 전사들이 보였다.

마족의 모습은 무노 시에 있던 녀석과는 크게 달랐다. 빨갛고 작은 뿔이 있고 팔이 여섯 개 달린 고릴라 같은 모습이었다.

싸움터에는 파괴된 마차가 몇 대 넘어져 있었고, 길 건너 건

물에 커다란 구멍이 몇 개 뚫려 있었다.

마족 주변에는 전투불능이 된 전사들이 나뒹굴고 있었다.

기적적으로 아직 사망자는 없어 보였다. 그러나 이대로 방치하면 꽤 많이 죽을 거다.

상황을 보니 날뛰는 마족 때문에 구출을 못하는 모양이다.

최전선에서 싸우고 있는 몇 명이 마족의 팔에 맞아 트램펄린에서 튀어 오르는 기세로 공중에 솟아 이쪽으로 떨어졌다.

이대로 떨어지면 중장비의 기사들은 목숨이 위태롭겠다.

"미아! 팽창!"

나는 가까운 곳에 있던 술통 하나를 요정검으로 절단하여 기사들 낙하지점으로 던졌다.

"■ ■ ■ ■ ■ 급팽창."

미아의 마법이 만들어낸 폭발적인 증기의 격류가 기사들의 낙하 에너지를 받아냈다.

이러면 죽지는 않겠지. 남자라면 견뎌내라고.

나는 혼자서 궤도가 다른 미녀 아래로 재빨리 달려가 받아냈다.

"⋯⋯에, 엣?"

눈을 감고 충격에 대비하고 있던 드레스 차림의 미녀가 눈을 깜빡였다.

"카리나 님, 너무 무리하지 마세요."

"사⋯⋯ 아니, **펜그래던** 경."

카리나 양은 받아준 사람이 나라는 걸 알자 당황하면서 내 이름을 불렀다.

혀가 꼬인 건 그렇다 치고, 가슴 앞에 손가락을 뻗어 깍지를 끼거나 떼거나 하는 건 무슨 의식이죠? 혹시 쑥스러운 건가?

더욱이 안긴 상태로「두 번이나 안겼어」라든가「뜻밖에 힘이 좋네요」라든가, 마지막에는「신혼여행은 왕도로 갈까요」라는 의미불명의 혼잣말이 폭주했다.

여전히 이성과 접촉하는데 면역이 없군.

"공주님 안기 금지~!"

"응, 금지."

뒤쫓아온 아리사와 미아가 불평했다.

아까 떨어진 기사들에게는 타마랑 포치가 체력 회복약을 주고 있었다.

『구원에 감사한다, 펜드래건 경.』

"주인이 무리를 하면 좀 말리죠?"

카리나 양의 가슴 부분에서 파랗게 깜빡이는「지성을 가진 마법 도구」라카에게 쓴 소리를 했다.

카리나 양은 라카가 보호했지만, 체력을 20퍼센트 정도 잃었기에 미아에게 치료를 부탁했다.

카리나 양을 내려놓을 때 어째선지 그녀가 소매를 붙잡았지만, 본인도 왜 잡았는지 이해를 못했다.

미아가 눈을 삼각형으로 만들며 카리나 양에게 치유마법 영창을 시작했다.

"주인님, 전선이 무너질 것 같습니다."

"가세 갈래~."

"카리나도 나중에 오는 거예요!"

타마랑 포치도 카리나의 좌우 가슴에 퐁퐁 인사를 하고서 리자 옆에 섰다.

그거 뭐야 부럽잖아…….

"알았다! 내가 선봉을 맡을 테니까 너희들은 부상자 구출을 우선해."

내가 흉내를 낼 수도 없는 노릇이라 가볍게 손을 올려 인사한 다음 달렸다.

전선에서 전사 두 명이 더 쓰러지고, 레벨 33의 근위기사 이파사 경과 레벨 19의 큰 방패를 가진 전사 두 명밖에 안 남았다.

둘 다 피를 심하게 흘려서 움직임이 둔했다.

포탄 같은 마족의 불꽃 손 삼연타를 전사가 큰 방패로 막았다.

전사의 발치에서 돌바닥이 깨지고 뒷 굽에 밀린 흙이 발목을 덮을 정도로 쌓였다.

간신히 기세가 사라진 다음 순간에 빙글 선회한 마족의 꼬리가 전사를 날려 버렸다.

전사는 두세 바퀴 구르면서 튕기더니 결국 벽을 부수며 근처 가옥 안으로 사라졌다.

둔중해 보이는 모습과 달리 몸놀림이 가벼운 마족이군.

마족을 베고자 휘두른 이파사 경의 검이 마족의 강철 같은 털에 격돌했다.

움직임이 멎은 이파사 경의 무방비한 몸에 마족이 불꽃 손 연타를 때리려고 손을 들었다.

불꽃 손이 뿜어져 나오는 순간에 내가 마족의 발아래에 「함정 파기」마법을 써서 밸런스를 무너뜨렸다.

노린 곳을 빗나간 불꽃 손이 이파사 경의 갑옷을 스치자 그대로 몇 미터 땅을 굴렀다.

이파사 경이 상체를 일으키자 흉갑에 공격 흔적이 남아 있었다. 아파 보이지만 직격보단 나을 거다.

마족이 두 사람에게 마무리를 지으려고 성큼성큼 걸었다.

둘 다 체력 게이지가 10퍼센트도 안 남았다.

그리고 **저 위치**는 안 좋다.

―하는 수 없지.

눈에 띄는 건 싫지만 그들이 회복하는 동안 방패 역할을 해야지.

"리자, 거리를 벌려 싸워라! 공격회피를 최우선으로!"

"알겠습니다!"

리자에게 지시를 내리고서 마족 옆에 AR표시된 정보를 재확인했다.

튼튼한 녀석이군. 아직 체력 게이지가 10퍼센트밖에 안 줄었다.

나는 목소리에 도발 스킬의 효과를 실어 외쳤다.

"이쪽이다! 고릴라 자식!"

마족이 돌격하는 우리 애들 머리 위를 가볍게 뛰어 넘어 나를 공격했다.

낙하하기 시작한 마족이 팔을 등 뒤로 제쳤다.

―그리고 다음 순간.

쭉 뻗은 팔이 포탄처럼 쏟아져 내렸다.

이 주먹을 굳이 지근거리에서 몸을 틀어 피했다.

불꽃 손이 지나가자 뜨거운 공기가 뺨을 쓰다듬었다.

"펜……, ─사토!"

"주인님!"

"사토!"

뒤에서 카리나 양, 아리사, 미아가 외치는 소리가 들린 것 같은데…….

마족의 타오르는 주먹이 땅에 깊숙이 박히며 흙먼지와 돌바닥의 파편이 주위에 튀었다.

올려다보니 마족의 눈동자가 증오로 일그러져 있었다.

피할 거라고 생각 못했나 보군.

땅에 박힌 팔이 수축하더니 본체가 땅으로 끌리며 떨어졌다.

마족의 반대편 팔에서 방금 전보다 격렬한 3연격이 쏟아졌다.

맞으면 아플 것 같아서 가볍게 옆으로 뛰어 피했다.

요정검을 뽑아 마인이 발생하지 않을 정도로 마력을 담아 강화했다.

뒤늦게 착지한 마족의 짧은 꼬리가 늘어나더니 놈의 등 뒤에서 채찍처럼 공격해왔다.

방금 전에 전사의 허를 찌른 공격이었다.

반사적으로 꼬리를 벨뻔했지만 간신히 참았다.

흙먼지를 가르며 날아오는 그것을 훌쩍 한 걸음 물러나 피하고, 눈앞을 지나가는 타이밍에 후려쳐서 놈의 얼굴로 방향을 틀었다.

구헉인지 거흑인지 들리는 비명을 지르며 마족의 움직임이 멎었다.

마침 좋은 틈이었기에 요정검으로 마족의 발목을 얕게 베어 두었다.

혹시 잘못해서 마족의 다리를 잘라버리지 않도록 주의했다.

"오오! 단단한 마족의 털가죽을 베어냈어!"

"기사들조차 제대로 공격 못했는데, 굉장해!"

"예쁜 칼이다……."

"드워프제 미스릴 검이 틀림없어!"

"그럼 분명히 이름 높은 검사님이겠네. 누구지?"

어디선가 갤러리의 목소리가 들렸다.

마족의 꼬리 공격을 가볍게 점프하여 피하고, 주위에 시선을 보냈다.

골목길 틈으로 차림새 좋은 애들 다섯이 고개를 내밀고 이쪽을 관전하고 있었다. 식견도 높으셔라.

마족의 주요전장이 이동하자 이파사 경과 전사를 비롯해 전투불능인 자들을 가까운 건물에 숨어 있던 사람들이 협력해서 대피시켰다.

지금쯤 건물 뒤에서 회복약을 먹고 있겠지.

―시원스런 방울 소리가 울렸다.

불꽃 손을 사용하던 마족의 움직임이 둔해졌다.

AR표시를 보니 「행동력 다운 30퍼센트」라고 나왔다.

소리가 나는 쪽을 보니 아리사가 파란 빛을 띤 「마를 봉하는 방울」을 흔들고 있었다.

아마 카리나 양에게 받았겠지.

"다리를 노리세요."

"아이아이 서～."

"라져인 거예요."

리자가 지시하자 타마와 포치가 참전했다.

한쪽 다리를 베여 움직임이 나빠진 마족의 오금을 아인 소녀들이 콕콕 공격했다.

마족이 성가신 듯 꼬리를 흔들어 아인 소녀들을 떨쳐내려고 했지만, 그때 세 사람은 이미 대피했다.

세류 시 미궁에서 격이 높은 마물과 싸웠을 때처럼 철저하게 일격이탈을 하고 있었다.

"네 적은 나다!"

마족의 주의를 끌려고 「도발」을 거듭했다.

그때 타이밍 좋게 불꽃 탄이 두 발 명중하여 마족의 피부에서 터졌다.

아리사와 미아가 도적에게서 몰수한 불 지팡이를 썼다.

"마법이 안 들어……."

"저 털가죽은 불에 내성이 있는 모양이네."

"입 안이라면 공격 통하지 않을까?"

갤러리 꼬맹이들이 평가한 것처럼 불 지팡이 공격은 전혀 통하질 않았다.

그때 선풍처럼 달려온 카리나 양이 마족의 뺨에 날아 차기를 먹였다.

"가세하겠어요! 펜드래건 경!"

굳이 주위에 선전하듯 내 이름을 큰 소리로 부르지 말아주세요…….

카리나 양도 자기 이름을 불러달라는 듯 이쪽을 슬쩍 봤지만 묵살했다.

어리광을 받아주면 안 된다.

불 지팡이가 효과가 없다는 걸 안 미아가 물 마법「자극의 안개」를 써서 마족의 폐를 태웠다.

내 폐까지 탈뻔한 탓에 비난을 담아 미아를 봤지만 눈길을 피했다.

마족이 내 틈을 노리고 불꽃 손을 발사했다.

"전장에서 한눈을 팔면 안 된답니다."

나를 노린 공격을 발차기로 비껴낸 카리나 양이 이쪽을 돌아보며 재는 표정으로 말했다.

『카리나 님! 방심하면 안 된다!』

라카의 충고가 허무하게도, 한눈팔던 카리나 양은 마족이 반대쪽 손으로 쓴 불꽃 손에 맞아 날아가 버렸다.

─자기가 한눈팔면 어떡합니까.

카리나 양의 경우 라카의 절대적인 방어력이 수호하니까 문제없다.

실제로 저렇게 화려하게 날아갔는데도 거의 상처가 없었다.

고작해야 어지러워 정신 못 차리는 정도다.

라카가 만들어낸 작은 빛의 방패를 몇 겹으로 겹친 방어력은 비슷한 계통인 술리 마법 「실드」와 비교해도 격이 다르다. 이 자동 방어만 빼내서 우리 애들 모두에게 장비시키고 싶을 정도 였다.

이런 사고를 겪어가면서, 우리는 꾸준히 싸웠다.

조금 질리기 시작했지만 참아야지. 방심하다가 우리 애들이 다치면 안 되니까.

—BUFOOOOW.

나한테 공격이 안 맞는 것에 짜증을 낸 마족이 팔을 머리 위에서 빙빙 회전시켰다.

"물러나!"

내 지시에 따라 아인 소녀들이 물러난 직후에 땅을 광범위하게 파헤치는 마족의 선회공격이 작렬하여 주변에 흙먼지를 뿌렸다.

"""우와, 눈이, 눈이이이이이이!"""

갤러리들이 눈을 감싸고 비명을 질렀다. 눈에 흙먼지가 들어갔나 보군.

주위의 이목이 사라진 틈을 타서 마족의 등 뒤로 돌아가 멀쩡한 다리를 요정검으로 푹푹 질러 못 쓰게 만들었다.

덤으로 마족의 양 어깨도 콕콕 찔러둬야지.

힘 조절을 잘못했는지 마족의 체력이 70퍼센트 정도 깎여 버렸다.

나는 흙먼지가 걷히기 전에 검을 휘둘러 피를 떨쳐내 뒀다.

"봐!"

"어느샌가 우세해졌군!"

"마족의 등이랑 다리가 피투성이다!"

"분명히 마창을 가진 비늘 종족이 한 거야!"

"그럼 다리는 저기 있는 쪼끄만 애들이?"

소란스런 갤러리는 단시간에 부활해 버렸지만, 내가 유도한 것처럼 오해해줬으니 다행이다.

피를 흘리면서 집요하게 나를 때리고자 주먹을 휘두르는 마족과 술래잡기를 계속했다.

―그때 가까운 건물 옥상 위에서 파란 빛이 떨어졌다.

"카리나, 키이이이이이이이이이익!!"

바보처럼 기술 이름을 외치며 뿜은 카리나 양의 날아 차기가 마족의 머리에 떨어졌다.

나는 회피하려는 움직임을 보이던 마족의 턱을 차올려서 카리나 양의 날아 차기로 샌드위치가 되게 만들었다.

우드득. 마족의 두개골이 깨지는 감촉이 발로 전해졌다.

마족의 체력 게이지가 기세 좋게 줄었다.

"리자! 공격!"

"알겠습니다!"

리자의 마창이 빨간 궤적을 남기며 마족의 목에 꽂혔다.

"―핫!"

리자가 찌른 마창을 비틀었다.

한 순간 마창 끝에서 빨간 빛이 생겼다.

리자 본인은 눈치 못 챘지만 지금 그건 마인이군.

체력 게이지가 완전히 제로가 된 마족이 검은 먼지가 되어 무너졌다.

검은 먼지는 바람에 흘러가며 마족이 있던 흔적이 씻겨나갔다.

리자가 검은 먼지가 있던 장소에서 뭔가를 주웠다.

"주인님, 마핵과 무슨 뿔 같은 것이 있습니다."

"―뿔?"

리자에게서 엄지 손가락만한 마핵과 작은 빨간 뿔을 받았다.

마핵이야 그렇다 치고, 뿔을 가만 보니까「짧은 뿔」이란 이름이 표시됐다.

상세정보를 확인하니「현지의 지적생물을 마족으로 변환한다」라고 나왔다.

도시 안에서 갑자기 마족이 나타난 건 이 아이템 탓이구나.

맵으로 그 밖에도「짧은 뿔」이 없나 검색해봤지만 없었다.

물론「보물 창고」나 격납 가방 안은 검색할 수 없으니 절대 없다고 할 수는 없었다.

이 문제는 시간이 생기면 생각해야지.

나는「짧은 뿔」을 스토리지에 수납하고 부상자 구출작업을 시작했다.

이파사 경이 처음에 쓰러진 곳 옆에 마차 세 대가 경단 같은 모양으로 넘어져 있었다.

레이더의 파란 광점이 가까워졌다.

검소한 신전의 마차 위에 뛰어 올라 문이 열린 마차 안으로 들어갔다.

"―세라 님."

이름을 불렀지만 괴로운 듯 눈을 뜨지 못했다.

체력 게이지가 40퍼센트 정도 줄었고, 상태가 「혼절」, 「내장 손상」이었다. 마법약을 먹이려고 입가에 병을 댔다.

그러나 마법약은 입 밖으로 흐르기만 하고 좀처럼 먹이기 힘들었다. 미안하지만 마법약을 입으로 옮겨 세라 양에게 먹였다. 부드러운 입술을 통해서 그녀의 목 안쪽에 마법약이 들어가는 것이 느껴졌다.

세라 양이 희미하게 눈을 떴다.

나는 세라 양에게서 입술을 떼고 그녀의 정신이 들기를 기다렸다.

"……펜드래건 경?"

"정신이 드셨나요?"

"네, 네에―."

나는 세라 양을 안고서 마차 밖으로 나왔다.

세라 양이 언제부터 의식이 있었는지 모르지만, 입술에 손가락을 대고 고개를 숙이고 있어서 표정을 살필 수 없었다.

방금 그건 치료 행위니까 노카운트라니까요?

◆

세라 양을 구출한 다음 사태가 눈 돌아가게 진행됐다.

중상자와 세라 양을 신전으로 옮기고 토르마 일가와 신전에서 헤어졌다. 태수의 성에 불려가서 감사의 말과 훈장에 포상으로 금화 100닢을 받았고 그대로 만찬에도 초대받아 버렸다.

엄청 맛있는 만찬에 참가할 수 있는 건 나랑 카리나 양뿐이라, 가능한 범위에서 요리를 재현해 애들한테 먹여주고 싶었다.

그 만찬도 방금 전에 끝났고 지금은 살롱으로 옮겨 담소 타임을 가지고 있었다.

부인들에게 둘러싸인 카리나 양이 아까부터 연애 질문을 받고 있었다.

"카리나 양의 혼약자는 펜드래건 경인가요?"

"—아, 아뇨. 다릅니다."

태수 부인이 질문하자 카리나 양이 수상쩍은 태도로 대답했다.

카리나 양은 좀 내성적인 기질이 있어서 처음 본 사람과 대화할 때는 태도가 어색하다.

도와주고는 싶었지만 나는 내 나름대로 남성진들에게 둘러싸여 무노 시 방어전이나 낮에 있었던 마족 퇴치 이야기를 해달라고 재촉 받는 상황이었다.

"마족을 쓰러뜨릴 정도의 검호라면 무술대회에서도 우승을 노릴 수 있는 것 아니오?"

귀족 한 사람이 말하기에 방금 전까지 반복한 이야기를 섞어서 대회출장을 부정했다.

"방금 전에도 말씀 드렸지만, 저희는 기사님과 전사님들이 반쯤 죽여놓은 마족에게 결정타를 날렸을 뿐입니다. 그리고 동료들의 협력과 마법의 엄호가 없었다면 힘이 모자라 주검이 되었겠죠."

역시 무술대회는 관전하는 게 내 취향이거든.

아 그렇지. 기사라고 하니까 말인데ㅡ.

낮에 하급 마족과 싸울 때 신전기사 케온 경이 아니라 근위기사인 이파사 경이 세라 양 호위를 맡은 이유를 알게 되었다.

신전기사들은 「자유의 날개」 소탕 작전에 출동해서 부재중이었다고 한다.

그때 맵 검색으로 발견한 술래잡기 상대가 신전기사들이었군.

참고로 마유나 호위를 방치한 여성기사는 신전의 높은 사람들에게 크게 꾸지람을 들었다.

"그러면 공도에 가도 무술대회에는 안 나가는 겐가?"

내가 참가하지 않는다고 하자 태수가 신기하단 표정으로 그렇게 물었다.

그렇게 전투광으로 보였어요?

"네. 승부를 가리는 일은 적성에 맞지 않아서……."

"내 추천으로 본선 출장도 가능하네만?"

"그것은 태수 각하의 부하에게 써 주시는 것이 좋겠습니다."

"허어, 욕심이 없는 자로군ㅡ."

거듭해서 참가를 부정하자 그제야 태수도 납득했다.

"그런데 펜드래건 경, 귀공의 검은 마족의 털가죽도 베는 명검이라 들었는데 역시 이름 있는 장인의 작품인가?"

늙은 귀족이 흥분한 기색으로 질문하기에 솔직하게 대답했다.

"네, 보르에하르트 자치령의 도하루 노인께서 벼려주셨습니다."

"뭐, 뭣이!"

"그 까다로운 도하루 옹이 검을 만들어 주다니, 사토 경도 제법이군!"

"그 위인은 대귀족도 마음에 안 들면 완고하게 검을 만들어주지 않는다네……."

"여, 역시 로틀 자작의 소개를 받은 덕인가?"

귀족들 사이에서 놀라움이 번졌다.

딱 한 사람 편안한 말투는 만찬에 초대된 토르마였다. 지금은 태수 저택에서 빌린 귀족다운 옷을 입고 있었다.

그건 그렇고 도하루 노인의 네임 밸류는 굉장하군.

어떤 검인지 보고 싶다고 조르기에 방문할 때 맡겨둔 요정검을 살롱으로 가져왔다.

그리고, 집사에게 요정검을 건네받은 태수가 자루를 보더니 놀라서 외쳤다.

"이것은, 설마— 진인?!"

태수에 이어 다른 귀족들도 놀라서 소리쳤다.

"도하루 노인의 작품 가운데서도 걸작에만 새긴다는 그 진인!"

"저는 실물을 처음 봤습니다!"

"이 자루의 세공도 근사하군!"

"이거 참, 이 칼집만 해도 미술품으로서 가치가 있겠소! 내 패

검에도 이런 유려하고 품위 있는 칼집을 만들고 싶구려. 어느 공방 작품인지?"

칼집에서 뽑기 전부터 난리였다.

이 칼집은 태수의 만찬에 초대됐을 때 수수한 검은 칼집을 황급히 가공한 것이라 공방을 물어도 대답할 길이 없었다.

그래서 칼집도 도하루 노인에게 받은 것으로 했다.

칼집에서 뽑은 검을 집사가 내민 받침대 위에 올려 태수 앞에 놓았다.

"이름은 『요정검』이라고 합니다."

"참으로 아름다운 무늬로군."

"이 녹은의 무늬는 엄선된 일급품 미스릴이라도 좀처럼 나오기 힘든 것이지."

"과연 도하루 옹의 작품이군."

예쁜 검이라고 생각은 했지만, 눈이 높은 귀족들마저 사로잡을 정도였구나.

이상한 상대한테 보이지 않도록 주의해야겠다.

"잠깐 바람을 쐬고 오겠습니다."

나는 양해를 구하고 살롱을 나섰다.

태수가 내어준 비장의 술을 맛보면서 태수의 젊었을 무렵 이야기를 듣고 있었지만, 화제가 구릴리안 시의 권익 관련으로 변하기 시작하기에 잠깐 자리를 비우기로 했다.

외부인이 들어도 될 이야기가 아닌 것 같으니까.

나는 발코니의 문을 열고 베란다로 나왔다.

여기는 2층이지만 안뜰의 지면이 베란다와 같은 높이였다.

손을 뒤로 돌려 유리문을 닫았다.

방금 전에 잡담하면서 들은 이야기인데, 공도의 유리 공방에서 만든 물건이었다.

오유고크 공작령에서는 유리 제품이 그리 드물지 않다고 한다.

"펜드래건 경?"

시원스런 목소리가 들리기에 돌아보니 달빛에 비친 세라 양의 머리카락이 은색으로 빛나며 환상적인 분위기를 뽐내고 있었다.

마치—.

"—요정 같군."

"어머나, 펜드래건 경도 참…….."

후반이 입으로 튀어나와 버렸다. 분명히 취한 탓에 사기 스킬이 폭주한 거다. 틀림없다.

"안녕하세요? 세라 님. 방금 전 실언은 잊어 주세요."

"우후후, 그럴 수는 없죠."

주위에 사람들이 없는 탓인지, 오늘 밤 세라 양은 무녀다운 분위기가 빠지고 그 또래 소녀다운 편안한 모습이었다.

"저는 그냥 사토라고 불러주세요."

내 긴 가문 이름을 말하기 어려워 보여서 권했다.

"사토 씨, 정원 산책을 같이 하시겠어요?"

"네, 기꺼이 함께 하죠."

장난꾸러기처럼 웃는 세라 양의 제안을 받아들였다.

안뜰은 개울을 본뜬 수로가 배치되어 있고, 달빛을 받으면 희미하게 빛나는 달맞이풀이 흐드러져 있었다. 스스로 희미하게 빛나고 있으니 일본에서 본 달맞이풀과는 다른 종류일 것이다.

달맞이풀 틈에서 귀뚜라미 우는 소리가 들렸다.

"오, 반딧불이."

세라 양의 시선 끝에 반딧불이 두 마리가 춤을 추듯 달맞이풀 사이를 날아다녔다.

"예쁘네요."

환상적인 광경에 신비로운 미소녀. 실로 그림 같았다. 가능하다면 루루도 옆에 세워두고 싶었다.

시냇물 소리와 벌레 소리에 휩싸인 채 세라 양과 수로를 따라 산책했다.

참으로 마음이 편해진다.

마음이 치유되는 공간이었다.

"저, 사토 씨……."

세라 양이 앞을 향한 채 조용히 말했다.

"사토 씨는…… 운명을 바꿀 수 있다고 생각하세요?"

꽤나 무거운 테마가 나왔네.

사춘기에는 참 좋아했지만 나이를 먹으면서 이런 화제가 거북해졌다.

일단 무난하게 긍정적인 대답을 해둬야지.

"물론이죠."

내가 딱 잘라 즉답한 것이 뜻밖이었는지, 세라 양이 놀란 표정을 지었다.

그래서 조금 더 말을 보탰다.

"이 세상에 바꿀 수 없는 운명이란 건 없어요."

빅 크런치[9] 같은 건 못 바꿀 것 같지만 세라 양은 그런 걸 물어본 게 아닐 테니까.

뭔가 내심 갈등하는 것처럼 말을 쉽사리 잇지 못하면서 세라 양이 물었다.

"정말로…… 그렇게 생각하세요?"

공작 영애에다 신탁의 무녀인 세라 양에게는 여러모로 힘든 일이 많을 것이다.

나는 세라 양의 무거워 보이는 고민을 씻어주기 위해서 되도록 태평한 느낌으로 대답했다.

"네, 생각합니다. 부조리한 운명 따위는 힘으로 비틀어 버리면 되죠."

등 뒤로 손을 깍지 낀 세라 양이 빙글 돌아섰다.

"우후후, 마왕한테 죽을 상황이라도?"

"네, 그 때는 마왕한테서도 구해드릴게요. 마왕 따위는 슥삭 퇴치해버리죠."

나에게 맞춰 가볍게 말하는 세라 양에게 같은 수준으로 대답하자, 그제야 밝은 목소리로 그녀가 웃었다.

#9 빅 크런치 빅 뱅의 반대 개념. 대함몰. 현재 팽창하고 있는 우주가 언젠가 수축하여 원자 하나보다 작은 크기가 될 거란 이론.

눈물이 날 정도로 웃은 세라 양에게 손수건을 내밀었다.

"—사토 씨가 있어서 다행이에요."

눈가를 닦은 세라 양이 눈을 가늘게 뜨며 미소 지었다.

"고맙습니다, 사토 씨."

꺼질 듯이 덧없는 웃음을 짓는 세라 양을 무심코 끌어안고 싶은 충동을 느꼈지만 어떻게든 버텼다.

뭐라 말하기 어려운 분위기가 자리를 지배했다.

5년 뒤라면 모를까, 내 나이 절반도 안 되는 나이의 소녀를 상대로 뭘 하는 거지.

—아, 지금의 내 몸은 같은 나이구나.

"어라? 사토 경과 세라잖아? 이런 곳에서 밀회하고 있었니?"

어둠 너머에서 말소리가 들리자 세라 양의 어깨가 움찔 떨렸다.

키가 큰 나무들 사이의 오솔길을 따라 토르마가 나타났다.

"토, 토르마 아저씨! 저와 사토 씨는 밀회 같은 칠칠치 못한 짓 안 했어요!"

"그러니? 세라치고는 호칭의 거리감이 가깝다고 생각하는데?"

분위기 안 읽는 그의 성격은 이럴 때 듬직하다.

"아저씨도 참!"

토르마가 놀리자 세라 양이 어린애처럼 화를 냈다.

"토르마 경, 놀리는 건 그쯤 해주시죠."

"사토 경은 나이에 비해 연륜 있는 느낌이 들어서 놀리는 보람이 없어."

그야 알맹이는 서른 줄이니까.

"사토 씨에게 오늘 낮의 감사 인사를 했을 뿐이랍니다."

"이렇게 인기척 없는 곳에서?"

"아저씨이—."

"미안, 이제 안 하마."

토르마의 당연한 태클을 세라 양이 미려한 눈썹을 치켜 올려 막았다.

"밤바람을 너무 쐬어 감기에 걸리시면 안 됩니다. 이제 그만 살롱으로 돌아가죠."

"……그렇군요."

"응? 돌아가니? 밀회를 계속할 거라면 먼저 돌아가 줄 수 있는데."

"아저씨!"

토르마는 세라 양의 말에 쫓겨나듯 살롱으로 통하는 오솔길로 도망쳤다. 익살스런 모습의 토르마를 따라서 나와 세라 양도 걷기 시작했다.

걸으면서 토르마가 화제를 꺼냈다.

"하지만 마족과 전투에서 사망자가 한 사람도 없다니 기적 같은 일이야."

토르마 씨의 말에 세라 양이 신전 소속다운 대답을 했다.

"네, 신의 가호와 사토 씨 일행 덕분이죠. 부상자는 마법으로 치유할 수 있지만 사망자는 어떻게 할 수 없으니까요……."

우리에 대한 평가도 빼먹지 않는 점에 호감이 간다.

하지만 그보다 그냥 넘어갈 수 없는 말이 들렸다.

"사망자를 소생하는 마법은 없는 건가요?"

내 질문이 뜻밖이었는지, 세라 양은 잠시 망설인 뒤 대답했다.

"……없어요."

그러나, 그런 것보다도, 판타지 세계에 사자소생 마법이 없다니!

—너무나 유감이다!

"세라, 잊었니? 공자님께서 모살 당했을 때 성녀님이—."

"토르마 아저씨!"

토르마가 실언하자 세라 양이 정색하며 제지했다.

방금 전까지 말하던 귀여운 「토르마 아저씨!」와는 전혀 느낌이 달랐다.

"미안미안, 다른 데서 말하면 안 되는 거였지. 사토 경도 이 이야기는 못 들은 걸로 해줘."

나는 토르마의 부탁을 흔쾌히 수락했다.

"네, 저는 아무 것도 못 들었습니다."

아마도 소생 아이템의 정보가 은닉돼 있던가, 아니면 사용조건이 엄격해서 간단히 쓸 수 없는 거겠지.

어중간하게 정보가 퍼지면 소생을 바라는 사람들 때문에 혼란이 일어날 테니까.

"세라 님, 산책을 다녀오셨군요."

살롱에 들어온 우리들 세 사람을 보고 태수 부인이 말을 걸었다.

토르마가 있어서 다행이군. 세라 양과 단 둘이 있었으면 괜한 가십의 씨앗이 될뻔했다.

어째선지 나를 보는 카리나 양의 눈동자가 험악하다.

안 도와주고 방치한 걸 원망하는 건가?

"정원에도 사람을 보냈지만 만나지 못한 모양이군요."

태수 부인의 말에 세라 양이 약간 고개를 갸웃거렸다.

"저에게 무슨 용무가 있으신가요?"

그러자 태수 부인이 나긋한 목소리로 세라 양에게 말했다.

"네, 방금 전에 테니온 신전에서 급사가 찾아왔습니다—."

세라 양은 태수에게 인사를 하고 급사가 대기하는 옆방으로 갔다.

어째선지 토르마가 세라 양을 따라가기에 나도 슬쩍 두 사람을 따라갔다.

급사란 말이 신경 쓰였거든.

"—공도의 테니온 신전에서 긴급소환을 했단 말인가요?"

"네, 대하의 신호등을 사용한 것이라 자세한 내용까지는 알 수 없습니다."

"알겠습니다. 태수님께 쾌속정을 빌려 귀환하지요."

세라와 신관의 대화를 들으면서 맵을 열어 공도 주변이나 테니온 신전을 확인했는데 큰 소동이 일어난 기색은 없었다.

아마 신전 내부 문제겠지.

설령 긴급한 일이라도 야간항해는 금지돼 있기 때문에, 세라 양은 날이 밝으면 태수가 준비한 쾌속정을 타고 공도에 돌아가게 되었다.

"가는 길 조심하세요, 세라 님."

"네, 공도에서 다시 만나요, 사토 씨."

귀족용 선착장에서 세라 양이 탄 쾌속정을 배웅했다.

뒤에서 아리사와 미아가 바람둥이를 보는 눈으로 보고 있었지만, 친구와 작별인사를 하는데 켕기는 일은 한 조각도 없었다.

구를리안의 종이 울렸다.

이 종은 긴급용 쾌속정이 지나가는 걸 고지하는 것이었다.

그에 응답하듯 대하 하류에서도 메아리 같은 음색이 들렸다.

항구 관제탑에서 깃발을 휘두르자 곳에서 대기하고 있던 쾌속정이 물기둥을 세우며 급가속으로 출항했다.

"빨라~?"

"굉장히, 빠른 거예요!"

옆에서 보고 있던 타마와 포치가 손을 붕붕 휘두르며 놀라움을 표현했다.

쾌속정에는 마법을 이용한 고속추진 기구가 탑재돼 있어서 시속 100킬로미터의 속도로 수상을 달릴 수 있었다.

한 순간밖에 안 보였지만 일종의 수중익선인가 보다.

그리고 쾌속정은 정원이 적어서 세라 양과 동행하는 건 신전기사 케온뿐이었다. 토르마 일가와 나머지 신전기사들은 나중에 출항하는 태수의 대형선으로 공도에 가게 되었다.

우리도 마족퇴치의 포상으로 그곳에 편승할 예정이었다.

대하 여행

"사토입니다. 뱃여행이라고 하면 부모님은 호화여객선을 떠올리지만, 소시민인 저는 페리로 외딴 섬에 여행가는 것을 떠올려버렸습니다. 파문을 남기는 항적이 로망이라니까요."

세라 양이 출발한 날보다 이틀 뒤, 우리는 토르마 일가와 카리나 양 일행과 함께 태수의 배에 승선했다. 호위 기사들도 함께였다.

상상했던 것보다 거대해서 갑판에 마차를 몇 대나 적재할 수 있는 사이즈였다.

이번에는 우리들 마차뿐이라 하루 전에 항구의 인부들이 실어주었다.

몸길이 6미터가 넘는 골렘이나 소거인들이 항구의 하역용 크레인으로 마차를 배 위에 올리는 것은 상당히 좋은 볼거리였다.

출항 기적이 울렸다.

증기가 아니라 마력으로 울리는 도구니까 마적(魔笛)이라고 부르는 게 맞나?

"출항!"

선장이 호령하자 선원들이 바쁘게 움직였다.

선장은 인간족이지만 선원들 절반은 수인족이었다.

메인 마스트의 파수대에는 새 수인족이나 박쥐 수인족 같은 비행형 아인들이 배치돼 있었다.

나는 갑판 난간에 기대어 마중 나온 사람들에게 손을 흔들었다.

"사토 님~, 미아 님, 또 놀려오세요~. 아리사도."

태수 영애가 커다란 목소리로 배웅해 주었다.

마족퇴치를 할 때 갤러리들 사이에 그녀도 있었다고 한다. 남자애들만 있는 줄 알았기 때문에 처음에는 깜짝 놀랐다.

미아가 엘프라는 걸 알게 된 태수 영애가 마법을 가르쳐달라고 해서, 나랑 아리사가 통역과 해설을 담당했다.

그 과정에서 조금 잘 따르게 됐지만, 중학생쯤 되는 애한테는 흥미가 없어서 딱히 이벤트는 없었다.

아리사는 어쩐지 덤처럼 마지막에 불렀지만 즐겁게 손을 흔들어 답하고 있었다.

과연 아리사. 전생자라서 어른스럽ㅡ.

"후후후, 신 캐릭터에게 플래그 따위 절대로 못 세워! 이렇게 사라져가도록 하렴."

신 캐릭터라니…… 태수 영애를 캐릭터 취급하지 마.

오늘 아리사는 조금 시커멓다.

배가 선회하는 것을 기회 삼아서 아리사의 머리를 톡톡 가볍게 두드리고는, 뱃머리 부근에서 물을 보며 난리를 피우는 포치랑 타마가 있는 곳으로 갔다.

"이제부터 가는 공도에도 사교 집단 있어?"

"그래, 있어. 생각보다 규모가 큰 조직인가 본데."

뱃머리에서 두 손을 펼친 아리사의 허리를 붙잡은 채 대화를 나눴다.

"그럼 이번처럼 청소할 거야?"

"가능한 선에서. 공도의 고위 귀족들 중에도 멤버가 있으니까 이번처럼 간단히 되지는 않을 지도 몰라."

구를리안 시에 있던 「자유의 날개」 구성원들은 아지트를 밀고 해서 감옥에 보냈다.

도망친 몇 명은 어젯밤에 검은 두건을 쓴 의문의 남자로 변신하여 포박해 감옥 안에 추가로 투입했다.

"그 뿔은 공작님한테 말할 거야?"

아리사가 말하는 뿔은 사람을 마족으로 바꾸는 「짧은 뿔」이었다.

"공작을 만나서 사람됨이 어떤지 확인하고 판단해야지."

"응, 그러는 게 좋을 거야."

갑자기 도시 안에 출현하는 하급 마족도 무섭지만, 사람들이 서로 의심하다가 폭주하는 게 훨씬 더 무섭다.

"정말이지, 이세계에도 테러리스트가 있을 줄은 몰랐어."

"그러게 말이다."

아리사가 지긋지긋하단 듯 말하기에 진심으로 동의했다.

"저, 사작님, 위험하니 이제 그만……."

지금 우리가 있는 뱃머리는 출입금지 구역인데, 아리사의 부탁으로 억지를 부려서 들어왔다.

우리 시중을 드는 승무원이 난처한 표정으로 호소하기에 만족한 아리사를 데리고 평갑판으로 돌아갔다.

"전생에서 못해본 일을 또 하나 클리어했어~."

어디서 본 포즈다 싶더라니 유명한 영화의 한 장면이었군.

명작이라서 타이틀은 알고 있지만 바빠서 영화관에 못 갔다. 유감이지만 예고편밖에 못 봤어.

"그러면 일행 분들이 있는 방으로 안내하겠습니다."

승무원의 안내를 받아 갑판 뒤쪽에 있는 객실 구역 계단으로 내려갔다.

이 배는 3층 갑판이 있는 대형선이다. 2층은 객실과 선장실이고, 3층은 가축칸과 화물칸, 그리고 승무원들의 방이 있었다.

공도는 300킬로미터 하류에 있었는데, 이번에는 태수의 어용선을 썼기 때문에 불과 이틀이면 도착한다.

보통 배편으로는 중간에 있는 도시 넷에 기항하기 때문에 사나흘이나 걸린다.

배 여행에서 가장 걱정했던 것은 뱃멀미였는데, 출발한지 반시간 만에 카리나 양의 메이드 부대 중 한 명이 다운되고, 1시간쯤 지나자 토르마가 다운되면서 멈췄다.

배를 처음 타는 사람도 많았지만 그 밖에 멀미하는 사람은 없었다.

승무원들이 멀미에 잘 듣는 약을 토르마와 메이드에게 줬으니 좀 지나면 회복하겠지.

방에 짐을 놓고 난 후에는 애들한테 자유행동을 허가했다.

"바람이 좋네."

"네, 강의 냄새랑 녹음의 냄새가 함께 실려 오네요."

과실수가 든 고블렛 잔을 들고서 승무원이 갑판에 준비해준 소파에 앉아 쉬고 있었다. 귀족 저택에서 볼 법한 것이 아니라 습기에 강한 소재를 엮어서 만든 타입이었다.

내 옆에서 풀로 짠 원형 받침에 앉은 리자가 온화한 바람에 붉은 머리칼을 흔들며 눈을 가늘게 뜨고 있었다.

배 위에서도 애용하는 마창은 곁에 두고 있었다.

갑옷은 좀 그래서 오늘 리자는 다른 애들과 함께 하얀 바탕에 무늬가 있는 원피스를 입었다. 무늬는 각자 다른데, 리자는 붉은 불꽃을 이미지한 무늬였다.

다른 애들은 배 안을 탐험하러 가서 여기 없었다.

루루까지 갈 줄은 몰랐는데, 이렇게 커다란 배를 타는 것이 처음이라고 하니 그녀가 호기심에 지는 것도 이해가 갔다.

그런 생각을 하고 있는데 작은 배를 구경하던 카리나 양이 돌아왔다.

"한가한걸요."

"카리나 님도 아이들과 함께 배 안을 탐험하러 가면 어떤가요?"

"……펜드래건 경은 제가 방해되나요?"

마유 너머에서 삐친 아이 같은 눈으로 내려다보기에, 옆에 앉은 리자에게 눈짓하여 예비 소파를 준비했다.

준비라고 해 봤자 위에 씌워둔 방수 시트를 치운 것뿐이지만.

"그럴 셈은 아니었습니다. 앉으시겠어요?"

"……네, 실례하겠어요."

카리나 양이 리자가 준비한 소파에 얌전하게 앉았다.

마유와 관성의 법칙 사이의 연관성을 고찰하며 카리나 양에게 말을 걸었다.

"과실수 어떠십니까? 꽤 자극적입니다."

"자극적인가요?"

"네, 지금까지 본 적 없는 세계가 보일 겁니다."

"자극적…… 본 적 없는……."

카리나 양이 뭐라고 중얼거리며 내가 든 고블렛 잔과 내 입가를 번갈아 보았다.

"지, 지금은 목이 마르지 않으니까 사, 사양하겠답니다."

카리나 양이 미모를 붉게 물들인 채 고개와 두 손을 붕붕 저었다. 마유 댄스가 근사하군.

뭘 연상한 건지는 모르지만 한창 나이의 아가씨 상상력은 참 왕성하다.

잠시 지나자 진정된 모양이지만, 아직 얼굴이 빨간 상태로 나한테서 시선을 피하고 있었다.

그때 탐험을 끝내고 돌아온 타마와 포치가 내게 다이빙했다.

"다녀 왔습~."

"니다인 거예요~."

"그래, 어서 와라."

둘을 공중에서 받아내 소파 양 옆에 앉혔다.

목이 마른 것 같기에 사이드 테이블에 있는 과실수를 권했다.

컵을 양손에 든 둘이 소파 위에서 벌떡 일어섰다.

"푸와아아~?"

"입 안에 펑펑 터지는 거예요!"

둘 다 눈을 동그랗게 뜨고서 놀랐다. 타마는 꼬리가 부풀 정도였다.

내 고블렛 잔을 빼앗은 아리사가 한 모금 마시고 말했다.

"오오오, **탄산**이잖아! 우~움, 오랜만에 맛보는 감촉이야~."

공작령에서는 천연 탄산수를 구할 수 있어서 대하 주변 도시에서는 비교적 싸게 살 수 있었다.

"치사해."

미아가 아리사에게 빼앗은 고블렛 잔에 입을 댔다.

엘프 마을에서는 드문 것도 아닌지, 미아는 탄산이 들어간 과실수를 마시고도 놀라지 않았다.

"서로 그러지 않아도 테이블 위에 얼마든지 있잖아."

"역시 모르는 구나~."

"응, 벽창호."

별 것 아닌 지적이었는데 그렇게 말하기냐.

루루가 그 광경을 흐뭇하게 바라보며 새 고블렛 잔에 과실수를 따랐다.

"루루, 따르는 양은 반 정도."

"네, 네— 와, 와앗!"

탄산의 거품이 넘칠 것 같아 루루가 당황했다.

나는 재빨리 고블렛 잔을 들어 넘치려는 거품을 빨았다.

"이제 괜찮아."

"고맙습니다, 주인님. 잠깐 움직이지 마세요."

내 입술에 남은 거품을 루루가 손수건으로 닦아 주었다.

"루루 언니. 자, 손수건은 제가 처분을—."

"안돼, 아리사. 이건 내가 씻을 거야."

어느샌가 이동한 아리사가 루루와 손수건을 가지고 실랑이를 벌였다.

나는 웃으면서 장난을 치는 루루 대신 나나가 마실 과실수를 따라주었다.

"마스터에게 감사를."

"주의 1초~?"

"펑펑 하니까 주의하는 거예요."

탄산 과실수를 마시려는 나나에게 타마와 포치가 주의를 주었다.

"두 사람의 조언을 수락. 주의할 것을 보고합니다."

나나는 타마와 포치에게 고개를 끄덕이고서 과실수를 입에 머금더니—.

"마스터!"

—끼리릭 인형 같은 움직임으로 나를 돌아보았다.

"마스터, 이 과실수는 살아있다고 보고합니다."

"그냥 탄산이야. 펑펑 터지는 건 화학반응이고."

무표정하게 놀라는 나나의 오해를 풀어주었다.

무슨 이야기를 지어내서 놀릴까 하는 생각도 조금 했지만, 정말로 믿을 것 같아 자중했다.

"사……, ─펜드래건 경, 저도 한 잔 주시겠어요?"

방금 전부터 슬그머니 상황을 살피던 카리나 양이 참지 못하고 다가왔다.

"네, 지금 따라드리죠."

"주인님, 제가 할게요."

아리사와 실랑이에서 승리한 루루가 발랄하게 웃으며 노동해 주었다.

탄산의 흥분이 흐려진 타마랑 포치가 영차영차 하면서 소파를 기어올라 내 양 옆에 앉았다.

2인용 소파라 좀 아슬아슬하군.

"옆자리~."

"인 거예요!"

소파에 앉은 타마랑 포치가 리자에게 맡겨둔 과실수를 받았다.

"나, 무릎 위!"

아리사가 두 손을 펼치면서 순순히 조르기에 들어 올려 무릎 위에 앉혔다.

"우웅."

한 발 늦은 미아는 분해 보였지만 이미 틈이 없었다.

털래털래 소파 뒤로 돌아가더니 내 뒤통수를 끌어안고 머리를 마구 헝클어뜨렸다.

"미아, 머리는 만지지 말아줘."

"……응."

내가 주의를 주자 머리 만지는 건 멈췄지만, 이번에는 손가락으로 내 귀를 만지작거리기 시작했다.

……그런 건 어른이 된 다음에 해주라.

"이렇게 대낮부터 달라붙어 있다니 파렴치하군요!"

천진하게 스킨십을 하는데 카리나 양이 트집을 잡았다. 그리고 루루한테서 과실수를 빼앗듯이 받아서는 기세 좋게 마셔 버렸다.

—앗.

아마 이 순간 카리나 양을 제외한 모두의 마음이 하나였다.

푸와아! 하는 소리가 나고—.

오렌지색 물방울이 하늘에서 춤을 췄다.

인생 첫 탄산음료를 마신 카리나 양이 과실수를 성대하게 뿜으며 손에 든 고블렛 잔을 떨어뜨렸다.

과실수는 아무 잘못 없는 루루가 뒤집어썼고, 손에서 떨어진 고블렛은 카리나 양의 풍만한 가슴에 튕겨 올라 옆에 앉아 있던 나나의 가슴을 경유해 바닥에 떨어졌다.

—아이쿠야~.

나는 아리사를 바닥에 내려주고 일어서서 격납 가방에서 꺼낸 타월을 세 사람에게 주었다.

나나와 루루는 하얀 원피스가 비쳐서 현대풍 속옷이 보였다. 이거 눈 둘 데가 없어 곤란하군.

이 속옷은 아리사가 디자인하고 내가 마감한 것이었다. 입체

봉제를 하느라 고생했다.

카리나 양의 옷도 비치고 있지만 이쪽 세계의 가슴 가리개에서는 색기를 느낄 수가 없었다.

그러고 보니 라카가 방어할 수도 있었을 텐데— 아니군. 방어했으면 과실수가 주변에 튀어서 피해가 늘어났을 테니까 굳이 방어 안 한 거겠지.

"나나 씨! 이런 곳에서 단추를 풀고 닦기 시작하면 안돼요."

"루루, 그렇지만 위생적으로 얼른 과실수를 제거해야 한다고 주장합니다."

"안돼."

갑판에서 옷을 벗기 시작한 나나를 루루와 미아가 타일렀다.

"나나, 명령이야. 옷은 방에 가서 갈아입고 와라. 몸은 그때 닦고."

"—마스터의 명령을 수락."

과실수가 끈적여서 기분이 나쁜가 보네.

나나의 대답이 살짝 늦었다.

"자, 카리나 님도 방에서 갈아입고 오시죠."

"아, 네에."

『카리나 님, 나 또한 세정을 요구하오.』

우두커니 서 있던 카리나 님에게 라카도 그렇게 권했다.

카리나 양은 숙녀답지 않은 실수를 해서 풀이 죽었는지, 타월을 손에 든 채 가슴을 가리려고 하지도 않았다.

미안한 마음 때문인지 시선이 방으로 가는 나나와 루루를 쫓고 있었다.

나는 타월을 또 한 장 꺼내 카리나 양의 어깨에 걸쳐 가슴을 가렸다.

"루루랑 나나는 화 안 났어요. 그대로 계시면 제가 어딜 봐야 할지 모르겠으니 방에 가서 갈아입으시죠."

내가 다시 권하자 카리나 양의 얼굴이 빨개지면서 손으로 가슴을 누르더니, 도망치듯 계단으로 달려갔다.

계단 입구에서 카리나 양이 루루와 나나에게 사과하는 소리가 엿듣기 스킬로 들렸다.

승무원들이 소파 주변을 청소하는 동안 우리는 뱃전에서 대하 주변 경치를 보며 시간을 보냈다.

"저기 봐 저기 봐! 인어야, 인어!"

어째서 두 번 반복하니?

아리사가 가리킨 곳을 보니 분명히 인어가 있었다.

AR표시는 「지느러미 수인족」이라고 나왔다. 물에 사는 아인인가 보군.

배에 아가미 수인족 병사가 타고 있으니 물고기 수인족은 그밖에도 있을 것 같네.

지느러미 수인족이 조개나 새우 같은 것을 잡아서 조각배 위에 있는 인간족에게 가져왔다.

어쩐지 해녀라기보다는 가마우지를 길들여 고기 잡는 인상이 들어 버렸다.

그냥 멍하니 작은 배를 보고 있었는데 그것을 눈치챈 승무원이 배를 불러 버렸다.

수산물을 사는 방향으로 이야기가 진행되어 리자를 데리고 뱃전의 승강기 앞으로 이동했다.

나는 승무원과 리자와 함께 승강기의 곤돌라에 타고 수면 부근까지 내려가 조각배 안의 수확을 들여다보았다.

거의 접시만한 대형 조개에다 가재 사이즈의 새우, 그리고 발을 뻗어놓으면 2미터는 될 문어까지 있었다.

분명히 문어는 담수에 살지 못했던 것 같은데, 이세계에 지구의 상식을 적용할 수는 없겠지.

"이, 이 기묘한 생물은 식용인 건가요?"

"아아, 문어라고 하는 거야. 보기엔 이래도 맛있다."

리자가 문어를 보고 놀라기에 설명해줬다.

놀라면서 내 팔을 끌어안고 있는 걸 깨닫지 못했지만 일부러 지적할 일도 아니라 방치했다.

"사작님, 어느 정도 구입하실 건지요?"

사람 수만큼의 새우랑 조개 몇 개, 문어도 세 마리 정도 있으면 점심 식사로 충분하겠지.

내가 적당히 말하자 승무원이 놀란 표정을 지었다.

승무원의 말에 따르면 다른 영지에서 온 사람이나 귀족은 문어를 기피하기 때문에 드문 일이라고 했다.

그리고 수산물의 가격은 시세보다 훨씬 싼 대동화 2닢이었다.

"문어~?"

"이 녀석, 인 거예요."

통에서 도망친 문어를 타마랑 포치가 붙잡으러 갔는데, 촉수에 휘감겨서 고전하고 있었다.

촉수를 좀처럼 떼어내지 못하자 조바심이 났는지, 포치가 촉수를 으적으적 씹고 있었다.

맛있을 지도 모르지만 생으로 씹지는 마라.

타마는 어느샌가 촉수에서 빠져 나와 포치에게 들러붙은 문어를 손톱으로 찌르고 있었다.

즐기지 말고 포치를 도와줘라. 하긴 싫어하는 동작도 귀여우니까 보고 싶은 기분은 이해한다.

그러면 이제 그만 도와줘야지—.

"사토."

뒤에서 힘없는 미아의 목소리가 들리기에 돌아보니 미아까지 문어의 먹잇감이 되었다.

포치는 그렇다 치고, 미아가 문어 촉수에 휘감기면 배덕적인 느낌이 나서 안 좋다.

"에로프다앗!"

아리사도 이런 헛소리를 하면서 도와주질 않았다.

옷을 갈아입고 돌아온 루루가 도와서 미아를 촉수에서 떼어냈다.

포치도 나나와 리자가 돕고 있었다.

"미끈미끈."

미아가 엄청 기가 죽은 표정으로 불만을 호소했다.

승무원에게 말해서 물을 길어왔다.

"도와줘인 거예요."

뒤에서 포치의 비명이 들렸다.

돌아보니 문어의 먹물을 맞았는지 포치가 새까매져 있었다. 리자와 타마는 피한 모양이군.

"마스터, 마법의 화살 사용 허가를."

포치에게서 떨어진 문어가 나나의 상반신에 달라붙었다.

미아랑 달리 엄청나군!

문어는 리자와 내 손으로 제거했지만, 마지막 반항인지 먹물 공격을 받아서 막 갈아입고 온 나나의 셔츠가 새까맣게 물들었다.

"마스터……."

나나가 무표정하게, 굉장히 기운 빠진 분위기를 뿜으며 나를 보았다.

아무래도 오늘은 나나한테 수난의 상이 있나 보다.

항해하면서 배가 흔들리기 때문에 방에서 물을 쓰면 물바다가 되어 버린다.

하는 수 없이 갑판에 가림막을 세우고 안쪽에서 문어의 피해를 입은 세 사람이 물로 씻었다.

가림막 바깥쪽에 몰래 「바람 벽」을 써서 바람으로 가림막이 쓰러지지 않도록 했다.

나나 말고는 보이면 곤란하단 이유보다는 감기를 예방하기 위해서였다.

승무원과 기사들은 이쪽에서 등을 돌리고 임무에 종사하고 있었다. 참으로 신사적이군.

"닦아줘."

"포치도 닦아주세요, 인 거예요."

미아와 포치가 몸을 닦아 달라면서 가림막 밖으로 나왔지만, 주변 시선이 있으니 **오늘은** 스스로 닦으라고 이르며 가림막 안으로 밀어 넣었다.

그때 나나의 맨살이 보인 건 불가항력이었다. 결단코 삿된 마음은 없었다.

"입가, 올라가 있어."

"실례잖아."

아리사의 말에 무심코 입가를 만질뻔했지만 기지개를 켜서 얼버무렸다.

오늘은 좋은 걸 봤으니 문어 요리는 내가 직접 해야지.

승무원을 거쳐서 선장에게 갑판에서 조리를 해도 되는지 확인했다.

불을 피우지 않는다면 상관없다기에 조리용 가열 마법 도구를 보여주고 허가를 받았다.

"핑크~?"

"동그래진 거예요."

타마랑 포치가 데친 문어를 신기하게 보고 있었다.

이 데친 문어를 얇게 저며서 향초를 곁들이거나 초절임을 해서 작은 그릇에 나눠 담았다.

"주인님, 밥이 다 됐습니다."

"고마워. 이쪽으로 줄래?"

나는 루루에게 받은 밥을 써서 문어 필라프를 만들었다. 미아가 먹을 것은 문어 대신 당근이나 브로콜리를 써서 야채 필라프로 했다.

조개와 새우는 리자가 밑준비를 한 다음 철망에 올렸다.

필라프가 완성될 무렵 고화력 가열 마법 도구에 철망을 올려 굽기 시작했다.

슬라이스해서 늘어놓은 조개 관자에 간장을 떨구자 폭력적인 향이 퍼졌다.

"우~, 못 참겠네!"

"못 기다려~?"

"배랑 등이 붙을 것 같은 거예요!"

아리사, 타마, 포치가 철망 가까이 가서 애가 타는 듯 냄새를 맡고 있었다.

기다리는 동안 조리가 안 된 문어를 얇게 저며서 맛을 보았다. 비린내가 나지 않을까 경계했지만 회로도 문제없이 먹을 수 있겠다.

"나도 맛볼래!"

"타마도~."

"포치도 맛보고 싶은 거예요."

날카롭게 포착한 아이들에게 한 조각씩 먹여줬다.

"역시 신선한 문어는 좋다아."

"말랑, 말랑~?"

"맛이 많이 안 나는 거예요?"

아리사는 호평했지만 타마랑 포치는 별로였나 보다.

"주인님, 생으로 먹으면 배탈이 나요."

"외람되지만, 저도 루루와 같은 의견입니다."

루루와 리자가 쓴 소리를 했다.

"이건 신선하니까 괜찮아."

위생면이나 신선도 문제 때문에 회가 일반적인 조리방법으로 퍼지지 않은 거겠지.

어지간해선 안 쓰는 감정 스킬도 병용해서 확인했으니 복통이 날 일은 없었다.

승무원들이 부러운 듯 쳐다보기에, 그들의 점심 식사가 호화로워지도록 약간 마음을 담아 금품을 건넸다.

요리 준비가 끝날 무렵, 연소자 팀이 부르러 간 하유나 씨가 찾아왔다.

그녀는 마유나를 안고 있었지만 토르마는 안 보였다.

그리고 보니 호위 기사들도 없었다. 그들은 요리에 문어가 쓰이는 걸 보더니 「우리들 식량은 따로 있습니다」라는 명분을 이유로 거절했다.

지금은 냄새를 피해서 바람이 불어오는 뒷갑판 주변 감시임무를 하고 있었다.

……맛있는데.

"펜드래건 나리, 초청해주셔서 고맙습니다. 토르마는 식욕이 없다고 하기에 두고 왔어요."

하유나 씨는 평민 출신인 탓에 나한테 존댓말을 썼다.

토르마는 평민인 하유나 씨와의 결혼이 허용되지 않자 야반 도주를 했다고 한다.

그러나 마유나에게 「신탁」의 기프트가 있는 것을 알게 되어 결혼이 허가되고 공도에 돌아가는 길이었다.

"그러면 먹죠. 다들 자리에 앉아 주세요."

자리라고 해 봤자 원형 받침대였다.

심부름은 카리나 양의 메이드 부대에게 맡기고 「잘 먹겠습니다」를 신호로 식사를 시작했다.

"마이써! 젓가락이 아머줘."

"마있는 거예요!"

문어 회를 젓가락으로 호쾌하게 집은 아리사가 필라프를 입 안 가득 집어넣었다.

포치도 아리사를 흉내 내어 햄스터처럼 볼이 부풀어 있었다.

오물오물 씹는 얼굴이 맑은 하늘에도 지지 않을 정도로 함박 웃음이었다.

저런 웃음을 보여주면 좀 더 맛을 보면서 먹으라고 말하기 어렵군.

"오득오득한 독특한 식감, 그리고 쓴 맛 안쪽에서 솟아오르는 새우의 단 맛과 감칠맛이 근사합니다."

"맛있어맛있어~?"

리자랑 타마는 구운 새우의 껍질을 벗기지도 않고 우직우직 와일드하게 먹고 있었다.

만족스러워 보이니 먹는 방식이 다르다고 지적하지는 말자.

어지간히도 맛있게 보였는지 카리나 양까지 흉내 내려고 하다가 피나 씨에게 혼났다.

"맛있어."

야채 필라프를 먹는 미아가 조금 쓸쓸해 보였다.

나는 철망에 슬라이스한 야채를 구워서 된장 소스를 만들어 미아에게 내밀었다.

"사토."

확 웃는 표정을 지은 미아가 기뻐하며 안겨 들었다.

좋아하니 다행이네.

"미아, 별을 나눠달라고 탄원합니다."

"응, 줄게."

나나가 미아에게 달라고 조른 별은 별 모양으로 자른 당근이었다.

슬라이스 야채를 만들 때 조금 놀이 삼아 해본 건데 나나의 심금을 울려 버렸군.

다음에 스튜를 만들 때 여러 모양으로 자른 야채를 넣어보는 것도 좋겠다.

"주인님, 즐거워 보여요."

내 접시에 딱 좋게 익은 관자를 담아준 루루에게 웃으며 대답했다.

"그래, 즐거워."

파란 하늘 아래, 미소녀 미녀들과 맛있는 요리를 먹을 수 있으니 참 행복하다.

언젠가 세류 시의 제나 씨나 공도의 세라 양하고도 이런 시간을 보내고 싶군.

뒷정리 작업은 카리나 양의 메이드 부대가 해준다고 해서, 배가 찬 우리는 승무원이 갑판에 깔아준 푹신하고 커다란 모피 위에서 낮잠을 즐겼다.

우리 애들뿐 아니라 마유나를 안은 하유나 씨와 카리나 양도 함께였다.

이 모피는「여덟 다리 표범」이란 마물이었다. 맵으로 검색해 보니 공작령 남동쪽에 서식하고 있었다. 다음에 사냥하러 가야지.

그 생각을 하는 동안 꾸벅꾸벅 꿈나라로 떠났다.

◆

─꿈을 꾸었다.

어린 시절 무더운 여름의 꿈이었다.

지나가는 비를 맞으며 긴 돌계단을 달려 올라가는 소년이 보였다.

저건 나다. 할아버지 집에서 기르는 개 목줄을 끌면서 두 단씩 올라가고 있었다.

어깨에 멘 가방에는 당시 최신형 휴대용 게임기가 들어 있을 거다.

부감 시점의 꿈이기에 시선을 경내로 옮겼다.

신사의 경내에는 얌전해 보이는 밤색 머리칼의 소꿉친구가 돌을 차며 놀고 있었다.

어린 내가 경내에 들어간 순간 부감 시점에서 본래의 시점으로 이동했다.

내가 경내에 들어가자 이쪽을 등지고 있던 **금발**의 소녀가 기쁜 표정으로 돌아보았다.

"어허. 기다리고 있었느니라, 사토."

"에이, 게임 밖에서는 이치로라고 불러."

사토란 건 할아버지가 기르는 개 이름이었다. 이름이 이상하지만 할아버지에게 개를 준 사람 이름이 사토 씨였다고 한다. 우리 가족다운 적당한 이름이었다.

"후후후, 이 몸은 개를 부른 것이니라."

"그렇구나. 그럼 오늘 게임은 하지 말고 밖에서 개랑 놀까?"

내가 심술부리며 말하자, 그녀가 잘난 태도를 무너뜨리고 허둥지둥거리기 시작했다.

여전히 니라니라 이상한 말투다.

"기, 기다리거라. 이 몸이 아니면 누가 트로이 연방을 아카이아 제국에게서 구한단 말이더냐?"

"그래그래. 그럼 그늘에 가서 놀자."

우리는 경내에서 바람이 잘 통하는 그늘에 나란히 앉았다. 줄을 풀어준 개 사토는 여름 더위에도 지지 않고 경내를 뛰어다녔다.

나는 휴대용 게임기 폿케 두 대를 가방에서 꺼내 한 대를 그녀에게 건넸다.

그녀는 컨트롤러를 누를 때 딸각딸각하는 소리를 좋아했다.

언제나 전원을 켜기 전에 작은 손가락으로 딸각딸각하면서 즐겼다. 게임기 두 대를 통신 케이블로 이어서 전원을 켰다.

"오오, 시작된 것이니라."

게임은 트로이 전쟁을 모티프로 삼은 우주전쟁 시뮬레이션이었다.

애들용이지만 적 탐색 범위나 보급의 개념까지 있었다.

"우움, 또 탐색 범위 바깥에서 기습을 하는구나. 그러니 네놈은 사토인 것이니라."

그녀의 부조리한 불평에 나는 무심코 쓴웃음을 지었다.

"그러면 다음 맵에서 핸디캡으로 『맵 탐색』한 번 하게 해줄게."

"아자, 인 것이니라. 기왕이면 『혜성탄』도 주는 것이 어떠한고?"

"에이, 『혜성탄』은 안돼. 전황이 한 번에 기울어지잖아."

"그것이 좋은 것이니라! 한 발만. 응? 한 발이면 되니까 주지 않겠느냐?"

붉은 머리칼을 흔들면서 애원하는 그녀에게 결국 승낙해 버렸다. 우는 애랑 마름#10은 이길 수 없다잖아. 마름이 뭔지는 몰라도 말이지.

#10 **마름** 지주의 땅을 관리하는 관리인. 소작인들에게 땅을 빌려줄지 결정하는 권한이 있어서 소작인들은 마름의 말에 거역할 수 없었다.

"후하하하, 먹어라, 인 것이니라."

그녀가 신이 나서 『혜성탄』으로 내 주력을 쳐부쉈다.

그리고 항해 능력을 잃은 내 주력 전함을 노획해서 신난 표정이었다.

"아~『혜성탄』은 기분이 좋구나아. 덤으로 선물로 전함까지 얻어 버렸느니라."

그녀는 들떠 있었지만 전함을 자기 진영에 끌어들이고는 경악했다.

이 게임은 트로이 전쟁을 모티프로 삼았다. 당연히 「트로이 목마」에 해당하는 전법도 있었다.

"우아, 전함에서 로봇이 나온 것이니라. 아아, 그 모함은 이제 막 완성된 것인데! 안 되느니라, 그쪽 공장에 손을 대면 안 되느니라~~."

로봇들이 내부에서 공격하여 보급 설비가 망가진 그녀의 군에, 숨겨뒀던 진짜 주력 부대가 돌격했다. 아슬아슬했지만 싸움은 내 승리로 끝났다.

"우우, 너무 하느니라. 작은 소녀에 대한 배려가 없느니라."

그녀가 양손을 바닥에 짚고서 분을 삭였다. 그녀의 예쁜 **남색** 머리가 바닥에 퍼졌다.

"싸움은 전력으로 해야 상대한테 실례가 안 되잖아."

"흥인 것이니라. 사토 같은 녀석은 싫어하는 것이니라. 평생 절벽한테만 인기 있는 저주를 걸어줄 것이니라."

농담이라도 그 저주는 심하다.

우리 반에서도 거유 아이돌이 제일 인기란 말야.

"그건 그렇고, 언제나 졌을 때는 진짜로 분한 모양이네."

그래서 같이 노는 게 재밌는 거지만.

"당연한 것이니라! 졌을 때 온 힘을 다해 분하지 않으면 성장이 없는 것이니라! 실패를 살려야 성장할 수 있는 것이니라!"

약간 눈물마저 지으면서, **주황색** 머리칼을 쓸어 올리더니 멋지게 선언했다.

쓸어 올린 팔목에 있는 팔찌의 파란 방울이 햇빛을 반사해서 빛났다.

"어라? 전에도 그런 팔찌 있었어?"

"후후. 오늘 이 몸의 럭키 아이템인 것이니라!"

그녀가 빈약한 가슴을 내밀며 자랑하더니 방울 하나를 떼어 나에게 내밀었다.

"사토에게도 하나 주는 것이니라. 럭키 아이템이니까 소중하게 다루는 게다?"

"응, 고마워."

나는 받은 방울을 소중하게 가슴 주머니에—.

◆

그리운 꿈을 꿨다.

언제였는지 기억은 안 나지만 경내에서 소꿉친구와 게임을 한 기억은 있었다.

하지만 그것보다 사토란 게임 캐릭터 이름의 뿌리가 할아버지가 기르던 개 이름이었다는 걸 떠올려 버렸다.

이건 결코 남에게 알려지면 안돼······.

전에 세류 백작령의 전이문을 봤을 때 플래시백이 섞인 건지, 소꿉친구의 머리칼 색이 말도 안 된다. 정말이지 꿈다운 일이다.

물이라도 마시려고 몸을 일으키자, 조금 떨어진 곳에서 잠든 카리나 양의 베갯머리에 놓인 방울이 보였다.

숲 거인이 빌려준「마를 봉하는 방울」이었다.

잠이 덜 깬 머리로 꿈과 연관성을 생각하고 있는데—.

아리사가 갑자기 튀어 올랐다.

"왜 그러—."

"주인님!"

내가 말을 마치기도 전에 아리사가 끌어안더니, 그대로 양손과 다리로 꼭 붙들었다.

평소와 같은 성희롱인가 했는데 좀 이상했다.

불안스레「주인님」을 반복하는 아리사의 머리를 쓰다듬었다.

"—아리사?"

"미, 미안해."

아리사가 쉽사리 떨어지더니 순순히 사과했다.

"무서운 꿈이라도 꿨니?"

"응, 사실은 멧—."

입을 열었던 아리사가 입을 닫았다.

"—말 못해."

"아리사."

"주인님이 근육 마초들에게 둘러싸여서 남자 축제를 하고 있었다니, 나는 말 못해!"

아리사가 손수건을 꺼내더니 우는 시늉을 했다.

아마 떠올리기 싫은 과거의 꿈이라도 꿨겠지. 아리사가 얼버무리는 걸 따라가 줘야지.

"말했잖아!"

나는 아리사의 머리를 끌어안고 홀드 하는 척했다.

전혀 아프지 않을 텐데도 아리사가 무리하게 들뜬 목소리로 항복을 외치며 내 팔을 탭했다. 적당히 스킨십을 하고 놔줬다.

우리가 시끄럽게 군 탓인지 다른 애들도 일어났다.

"추운 건 싫어~."

"배고픈 건 싫은 거예요."

"무사하십니까! 주인님!"

아인 소녀들이 좀 아플 정도로 끌어안았다.

"사토."

잠이 덜 깬 미아가 내 머리를 끌어안더니 머리를 쓰다듬었다.

"마스터."

나나가 미아 흉내를 냈다.

행복한 감촉을 즐기면서 시선을 움직이자, 몸을 반쯤 일으키고 조용히 눈물을 흘리는 루루와 눈이 마주쳤다.

나와 눈이 마주치자 안심한 것처럼 웃으며 눈물을 닦았다.

잘은 모르겠지만 다들 안 좋은 꿈을 꾼 모양이다.

어쩐지 모르게「신탁의 무녀」인 마유나를 보았지만 아마 상관
없겠지.

만약 곁에서 잠들기만 해도 영향이 있다면 어머니인 하유나
씨는 매일 이상한 꿈을 꾸게 될 테니까.

야간의 대하 항행이 금지된 탓에 우리가 탄 배는 해가 질 무
렵 트루트 시 항구에 들어섰다.

그건 그렇고 뱃여행은 편하네. 오늘 하루 만에 대하 160킬로
미터를 내려왔고 내일이면 공도에 도착한다.

중간에 수적의 습격이 한 번, 마물의 습격이 세 번 있었지만
우리가 나서는 건 물론이고 호위기사들이 나서기도 전에 배 전
속 아가미 수인족 병사들과 새 수인족 병사들이 익숙한 솜씨로
격퇴했다.

◆

"펜드래건 경은 정말로 같이 안 갈 건가요?"

"네. 저는 초대받지 못했으니까요."

트루트 시 항구에 멈춘 마차 앞에서 카리나 양의 애원에 고개
를 저었다.

그녀의 야회복이 얌전한 디자인이라 다행이군.

만약 가슴골을 주장하는 매력적인 디자인이었다면 매료되어
고개를 끄덕였을 거다.

카리나 양이 같이 가자고 하는 것은 트루트 태수의 만찬이었다.

토르마 일가와 카리나 양, 그리고 근위기사들이 초대를 받았다. 신전기사들은 마유나 호위 때문에 태수의 성에 간다고 했다.

마족 퇴치의 포상으로 초대된 구를리안 시와 달리, 본래 나 같은 최하급 명예 사작이 태수의 만찬에 초대받는 것은 있을 수 없는 일이었다.

카리나 양이 토르마 일가와 함께 트루트 태수가 보낸 마차에 탔다.

마차 안에서 이쪽을 보는 카리나 양에게 밝게 웃으며 손을 흔들어 배웅했다.

"항구 근처에 있는 상점가를 구경하고서 토르마 경이 가르쳐 준 요정에 가자."

"예약 없이 가도 괜찮아?"

"그건 빈틈없지. 승무원한테 요정 예약을 부탁했거든."

연줄이 있으니 괜찮다고 했다. 그리고 예약이 취소됐어도 적당한 식당에 가거나 노점에서 먹으면 된다.

여행지의 트러블도 여행의 맛이다.

트루트 시의 상점가는 길 폭이 좁고 점포도 두어 평쯤 되는 좁은 가게가 이어져 있었다.

점포는 안쪽이 없고 주인이 가게 앞에서 판매나 호객을 하고 있었다. 모두 점포 앞에 벽이 없었다.

상품 장르는 통일성이 없고, 식품 옆 점포에서 세공품을 파는 등 혼돈의 분위기였다.

치안도 조금 낮은 곳이라 납치범을 만나지 않도록 반드시 둘 이상이 손을 잡고 다니도록 일렀다.

더욱이 아인 소녀들과 나나는 본래 쓰는 무기가 아니라 청동제 싸구려 장비를 입혔다.

"주인님! 다시마야!"

"어허, 말린 다시마네."

"이걸로 다시마 말이 만들어줘."

요청이 꽤 어른스럽구나.

국물을 우려내기도 좋으니 몇 묶음 한꺼번에 샀다.

"말린 해삼은 어떠슈? 국물 내기 좋은데?"

"그럼 그것도 한 자루 사죠."

"고맙구만."

다시마 한 묶음, 말린 해삼 한 자루가 둘 다 동화 1닢이었다. 참 싸군.

"마스터!"

나나가 만족한 표정의 내 팔을 가슴팍에 끌어안더니 옆 가게로 이끌었다.

"보호를 희망합니다!"

나나가 작은 유리 세공 머리장식을 가리켰다.

병아리와 물고기, 고양이와 개 같은 것들이 잔뜩 있었다.

"어떠슈 젊은 나리. 하나에 대동화 1닢이라우."

"음, 조금 비싸네."

시세는 개당 동화 1닢 정도였다.

다른 애들도 오기에 마음에 드는 걸로 하나씩 고르도록 했다.

기다리는 동안 한가해서 가게 주인과 잡담을 나눴다.

"이 유리 세공은 이 도시의 공방에서 만든 건가요?"

"그렇지. 내벽 너머의 귀족가에 있으니까 직접 사러 가는 건 무리야."

외국의 상인이라고 생각했는지 가게 주인의 말에 경계하는 기색이 보였다.

"거울은 없나?"

"이런 길거리 가게에 있을 리가 있나? 거울이나 창에 쓰는 평평한 유리는 공도의 유리 공방에서만 만들 수 있으니 공도에서 사는 편이 좋아."

나는 가게 주인에게 인사를 하고 애들을 살폈다.

이제 슬슬 다 골라가는군.

시간을 때울 겸 카리나 양 일행이나 세라 양에게 줄 선물을 추가로 골랐다.

문득 뇌리에 세류 시의 제나 씨가 떠올랐기 때문에 그녀 것도 골랐다. 데이트를 했을 때 입었던 옷에 어울릴 법한 파란 유리 브로치였다.

값을 깎느라 시간 끄는 것도 귀찮아서 그냥 대금을 지불했다.

내가 깎지도 않고 사는 게 뜻밖이었는지 가게 주인이 웃으며 계산을 끝냈다.

"젊은 나리, 선물이라면 오크 유리 고블렛을 살 생각 없나?"

나를 호구로 봤는지 가게 안에서 상자를 꺼냈다.

"오크 유리라는 게 뭐지?"

"오크 제국에서 만든 유리야."

가게 주인이 상자를 열면서 내 질문에 대답했다.

"왕조님이 마왕을 퇴치하기 전까지 이 부근이 오크들 제국이었던 건 아나?"

"그래, 들었어."

"그 제국의 특산품이었으니까 오크 유리란 이름이 붙은 거지."

상자 안에서 빨간 유리 고블렛 잔이 나왔다.

손으로 잡는 부분에 은장식이 있고, 몸통 부분 중앙에 꽃을 본뜬 얇고 파란 유리가 용접돼 있었다. 언뜻 용접한 이음매가 잘 안 보일 정도로 자연스러웠다.

"―훌륭하네."

"그렇지? 두 개밖에 없으니 은화 6닢으로 어때?"

시세보다 약간 싸다. 이 근방에서 사는 사람이 없었나 보군.

화주를 마실 때 쓸까 해서 가게 주인이 말하는 가격에 샀다.

그 밖에도 노점 몇 개에서 장을 보고 목적지인 요정에 도착했다.

승무원이 뭐라고 소개했는지 모르지만 아인 소녀들을 험하게 대하지도 않고 객실로 안내되어 성찬을 먹었다.

높이 쌓인 거대 새우 요리가 메인 디쉬였고, 정성스레 세공된 접시와 그릇 위에 형형색색의 야채와 과일이 조리되어 담겨 있었다.

고기와 생선을 못 먹는 사람이 있다는 이야기도 제대로 전해진 모양이군.

내가 저택을 세우게 되면 그녀 같은 집사나 비서를 고용하고
싶었다.

"만북~?"

"행복한, 거예요."

배가 볼록 튀어나온 타마와 포치가 만족스레 중얼거렸다. 두
사람은 배가 불러서 졸린지 아까부터 비틀거리고 있었다.

저녁 식사를 조금 많이 먹은 탓에 항구를 따라 산책하면서 배
로 돌아갔다.

"찐 새우가 귀여웠다고 보고합니다."

"세공이 참 예뻤어요."

"맛도 근사했고, 새우 껍질도 바삭해서 절묘한 식감이었습니
다."

나나, 루루, 리자가 저녁 식사 감상을 나눴다.

리자의 감상이 미묘하게 이상했지만 그건 어른스럽게 넘어갔다.

나랑 손을 잡은 미아가 말했다.

"만족."

하지만 반대쪽 손을 잡은 아리사가 조용했다.

저녁 먹기 전에는 활기찼는데, 산책을 시작하자 뭔가 고민하
는 듯 진지한 표정이었다.

"과식해서 기분 안 좋니?"

"—응, 조금."

도무지 그런 기색이 아니었다. 짚이는 게 있다면 낮에 꾼 꿈

이었다.

이야기하고 싶으면 아리사가 먼저 의논해달라고 하겠지.

우리는 밤바람을 맞으며 느긋하게 걸었다.

대하에 반사된 하늘의 빛과 도시의 빛이 뒤섞여 지금까지 본 적이 없는 예쁜 야경을 만들었다.

내가 발길을 멈추고 그 경치를 조용히 바라보자, 루루가 감격한 듯 숨을 내쉬었다.

"근사해요."

"루루의 평가를 긍정합니다."

두 사람도 나처럼 야경이 마음에 들었나 보다.

기분 탓인지 두 사람의 시선이 대하 쪽을 안 보고 있었지만……그밖에 근사하다고 할 만한 게 없으니 내가 착각한 거겠지.

"이제 그만 갈까ㅡ."

위화감을 깨닫고 시선을 내렸다.

잠깐 멈춰선 탓인지 타마랑 포치가 리자의 발치에서 잠들어 있었다.

둘 다 배가 볼록해서 리자가 양 옆에 끼우는 게 아니라 나나랑 리자 둘이서 한 사람씩 안도록 지시했다.

그때 리자가 나에게 귓속말하듯 말했다.

"주인님, 배가 움직이고 있습니다."

해가 진 뒤에 대하 항행은 금지됐을 텐데 어디 배지? 의문이 떠올라 맵으로 검색해봤다.

ㅡ소속 「자유의 날개」.

"또, 저놈들이군."

내 말을 듣고서 방금 전까지 조용했던 아리사가 반응했다.

"혹시 마왕 신봉자 놈들?"

"그래, 그런가 봐."

도시 안에 있던 「자유의 날개」 구성원들이 저 배를 타고 어디론가 가고 있었다.

관료에게 쫓겨서 도망치는 거라면 좋겠지만, 어디선가 나쁜 꿍꿍이를 실행하려고 가는 거면 그냥 넘어갈 수 없다. 방치했다가 마왕이라도 불러내면 귀찮으니까.

배 본체와 가장 높아 보이는 구성원에게 마커를 달아야지.

혹시 세라 양이 긴급 신호로 불려간 것과 연관이 있을지도 모른다는 생각에 맵을 열어 세라 양의 상태를 확인했다.

—뭐야?!

"주인님, 왜 그래?"

너무나 충격적인 정보에 아리사에게 대답할 여유가 없었다.

—상태「빙의」.

지금 세라 양의 상황이었다.

아무도 모르는 밤

"사토입니다. 예전에 읽은 퇴마 소설에 『악마와 거래를 해선 안 된다. 악마는 달콤한 말로 사람을 유혹하니까』란 대사가 있었습니다. 지금도 이 대사를 떠올릴 때가 있어요."

"저기, 주인님 왜 그래?"

내가 얼어붙은 듯 멈추자 아리사가 다시 물었다.

"먼저 배로 돌아가라. 좀 갈 데가 생겼어."

"무, 무슨 일? ……가르쳐줘."

아리사가 새파란 얼굴로 질문을 거듭했다.

평소처럼 장난치는 게 아니라 진지한 표정이었다.

"공도에 있는 세라 님이 위험해. 구하러 다녀올게."

"어, 신탁의 무녀가— 설마 마왕이 부활하려는 건 아니겠지?!"

그건 이야기는 비약이 심하잖아.

부활에 필요한 「혼돈 항아리」도 없앴고, 중간에 발견한 「주원병」도 몰수했다.

언젠가 마왕이 부활한다 쳐도 아직 멀었다.

아마 이번에는 마왕 부활을 위한 전단계로 하급 마족을 빙의시킨 거겠지.

"괜찮아. 고작해야 하급 마족이야."

"아, 안돼! 마왕이면 어떡해!"

다른 애들은 납득했지만 아리사만은 평소와 달리 걱정이었다.

"괜찮아. 무사히 돌아온다니까. 맛있는 다시마 말이 만들어준다고 약속했으니까."

"사, 사망 플래그 같은 말 하지마, 바보야아아ー."

분명히 아리사 말처럼 약간 사망 플래그 같았지만 죽을 생각은 전혀 없었다.

보기 드물게 흐트러진 아리사가 내 로브를 움켜잡았다. 무리해서 떼어내면 아리사의 손가락이 부러질 지경이었다.

"세라 님이 빙의 당했어. 얼른 안 가면 위험하거든. 놔줘라, 아리사."

"싫어. ……낮에 꿈 꾼 거 기억 나?"

아리사가 떨리는 목소리로 말했다.

"그때는 얼버무렸지만 사실은 주인님이 거대한 멧돼지 머리의 거한이랑 싸우는 꿈이었어. 주인님은 까만 검으로 싸웠는데 마지막에는 그 거한이 든 황금 칼에 베여서 죽었어……."

아리사가 쥐어짜내듯 하는 말은 「그냥 꿈이야」라고 단정하기에는 조금 무거웠다.

무엇보다 아리사는 신검에 대해서 모르니까.

그렇지만 설령 세라 양이 있는 장소에 마왕이 있어도 놔둘 수는 없었다.

사가 제국의 용사가 오는 걸 태평하게 기다리고 있다간 세라

양이 목숨을 잃는다.

"괜찮아. 마왕이 있어도 쓰러뜨리고 올 테니까 손 놔줘라."

"싫어! 가지마……. 걱정돼."

아리사가 완고하게 고개를 가로저었다.

눈물짓는 아리사에게는 미안하지만, 지금은 말로 달랠 시간이 아까웠다.

"계속 그렇게 말 안 들으면『명령』한다?"

"해봐…….『명령』같은 거에 내 여심은 지지 않아."

어쩔 수 없네.

명령은 되도록 하기 싫지만 지금은 세라 양의 목숨이 걸려 있었다.

"그럼,『명령』이야. 손 놔, 아리사. 배에 돌아가서 대기할 것을 명한다."

"절대로, 절대로 못 가!"

아리사는 내 명령을 듣고서도 손을 놓지 않았다.

아리사의 호흡이 거칠어지고, 이마에 땀이 맺혔다.

노예 계약의「주인의 명령에 따른다」는 항목에 반하기 때문에 고통을 느끼고 있었다.

"가, 가지마, 사……토……."

고통으로 의식을 잃은 아리사가 내 로브를 잡은 채 무너져 내렸다.

"아, 아리사!"

조마조마하게 지켜보던 루루가 아리사의 어깨를 끌어안았다.

나는 정신을 잃고서도 로브를 붙잡고 있는 아리사의 손가락을 풀어내고 안아 들어 루루에게 맡겼다.

의식을 잃고서도 괴로워 보이는 아리사의 머리를 쓰다듬고 귓가에 명령을 해제한다고 말했다.

효과가 있는지 의문이었지만 아리사의 표정이 편해졌다.

"루루, 아리사를 부탁한다."

"아, 네."

상냥하게 키스하며 아리사의 눈물을 닦아준 뒤 루루에게 맡겼다.

"무운을 빕니다."

"마스터, 굿럭이라고 응원합니다."

"주인님, 무리는 하지 마세요."

"사토. 다치지 말고 돌아와. 다치면 안 돼. 절대."

리자, 나나, 루루, 그리고 미아의 긴 말에 고개를 끄덕이고 은가면의 용사 스타일로 어둠 속을 달렸다.

타마와 포치는 끝까지 자고 있었다.

◆

나는 공도로 급히 향하기 전에 태수 저택에 있는 카리나 양을 찾았다.

그녀에게 「마를 봉하는 방울」을 빌리기 위해서였다.

하지만 맵 검색으로 카리나 양의 현재 위치를 조사했더니 이상한 정보가 나왔다.

　—상태가「마비」네?

　태수 저택에서도 무슨 트러블이 발생한 모양이군.

　하늘에서 만찬장의 발코니에 착지했다.

　"—자, 누구부터 괴롭혀줄까?『주원병』에 처음으로 원념을 바칠 자는 누구냐?"

　안쪽을 살펴보자 회장의 테이블 위에 보라색 로브를 입은 남자가 서 있었다.

　그 남자는「자유의 날개」구성원으로 레벨 31의 사령술사였다. 주변에는「마비」가 종족 고유능력인 부유령이 떠 있다. AR 표시가 없었으면 반투명한 갈색 물체라고 생각했을 것이다.

　"역시 산 제물은 처녀부터지. 소란령들아—."
　　　　　　　　　　　　　　폴터가이스트

　사령술사가 지시하자 들고 있던 주머니에서 로프가 저절로 뻗더니, 바닥에 쓰러진 카리나 양을 구속해 들어올렸다.

　만찬에 참가하느라 라카를 두고 간 게 빈틈이 됐군.

　"크으, 사토……."

　"크카카카. 마지막으로 사랑하는 남자의 이름을 부르느냐! 소녀여, 그 남자가 왔을 때 통곡할 모습으로 만들어 주마."

　사령술사가 카리나 양을 내려다보면서 저열하게 조소했다.

　"일단, 그 가슴부터— 크억!"

　카리나 양의 마유를 지키기 위해 사령술사에게「짧은 기절탄」비를 쏟아 부었다.

　사령술사는 오리지널리티가 없는 굵직한 비명을 지르며 날아가 벽을 뚫고 방에서 사라졌다.

죽지 않도록 조절했지만 사령술사의 상태가 「중상」이 되더니 체력 게이지도 다 떨어지기 직전이었다.

부유령과 로프가 공격했지만 스토리지에서 꺼낸 성검 일격으로 사라졌다.

테이블 위에 있던 『주원병』은 스토리지에 회수했다.

"무노의 딸아, 제법 파란만장한 인생을 살고 있구나."

나는 예전의 연기를 떠올리면서 카리나 양에게 마비 해제약을 먹었다.

"……고, 고맙습니다. 요, 용사님."

"구해낸 직후에 미안하다만, 네가 가진 『마를 봉하는 방울』을 빌려주었으면 한다. 꼭 필요한 일이 생겼다."

카리나 양은 조금 망설이는 기색을 보였지만 앞섶의 단추를 풀어 가슴에서 방울을 꺼냈다.

살짝 보인 골에 시선이 갔지만 상황을 떠올리며 필사적으로 버텼다.

"여, 여기 있습니다……."

"그래, 분명히 받았다."

뭔가 말하고 싶은 표정의 카리나 양에게 「모두 끝난 다음에 돌려주겠다」라고 약속한 뒤 사람 수에 맞춰 마비 해제약을 두고 그 자리를 떴다.

죽기 직전인 사령술사는 태수의 병사들이 몰려들어 구속했다.

◆

  어두운 대하의 상공을 비상하여 반시간도 안 되어 공도 상공에 도착했다.

  맵을 보니 세라 양의 현재위치는「저왕의 미궁: 유적」이었다.

  맵을 열어 3D표시를 해보니 공도 깊숙한 지하에 있는 공백지대에서 세라 양의 마커가 빛나고 있었다.

  그 정보를 토대로 지하에 가는 경로를 찾았다.

  도시의 지하에는 하수도가 미로처럼 얽혀 있었고, 귀족 구역의 지하에는 쉘터까지 있었다.

  계속 체크하고 있는데「자유의 날개」구성원 수십 명이 하수도를 따라 이동하는 걸 발견했다.

  —수상해.

  나는 공도에 있는 구성원 모두에게 마커를 달고 지하도 입구로 갔다.

  시야 구석에 마커 일람을 표시하고 있는데, 일부 구성원의 현재 위치가「오유고크 공작령」에서「저왕의 미궁: 유적」으로 바뀌는 걸 확인했다.

  제대로 짚은 모양인걸.

  구성원들의 움직임을 감시하자 한 군데 모이더니 그곳에서 무슨 수단으로 전이하는 것을 알 수 있었다.

  구성원들의 집합 지점까지 최적의 경로를 조사해 하수도로 갔다.

지하도 입구 근처에 다가가기만 해도 냄새가 나기에 향수로 적신 손수건을 입에 대고 안에 들어갔다.

하수도 옆의 통로가 너무 지저분해서 「천구」 스킬로 공중을 달리며 장비 체크를 했다.

무기는 문제 없다─.

신검을 필두로 언제나 쓰고 있는 성검 엑스칼리버, 그 밖에도 성검 세 자루와 성창 하나, 마검 두 자루와 거인에게 받은 마궁이 있었다.

대부분 「용의 계곡」에서 얻은 다음 스토리지에 사장되고 있었지만 문제없이 쓸 수 있다.

거기다 일회용 성시 열 개에 성시와 같은 방법으로 만든 성단창도 세 자루 준비했다.

이 일회용 무기는 과잉공급 스킬의 보조를 받아서 임계점 바로 아래까지 마력을 충전해뒀다.

한편으로 방어구는 여러모로 문제가 있었다.

용의 계곡 전리품에 있는 고성능 방어구 대부분이 「유성우」로 망가져 버렸기 때문에 성방패 하나 말고는 내가 자작한 갑옷밖에 없었다.

그래도 없는 것보단 나으니 빨리 갈아입기 스킬로 갑옷을 입었다.

마왕이 기다리고 있을 가능성이 제로가 아닌 상황에서 「천옷」 장비로 돌격하는 만용을 부릴 생각은 없었다.

얼마 안 가 구성원들의 집합장소 근처에 도착했다.

여기까지 오는 동안 몇 번 정도 거미줄을 모방한 경보장치를 봤지만, 함정 발견 스킬과 위기 감지 스킬 앞에서는 아무런 장애물도 못 됐다.

하수도를 나아가는 도중 혼자 있는 구성원을 발견하고 보라색 로브를 강탈해 입었다.

비밀결사의 제복답게 얼굴이나 체형을 감출 수 있었다. 낙낙한 로브라서 가죽 갑옷 위에도 입을 수 있는 게 좋았다.

"자유의 하늘에."

"날개가 춤춘다."

지하도 너머에서 나누는 대화가 엿듣기 스킬로 들렸다.

동료인지 아닌지 확인하는 암호겠지.

나는 지하도를 빠르게 빠져나가 수상쩍은 문 앞에 선 남자에게 방금 전 암호를 댔다.

남자가 말없이 문 앞을 비우고 날 통과시켜 주었다.

문 너머는 넓은 방이었다. 중앙에는 거대한 마법장치 같은 붉은 오브제가 보였다. 마침 방의 조명이 어두워서 후드 아래쪽 얼굴이 거의 안 보였다.

오브제 주변에 구성원 몇 명이 모여서 뭐라고 다투고 있었다.

"어쩌죠. 제3위 공자가 아직 오질 않으셨습니다."

"그 분이라면 지쳐서 어디선가 쉬고 있을지도 모르지."

간부가 지각했나 보군.

"의식까지 시간이 없다. 먼저 보내지. 마력은 충분한가?"

그 자리의 리더로 보이는 남자가 묻자 마법장치 조작판을 체크하던 여자가 대답했다.

"문제없습니다."

나는 의식이란 어수선한 말에 마음 졸이면서도, **아직** 의식이 시작되지 않았다는 사실에 약간 안도했다.

이 녀석들이랑 같이 전이하면 세라 양을 구해낼 수 있겠다.

"—문이 열렸습니다."

"좋아, 동지들이여! 의식의 방으로 가자!"

간부의 말에 다른 구성원들이 한쪽 팔을 하늘로 드는 포즈를 취하며 응답했다. 나도 분위기를 읽고 흉내를 냈다.

오브제 중앙에 있는 고리를 통과하자 방금 전까지 있던 방에서 광대한 지하공동으로 이동했다.

그 고리가 전이장치였군. 레이더 표시도 미탐색 구역으로 바뀌었다.

나는 마법란의 「모든 맵 탐사」를 발동하여 현재 위치 정보를 얻었다.

공도 지하에 있는 미궁의 가장 깊은 곳이었다.

미궁 안에 마물은 없었고, 사람도 이 대공동에만 있었다. 옆으로 눕힌 달걀 모양 공동은 좁은 지름이 3천미터나 되었다. 용케 안 무너지네.

대공동 안에는 기묘한 모양의 오브제가 난립해있었고, 가장 작은 것이 2미터에 큰 것은 5미터를 넘는 것도 있었다.

만져봤더니 대리석 같은 단단한 돌이었다.

저 멀리에는 한층 밝은 장소가 있었다. 아마 저기서 의식을 할 모양이군.

경을 읊는 것 같은 소리가 여기까지 들렸다. 주문 영창하고는 조금 다른 것 같은데…….

"의식이 시작됐지 않은가…….”

—뭐야?!

"서둘러라!『재림 의식』에 늦는다!”

간부의 말에 구성원들이 황급히 오브제 숲 사이를 달렸다.

나도 그들 틈에 섞여 의식장으로 가면서 세라 양을 탈환하고 탈출하는데 필요한 정보를 모았다.

세라 양 말고도 그녀와 비슷한 나이의 신탁의 무녀가 두 명 붙잡혀 있었다. 세라 양과 마찬가지로 둘 다 빙의된 상태였다.

이 자리에 있는 구성원들은 모두 200여명, 대부분이 레벨 5 이하고 레벨 30을 넘는 자는「자유의 날개」수령을 포함하여 세 명뿐이었다.

수령은 중력 마법과 공간 마법을 쓴다. 더욱이 높은 레벨 간부 두 사람은 그「짧은 뿔」을 가지고 있었다. 이 녀석들은 잘 체크해야겠군.

최상층까지 탈출하는 길은 세 군데 있었다. 북쪽 경로가 제일 추적하기 어렵겠다.

체크를 거의 끝냈을 무렵, 나는 의식장 코앞까지 도착했다.

수령이 있는 제단에 돌 침대가 있고, 정신을 잃은 세라 양이 누워 있었다.

세라 양과 함께 납치된 두 무녀는 레벨 높은 간부들이 양손을 구속하여 세라 양의 몸 위에 들고 있었다.

간부들은 한 손으로 가녀린 무녀의 두 손을 붙잡고, 반대쪽 손에 수상쩍은 형상의 의식용 단검을 쥐고 있었다.

두 무녀는 빙의 상태라서 그런지 가면 같은 표정으로 가만히 있었다.

세라 양을 포함한 무녀들은 옷을 입지 않았다. 드러난 피부에 보라색 도료로 마법진 같은 무늬가 그려져 있었다.

그 광경을 눈 깜짝할 사이에 확인했다.

그러나 내가 구출할 타이밍을 재는 것보다 의식이 더 빠르게 진행됐다.

"우리는 이곳에 때 묻지 않은 처녀들을 바치고 위대한 주인의 재림을 바란다!"

"""재림을!"""

수령이 외치자 구성원들이 따라 외쳤다.

두 무녀를 구속한 간부들이 의식용 단검을 겨누었다.

나는 천구 스킬로 화살처럼 튀어나갔다. 서로의 거리는 약 200미터.

텅 소리가 지하 공동에 울리고 등 뒤에서 구성원들이 비명을 질렀다.

있는 힘껏 급발진한 반동에 뒤에 있던 놈들이 맞은 거겠지.

두 걸음째 박차는 것과 동시에 품속에서 꺼낸 자갈을 던졌다.

굉음이 울리자 간부들이 이쪽을 돌아보았다.

내가 세 걸음째 박차는 것보다 자갈이 먼저 의식용 단검을 부쉈다.

그러나 간부들은 포기하지 않았다.

부서진 단검으로 의식을 속행하고자 무녀들의 심장에 휘둘렀다.

―늦지 마라!

마음속으로 외친 순간, 몸이 물속을 달리는 것 같은 위화감에 휩싸였다.

깨닫고 보니 어느새 간부들 옆에 도착하여 단검을 차 날리고 있었다.

〉「축지」 스킬을 얻었다.

편리해 보이는 스킬이었지만, 지금은 상황이 긴박하니까 나중에 하자.

나는 아직 무녀들을 놓지 않는 간부들의 턱을 차서 무녀들을 놓아 주었다.

"웬……!"

마지막까지 듣지도 않고 결사의 수령으로 보이는 녀석의 배에 「짧은 기절탄」을 때려 박아 기절시켰다.

수령은 아마 「웬 놈이냐!」라고 말하고 싶었겠지.

무슨 희귀 스킬을 가졌든 쓰기 전에 쓰러뜨리면 문제없다.

피를 뿜으며 쓰러지는 수령을 거들떠보지도 않고 「빙의」 상태인 무녀들을 향해 스토리지에서 꺼낸 방울을 흔들었다.

물론 「마를 봉하는 방울」이었다.

시원스런 음색과 함께 무녀 두 사람의 몸에서 파랗고 빨간 반투명한 형태가 떠올랐다.

어째선지 세라 양의 몸에서는 아무 변화가 없었다.

심장이 얼어붙는 듯 불길한 예감이 들었지만 떨어지려는 쪽 처리를 우선했다.

파랗고 빨간 형체를 **콱** 움켜잡고 의식장 바깥으로 던져 버렸다.

그리고 그 형체를 향해서 「불씨 탄환」을 연속으로 쏘았다. 하급 마족정도라면 이걸로 무력화할 수 있다.

나는 주변을 포위하고 지팡이를 겨누는 구성원들에게 「짧은 기절탄」을 비처럼 쏟아 부어 무력화했다.

물론 수령과 달리 직격하면 죽으니까 스치는 정도의 궤도로 쏘았다.

썩은 나무처럼 픽픽 쓰러지는 구성원들 뒤에서 마족 둘이 나타났다.

아까 던져버린 놈들이었다.

—하급 마족이 아니군?

전에 세류 시의 지하미궁에서 싸운 검은 상급 마족과 비슷한 박력이 느껴졌다.

『의식을 방해하다니 못난 놈이로소이다.』

『그렇도다. 하등한 인간족다운 처사로다.』

로소이다는 빨간 피부에 사슴 같은 뿔이 달린 몸길이 4미터의 마족. 로다는 조금 덩치가 작지만 청동색 피부에 쇠뿔 같은 뿔과 두 쌍의 날개를 가졌다.

빨간 놈이 「공간 마법」을, 청동색이 「중력 마법」을 쓴다. 둘 다 레벨 63.

파란 피부의 마족이 으르렁거리자, 놈의 팔위에 세라 양이 나타났다.

─전이 마법인가?

"정말이지, 내 재림 의식을 방해하다니 도가 지나친 바보이로다."

세라 양은 한쪽 무릎을 세워 팔을 괴는, 한 조각 수치심도 없는 포즈로 나를 매도했다.

그리고는 감겨 있던 눈이 뜨이자, 그녀의 두 눈에는 보라색 기운이 흘렀다.

─아니다.

세라 양의 눈동자는 새싹 같은 푸른색이다.

나는 세라 양에게 빙의된 놈을 쫓아내려고 다시 한 번 「마를 봉하는 방울」을 흔들었다.

이번에는 구를리안 시의 마족전에서 아리사가 한 것처럼 마력을 담아 효과를 높였다.

"흥, 불쾌하도다."

그러나, 결과는 같았다…….

세라 양에게 빙의한 놈은 불쾌한 듯 혀를 찼다.

『주상(主上), 맡겨주시는 것이로다.』

"좋다. **용사**를 쓰러뜨리는 것이도다."

한 걸음 앞으로 나선 파란 피부 마족의 어깨에 입처럼 균열이 생기더니 으르렁거렸다.

나는 위기 감지의 반응도 기다리기 전에 발치의 무녀들을 안고 뒤로 뛰었다.

내 발치에 쓰러져 있던 수령과 간부 둘이 보이지 않는 망치에 맞은 것처럼 뭉개졌다.

—어쩔 수 없지.

일단 무녀 두 사람부터 먼저 구하자.

탈출을 위해 축지에 스킬 포인트를 분배하고 유효화했다.

『반응 속도가 제법이로소이다.』

그냥 도망치면 쫓아오겠지.

백스텝으로 거리를 벌리고 마족들과 나 사이에 수십 겹으로 흙 벽을 만들었다.

『용사 주제에 흙 마법이라니 수수한 것이로소이다.』

『하늘을 날면 벽 따위 상관 없는 것이로다.』

날개를 가진 파란 피부 마족이 벽 위에 나타났다.

그 얼굴을 향해서「마법의 화살」,「짧은 기절탄」,「불씨 탄환」을 연속으로 쏘았다.

이걸로 쓰러뜨릴 수는 없겠지만 견제하기엔 충분하다.

나는 결과도 확인하지 않고 무녀들을 안은 채 축지로 그 자리를 벗어났다.

가녀린 무녀들이 급가속으로 대미지를 입지 않을까 걱정됐지만 기우였다.

두 사람의 체력에는 변화가 없었다.

축지는 단순히 육체적인 기술이 아니라, 술리 마법을 재현하는 친구와 마찬가지로 무슨 마법적 수단으로 이동하는 스킬인가 보다. 한 번에 마력 10포인트가 소비된다.

나는 축지를 반복하여 눈 깜짝할 사이에 북쪽 통로에 도착했다.

제단 쪽을 봤지만 마족들은 쫓아오지 않았다.

어느샌가 정신을 잃은 무녀들을 북쪽 통로에 눕혀놓고, 「방어벽」과 「흙 벽」 마법으로 쉘터를 만들어 안전을 확보했다.

이러면 천정이 무너지더라도 두 사람은 안전하다.

내가 다시 제단으로 돌아가자 사방이 피바다가 되어 있었다.

"—다 죽인 거냐? 네 신봉자였잖아?"

"신봉자라면 내 부활의 비료가 되는 것도 기쁠 것이도다."

놈이 세라 양의 몸으로 대답했다.

그 뒤에 빨갛고 파란 상급 마족이 서 있었다.

"그 몸에서 나갈 생각 없냐?"

"흥, 그렇게도 이 소녀가 소중한 것이더냐?"

내가 제안하자 놈이 유쾌한 듯 입술을 일그러뜨리더니, 또래보다 커다란 세라 양의 가슴을 마구 주물렀다.

"이 유방을 찢어내도 같은 말을 할 수 있겠더냐? 이 아름다운 얼굴은 어떠하더냐?"

반대쪽 손에 든 단검을 볼에 대면서 나를 협박했다.

유감이지만 「마를 봉하는 방울」이 안 통하니 세라 양을 되찾을 방법은 설전밖에 없었다.

놈의 프라이드를 찔러봐야지.

"세라를 돌려줘, 그리고 정정당당하게 싸워라! 아니면 인질 없이 싸우는 게 무서운 거냐—."

상급 마족이 둘이나 고개를 조아리는 놈의 정체는 바로—.

"—마왕!"

"크하하하하, 나에게 도전하는 것이더냐! 그래야 비로소 용사라 할 수 있도다!"

뜻밖에 괜찮은 반응이군.

"과거에 천룡을 거느린 용사 시가 야마토에게 패했다고는 하나, 평범한 용사는 상대가 안 되는구나. 내 부하를 꺾어 보거라. 그리하면 승부하기 전에 포상으로 이 소녀의 몸을 네게 돌려주겠도다."

마왕이 약속을 지킬지 알 수 없지만 언질은 받았다.

여차하면 테니온 신전의 성녀님에게 쫓아내달라고 부탁해 봐야지.

『놈의 마법에 주의하는 것이로다.』

『반사의 가호가 있으니 괜찮은 것이로소이다.』

나는 만에 하나라도 세라 양의 몸이 싸움에 말려들지 않도록 천구로 제단에서 거리를 벌렸다.

『놓치지 않는 것이로소이다.』

눈앞의 공간이 갈라지더니 빨간 피부 마족이 나타났다. 놈의 공간 마법이겠지.

나는 메뉴의 마법란에서 「유도 화살」과 「짧은 기절탄」을 연속으로 사용해 견제했다.

물론 탄수는 최대로―. 120발이다.

『돌려주는 것이로소이다.』

하지만 빨간 피부 마족을 향해 쏜 마법이 차례차례 나를 향해 되돌아왔다.

목표추적 기능이 있는 「유도 화살」은 빨간 피부의 마족에게 재차 방향을 틀었지만, 「짧은 기절탄」은 나에게 직격하는 코스로 날아왔다.

방금 전에 말했던 「반사의 가호」란 거군. 꽤 성가신데…….

나는 그것을 축지로 피했다.

뒤에서 「짧은 기절탄」을 맞은 기괴한 오브제가 쓰러지는 소리가 들렸다.

『끈질긴 놈이로소이다.』

빨간 피부 마족이 포효를 지르자 공간에 균열이 생기며 「유도 화살」이 파괴되었다.

나는 스토리지에서 성검 듀란달을 꺼냈다.

아끼는 건 아니지만 평소 쓰던 엑스칼리버는 마력충전 실험으로 과잉공급 직전까지 마력을 담아뒀기 때문에 섣불리 쓰기 꺼려졌다.

그 좋은 성검을 일회용으로 쓰고 버리긴 아깝다.

성검 듀란달의 성능은 성검 엑스칼리버보다는 약간 떨어지지만, 성검 쥴라혼에 비교하면 훨씬 강력하니까 문제없겠지.

왼쪽에서 위기 감지가 작동하기에 축지로 그 자리를 벗어났다.

방금 전에 내가 서 있던 자리의 땅이 푹 꺼졌다.

『독점하는 것은 좋지 않은 것이로다.』

지금 그건 파란 피부 마족의 중력 마법이군.

나는 축지로 순간이동을 하면서 파란 피부 마족 품으로 파고들어 튕겨 올리듯 성검을 올려 베었다―.

갑자기 어마어마한 중압이 나를 짓눌렀다.

〉「중력 마법: 악마」 스킬을 얻었다.

〉「중력 내성」 스킬을 얻었다.

고중력을 버티며 억지로 검을 휘둘렀지만 성검이 파란 피부 마족에게 닿기 직전에 칼날을 멈추고 거리를 벌렸다.

『이번 용사는 감이 좋은 것이로다.』

『그대로 베었다면 용사의 몸도 두 동강이 났는데 아쉬운 것이로소이다.』

이 녀석도 「반사의 가호」가 걸려 있었군.

위기 감지가 경종을 울리지 않았으면 위험했다.

빨간 피부 마족에게 몸이 약간 끌려가는 느낌이 들었다. 로그를 보니 「끌어들이기」란 마법을 썼다. 게임의 보스 캐릭터 같은 기술을 쓰네.

〉「공간 마법: 악마」 스킬을 얻었다.
〉「공간 내성」 스킬을 얻었다.

두 가지 내성 스킬을 유효화했다.

『레벨은 낮으면서 마법이 잘 안 듣는 것이로소이다.』

『으햐하하하, 망령이 든 변명인 것이로다?』

상급 마족들이 서로를 매도하는 틈에 다음 수를 썼다.

두 마족에게 「짧은 기절탄」을 때려 박았다.

예상대로 반사되어 돌아오기에 가벼운 백스텝으로 피했다.

돌아온 「짧은 기절탄」의 궤도를 보니 반사의 탄도는 완전히 정반대가 아니었다.

다시 한 번 「짧은 기절탄」 마법을 쏘았다.

『몇 번을 해도 소용 없는 것이로소이다.』

이 「반사의 가호」는 횟수 제한이 없는 타입인가…… 성가시군.

빨간 피부 마족과 파란 피부 마족의 영창용 입이 각자 으르렁 거렸다.

위기 감지를 따라서 옆으로 뛰어 피했다.

그러자 내가 있던 장소에 깊은 균열이 생기고, 보이지 않는 중력 망치가 나를 쫓아오듯 땅에 커다란 구멍을 뚫었다.

나는 중력 망치를 천구로 회피하고 파란 피부 마족과 나 사이에 차례차례 흙 벽을 만들어 시간을 벌었다.

일단 귀찮은 공간 마법을 쓰는 빨간 피부 마족부터 쓰러뜨려야겠다.

공격이 멎은 틈에 다음 수를 썼다.

마법란에서 「풍압」 마법을 골라 쓰고 폭풍 속에 스토리지에서 꺼낸 대량의 소금을 뿌렸다.

고운 소금이 공중에 떠올랐다.

『눈 가림 따위 하책인 것이로소이다.』

휘몰아치는 소금이 빨간 피부 마족의 보이지 않는 「반사의 가호」를 드러냈다.

왕도적인 확인수단이지만 효과는 빼어났다.

「반사의 가호」는 이름처럼 완전반사가 아니라 공중에 떠오른 무수한 흡인구와 배출구가 몸 주위를 랜덤으로 움직이고 있었다.

하나 하나는 먼지보다 작은 사이즈라 눈에 보이지 않았다.

소금 입자가 명백하게 더 크지만 흡인구에 닿은 소금 입자가 배출구로 전송됐다.

물리적인 구멍이 아니라 극소의 전이 게이트로군.

만약을 위해서 가는 못을 흡인구 사이로 던져 확인했다.

흡인구 옆을 지나치려는 순간에 근처의 흡인구에 빨려 들어가 가까운 배출구로 배출됐다.

세검이나 화살도 건드리지 않고 옆을 통과하는 건 무리겠군.

파란 피부 마족의 공격이 오지 않기에 시선을 돌리자, 팔짱을 끼고 흥미로운 듯 빨간 피부 마족을 구경하고 있었다. 꽤나 여유 있는 태도군.

나는 스토리지에서 실다발을 꺼냈다.

산수의 열매 섬유로 만든, 마력전도율이 높은 물건이었다.

이 다발에 마력을 담아서 모든 실에 마인을 만들었다.

『고슴도치 용사인 것이로소이다. 실이 틈을 빠져나갈 수 있다고 생각한다면 확인해 보도록 하는 것이로소이다.』

빨간 피부 마족이 자신만만하게 조소했다.

―그래 지금 웃어둬라.

나는 축지로 빨간 피부 마족의 정면으로 뛰어들었다. 그리고 놈이 고슴도치라고 말한 마인 실 다발로 찔렀다.

『자살하는 것이로소이다?』

눈앞에 뛰어든 무수한 마인 실을 발동 준비하고 있던 「방패」 마법으로 받아냈다.

「방패」는 한 순간에 깨졌지만 이거면 된다.

―붙잡았다.

실의 마인을 해제하면서 마력으로 강화한 상태를 유지했다.

동시에 「배출구」에서 나온 실 다발을 붙잡았다.

그걸 옆으로 휙 휘둘렀다.

―실에 붙잡힌 무수한 「흡인구」와 「배출구」도 같이.

여유롭게 조소하던 빨간 피부 마족의 표정이 경악으로 물들었다.

남아 있는 흡인구가 틈을 메우려고 움직였지만― 이미 늦었다.

한 순간 틈이 생기면 충분하다.

성검 듀란달이 남긴 선명한 파란 궤적이 어둠에 녹아들자, 빨간 피부 마족이 검은 재가 되어 흩어졌다.

〉「섬광참격」 스킬을 얻었다.

〉칭호 「현술사」를 얻었다./

『경악할 일이로다.』

파란 피부 마족이 중력 조작으로 자기 주위에 있는 「반사의 가호」를 파기했다.

역시 같은 수로는 당해주지 않는구나.

나는 방금 얻은 스킬을 유효화했다.

『이 몸들의 오의를 보여주는 것이로다.』

양 어깨의 영창용 입이 수상쩍은 소리를 질렀다.

그와 동시에 나는 성검에 마력을 쏟았다.

─마족의 영창은 인간족보다 빠르다.

성검이 파랗게 빛나며 마를 멸하는 힘을 띠었다.

─그러나 그 시간도 제로는 아니다.

축지로 파란 피부 마족과 거리를 제로로 만들고, 놈이 영창을 끝내기 전에 섬광참격으로 놈의 몸을 베었다.

별다른 감촉도 없이 일자로 잘려나간 파란 피부 마족이 검은 재가 되어 사라졌다.

……허망하군.

역시 성검은 마족에게 굉장히 효과가 좋다. 칼날만 닿으면 하급이든 상급이든 별 차이 없는 것 같은데.

◆

세라 양의 모습을 한 마왕이 천구로 제단에 돌아온 나를 박수로 맞이했다.

돌 침대 끝에 한쪽무릎을 세우고 앉아 있던 마왕이 그 자리에서 일어섰다.

"훌륭하도다. 잔챙이 용사라 얕본 것을 사과하지 않으면 안 되겠도다."

알몸으로 버티고 선 마왕이 무대에 선 여배우처럼 낭랑하게 말했다.

"설마 동료도 없는 용사가 단독으로 내 가신들을 멸할 거라고 생각지 못했도다."

세라 양의 몸에서 희미하게 보라색 빛이 뿜어져 나왔다.

―불길한 예감이 든다.

얼른 마왕을 세라 양 몸에서 쫓아내야 한다.

"약속은 지켰다, 마왕! 얼른 세라의 몸에서 나가라!"

"좋다. 시련을 넘어선 자에게 포상을 내리는 것 또한 왕의 책무이도다."

―다행이다. 생각보다 순순히 약속을 지키는군.

마왕이 팔을 옆으로 휘두르자 세라 양 몸을 감싼 보라색 빛이 진해졌다.

"용사여. 그대는 내 적수가 될 자격이 있음을 인정하겠도다."

마왕이 선언하자, 세라 양의 두 눈이 강렬한 보라색 빛을 뿜었다.

—뭐지?

"**검은 머리** 용사여. 파리온의 주구(走狗)여. 모습을 속이는 이유는 묻지 않겠다만, 야마토가 그러했듯 즐겁게 해주는 것이 겠지? 나를 실망시키면 용서하지 않겠도다."

마왕의 말에 머리카락을 만지자 어느샌가 금색 가발이 없어져 있었다.

가발과 가면 예비는 있었지만 지금은 그런 것에 연연할 때가 아니었다.

—얼른 **세라**의 몸에서 쫓아내야 한다.

"그래! 네가 그 몸에서 나가면 마음껏 싸워줄게!"

"그러면, **받아들이겠도다.**"

우지직 소리가 나면서—.

세라의 등이 찢어졌다.

그곳에서 멧돼지의 머리가 나왔다.

—아아.

《저, 사토 씨…….》

『가신들을 제물로 삼은 덕분에, 힘이 차올랐도다.』

옷을 벗어 던지듯, 보라색 피부에 멧돼지 머리를 한 마왕이 현현(顯現)했다.

　아이 같았던 키가 눈앞에서 팽창하더니, 성인의 1.5배가 넘는 거구로 변했다.

　이어서 마왕의 몸에 보라색 파문 같은 빛이 흐르더니, 놈의 피부가 금색으로 빛나기 시작했다.

　─어째서, 그때 마왕의 말을 믿었을까?

《사토 씨는…… 운명을 바꿀 수 있다고 생각하세요?》

　뇌리에 세라와 나눈 대화가 떠올랐다.

　털이 없는 멧돼지 머리 마왕이 출현하기 시작한 순간 세라의 목숨은 꺼져 버렸다.

　─뭐가「마왕이 나타나도 구해낼게요」야!

　내 안에서 후회가 휘몰아치며 날뛰었다.

　그러나 그것도 한 순간이었다.

　실제로는 1초도 지나지 않았다.

　내 높은 정신력 수치가 후회로 흐려지는 내 마음을 평소처럼 되돌렸다.

　정상적으로 움직이기 시작한 사고가 과거의 기억에서 희망을 건져 올렸다.

　─소생 마법.

문득 뇌리에 그 말이 떠올랐다.

세라는 부정했지만 토르마는 소생 마법의 존재를 긍정했다.

그리고 그 토르마를 세라가 부정하지 않았. 었다.

그렇다면 아직 절망하긴 이르다.

『내 부활의 때가 왔도다. 인류여 공포에 떨라! 오늘 이 시간부터 세계는 멸망으로 걷기 시작한 것이도다!』

연설하는 마왕의 품에 축지로 접근하여 전력으로 장저를 때려 넣어 세라 양의 몸에서 떼어냈다.

방금 죽은 세라의 몸을 만져 스토리지에 격납했다.

물론 흘러나온 피도 세트다.

내 스토리지 안에서는 시간 경과에 따른 열화가 없다.

테니온 신전의 성녀라면 방금 죽은 시체를 부활시켜줄지도 모른다.

구를리안 성에서 세라가 말을 흐린 것처럼 소생 마법에는 어떤 리스크나 사용 조건이 있을 가능성이 높았다.

그러나 지금은 그것을 생각해봤자 의미가 없었다.

그러니까…… 마음을 바꿔 먹어라, 사토.

지금은 이 놈을 전력으로 퇴치하는 것만 생각해라.

『어허? 무슨 생각인 것이더냐? 네놈은 시체를 회수하기보다 나에게 추가 공격을 했어야 했도다.』

나는 마왕의 오만한 말을 흘려들으며 싸울 준비를 진행했다.

싸우기 전에 마왕의 정보를 조사했다.

이름은 「황금의 저왕」, 레벨이 120이나 되는 오크의 마왕이었다.

전례 없이 높은 레벨과 더불어서, 이 녀석은 「일기당천」, 「만부부당」, 「변환자재」라는 유니크 스킬을 가지고 있었다.

자세하게는 모르겠지만 이름으로 추측하건대 전투력 강화계열, 내구력 강화계열, 변신 계열 스킬일 것이다.

일반 스킬은 마왕답게 검이나 회피 등의 물리 전투계열, 희귀한 파괴 마법이나 폭렬 마법 등 마법 전투 계열이 충실했다.

금색으로 물든 피부는 무슨 지원 마법이나 유니크 스킬 때문인지 「물리 대미지 99퍼센트 차단」, 「마법 대미지 90퍼센트 차단」이라고 나왔다.

—방어력이 말도 안 되네.

마법 공격이 그나마 통할 것 같지만 이 녀석은 「하급 마법 무효」란 스킬이 있었다.

무노 시 방어전에서 싸운 마족이 썼던 「하급 마법 내성」의 상위호환 스킬이겠지.

『지금은 막 부활한 참이라, 전성기 때보다도 약하도다. 네놈이 이길 수 있는 천재일우의 호기가 아니더냐?』

이게 약해진 거면 원래는 어느 정도 강했는데…….

마왕 옆에 아이템 박스의 검은 균열이 열리더니 마왕이 망토와 두 자루 유엽도를 꺼냈다.

마왕이 걸친 붉은 망토가 변형하더니 호화로운 의상이 되었다.

AR표시를 보니 유엽도는 마검으로 분류되는지, 성검과 손색없을 정도의 성능을 자랑했다.

마왕의 몸을 감싼 금색 빛이 양손에 든 유엽도로 번지더니 도신을 금색으로 물들였다.

AR표시된 유엽도의 공격력이 올라갔다. 애당초 성검에 필적하는 위력이 있었는데 지금은 확실하게 성검 듀란달보다 위였다.

『자, 온 힘을 다해서 덤비는 것이도다.』

애당초 그럴 셈이었다.

이 녀석은 세라의 복수와, 내 분풀이 대상이 되어줘야겠다. 그리고―.

"―봐줄 생각도 없어."

내 말에 마왕이 유쾌한 듯 웃었다.

나는 스토리지에서 꺼낸 **까만 검**을 겨누고 마왕을 노려보았다.

처음부터 전력으로 간다. 아낌없이 간다.

마왕을 다음 일격으로 확실하게 멸하기 위해 신검을 더욱 강화해야지.

마력을 주입하면 마검이나 성검은 물론이고 평범한 나뭇가지도 강화된다.

그렇다면 신검에도 그 법칙이 적용될 거다.

나는 신검에 마력을 주입했다.

―어?!

내가 처음 10포인트 정도 마력을 주입하자, 온몸의 마력이 어마어마한 기세로 신검에 빨려 들어갔다.

―큭, 멈춰라!

유성우 이후 처음 겪는 급격한 마력소비를 의지의 힘으로 막았다.

간신히 기세는 억눌렀지만 계속해서 스멀스멀 빨아들였다. 대강 정지했을 무렵에는 남은 마력이 절반이었다.

게다가 아직도 초마다 10포인트 정도의 속도로 마력을 빨아들이고 있었다.

『분수에 안 맞는 검에 휘둘리다니 미숙한 용사이도다.』

마왕의 매도가 귀를 찔렀다.

미약한 위기 감지 반응에 시선을 돌리자 신검 주위에 칠흑의 오오라가 생겨 있었다.

AR표시에는 아무 것도 안 떴다.

—뭐지?

『공격하기 어렵다면, 내가 본보기를 보여주겠도다.』

상단에서 내리친 오른쪽 유엽도를 축지로 피하고, 시간차로 옆에서 공격하는 왼쪽 유엽도를 천구를 사용해 입체적으로 피했다.

—물론 피하는 방향은 앞으로!

마왕의 보라색 두 눈이 수상쩍게 번뜩였다.

—마왕이 뭔가 하기 전에 처리한다.

눈앞에 다가온 마왕의 멧돼지 머리에 신검으로 일격을 휘둘렀다.

내 신검이 마왕에게 닿기 훨씬 전부터 카리나 양의 라카가 쓰는 것처럼 작은 마법의 방패가 몇 겹으로 떠올랐다.

쩌저적 살얼음이 깨지는 듯 방패는 시원스런 소리와 하얀 빛을 뿌리면서 사라졌다.

마왕의 몸을 지키는 마법이니 방어력이 높겠지만 신검 앞에서는 아무런 장해도 못 됐다.

『말도 안―.』

유언 들어주는 취미는 없어.

마지막까지 듣지도 않고 마왕의 머리를 세로로 쪼갰다.

마왕의 얼굴이 신검에 닿은 부분부터 소멸했다. 역시 신검이군.

―측면에서 강렬한 위기 감지 반응!

나는 반사적으로 천구로 허공을 박차 그 자리를 벗어났다.

부웅 묵직하게 허공을 가르는 소리가 나며 내가 있던 장소를 유엽도가 지나쳤다.

사후경직의 일종이면 좋겠지만 아닌 모양이군.

놀랍게도 마왕의 목이 새로 불쑥 돋아났다.

……과연 마왕이군.

『내가 만부부당의 효과를 쓰게 되다니…….』

부활한 마왕이 독백하며 뒤로 뛰어 거리를 벌렸다.

―이상하네. 마왕이 멀어졌는데도 위기 감지가 안 멈춘다.

전방의 마왕이 위기 감지에 걸리는 건 처음부터 그랬지만, 그 이상의 반응이 내가 든 신검에서 느껴졌다.

『무시무시한 검이도다. 야마토가 쓰던 클라우 솔라스는 비교도 안 되는도다.』

마왕을 향해 신검을 똑바로 겨누자 뭐가 이상한지 그제야 보였다.

신검에 들러붙은 칠흑의 오오라가 마치 생물처럼 칼날에서 내 손으로 뻗어온다.

……위험하네.

이건 뭔가 위험한 전조다―.

나는 재빨리 신검을 스토리지에 수납했다.

나는 스토리지에서 상급 마족과 싸울 때 쓴 성검 듀란달을 꺼내 칭호를 「신을 죽인 자」에서 「용사」로 바꿨다.

마왕의 유엽도에는 못 미쳐도 그대로 신검을 쓰면 위험하겠어.

이상한 상태이상이 없는지 로그를 보고는 조금 오한이 들었다.

〉「즉사 내성」 스킬을 얻었다.
〉「투구 쪼개기」 스킬을 얻었다.

아까 그 수상쩍은 안광이 즉사 공격이었군.

레벨 차이와 마안 내성 스킬이 없었다면 오히려 이쪽이 당했을지도 모르겠다.

「즉사 내성」 스킬을 신속하게 유효화했다.

『나도 진심으로 싸워야 하겠도다.』

마왕의 몸을 보라색 빛이 두 번 감쌌다.

방금 전에도 본 빛이었다. 아리사가 유니크 스킬을 쓸 때랑 비슷하네.

마왕의 말로 미루어 보면 나머지 유니크 스킬 두 개를 쓴 거겠지.

『방금 전의 흑검은 어찌된 것이더냐?』

내 검이 바뀐 걸 깨달은 마왕이 의문스레 물어왔다.

"미안하지만 강판이야. 이제부턴 성검으로 상대해주지."

내 말에 마왕이 씨익 웃으며 입가를 끌어올렸다.

『과연, 사용 횟수에 제한이 있는 종류의 무기더냐.』

단순히 내가 괜한 짓을 한 탓에 못 쓰게 된 거지만 그걸 말할 생각은 없었다.

마력을 가볍게 흘려 듀란달을 강화하고, 성인(聖刃)으로 표면을 보호했다.

마왕의 유엽도Ⅲ이라고 해도 될 법한 강화도를 상대하려면 이 정도는 필요하다.

―간다.

일단 견제.

통하는지 아닌지 확인하려고 평소에 쓰는「유도 화살」,「짧은 기절탄」,「불씨 탄환」콤보를 연타했다.

세 공격마법은 마왕의 금색 피부에 닿기 직전에 터지며 사라져 버렸다.

황금의 피부에 닿은 것은「불씨 탄환」의 흔적뿐이었다.

유감스럽게도 예상이 맞았다.「하급 마법 무효」를 가진 마왕은 하급 마법으로는 상처가 안 난다.

나는 마법으로 시야를 가린 틈에 축지를 사용해 마왕의 발치로 이동하여 사각에서 성검을 휘둘렀다.

내 검이 마왕에게 닿기 훨씬 전부터 신검일 때와 마찬가지로 작은 방패 무리가 나타나 성검을 막았다.

성검에 닿으면 쉽사리 깨지긴 하지만—.

조금씩—.

그렇다. 아주 조금씩 성검의 기세가 줄었다.

100장 가까운 방패를 부수고 50센티미터쯤 나아가자 성검이 멎었다.

나는 억지로 밀어붙이려 했지만 마왕은 가만히 보고 있지 않았다.

『이 정도 공격은 내게 통하지 않도다!』

마왕이 외치면서 나를 베려고 했다.

왼쪽 위에서 접근하는 유엽도를 성검 듀란달로 받아냈다.

그러자 직후에 황금색과 파란 불꽃이 지하공동을 선명하게 물들이며 시야를 빼앗았다.

—공격이 무겁군.

나는 두 다리에 힘을 주어 버텼다.

중압을 버티지 못했는지 발치가 콰드득 소리를 내며 함몰했다.

섬광에 멎었던 시야는 광량 조정 스킬이 금세 회복시켜주었다.

약간 자세가 무너진 나를 향해서 마왕이 왼손에 든 유엽도를 휘둘렀다.

나는 반사적으로 스토리지에서 꺼낸 성방패로 받아냈다.

받아내기는 했는데 벨트로 팔에 고정시키지 않은 탓에 그 직후 성방패가 대공동 너머로 튕겨나가 버렸다.

나는 마왕이 유엽도를 끝까지 휘두른 틈에 백스텝으로 거리를 벌렸다.

마왕에게서 부웅, 하는 저주파 노이즈가 들렸다.

『먹어치우는 것이도다!』

마왕 주변에 칠흑의 고리가 몇 개 생겼다.

그것은 독립된 생물처럼 나를 공격했다. 짧은 기절탄과 유도 화살로 요격했지만, 둘 다 고리에 닿자마자 증발하며 사라져 버렸다. —물리도 안 통하네.

—마법이 안 통하는 공격인가?

스토리지에서 꺼낸 자갈을 던져봤지만 가열된 프라이팬에 물방울 떨어뜨린 것 같은 소리를 내며 사라져 버렸다. —물리도 안 통하네.

이번에는 성검을 수납하고 성인을 두른 청동 못을 고리에 던졌다.

빠직하고 마루가 깨지는 듯한 소리를 남기고 칠흑의 고리가 부서졌다.

이렇게 되면 평범하게 성검으로 요격하면 되겠네.

—위기 감지에 반응.

나는 반사적으로 옆으로 뛰어 보이지 않는 공격을 피했다.

방금 전까지 내가 있던 장소의 수수께끼 오브제가 가볍게 깎이면서 부서졌다.

『내 필살의 상급 파괴마법을 어떻게 피한 것이더냐?!』

마왕은 나나 아리사와 마찬가지로 무영창 마법을 쓸 수 있나 보군.

─역시 마왕. 꽤 버겁다.

대책 없이 반격해봤자 방패에 막힌다. 그걸 어떻게 하기 전에는 공격할 수가 없었다.

그리고 서리를 벌리면 마법 공격이 온다.

공격을 막기 위해서라도 일단 공격 수단을 늘려야겠다.

나는 방금 전 공방에서 성인이 벗겨진 성검의 상태를 슬쩍 확인했다.

칼날이 약간 이가 나갔다. 대책 없이 부딪히면 성검을 잃을 수도 있었다.

마족에게 특효가 있는 성창이나 예비 성검은 아끼고, 유엽도를 막아내기 위해 마검을 쓰는 게 좋겠다.

나는 그렇게 판단하고 빈 왼손에 마검 발뭉을 꺼냈다.

성검은 아니지만 공격력은 듀란달에 필적한다. 딱히 상관없는 얘기지만 자루가 둘 다 황금이었다.

성검에는 성인, 마검에는 마인을 만들었다. 마검에 성인을 만드는 건 무리였다.

『마인과 성인을 동시에 쓴단 말이더냐?!』

마왕이 놀라면서도 유엽도를 휘둘렀다.

마왕의 연속 공격을 성검과 마검 이도류로 막아냈다.

오른쪽에 왼쪽에 위아래, 예측불능인 궤도에서 공격해오는 마왕의 참격을 필사적으로 받아 흘리고 회피했다.

〉「이도류」 스킬을 얻었다.

유엽도만 가지고서는 끝이 없다고 생각했는지, 조바심을 낸 마왕이 방금 전에 쓴 보이지 않는 탄환도 섞기 시작했다.

탄환이 한 발 스쳤다. 유엽도가 위기 감지 반응이 커서 보이지 않는 탄환을 피하기 어렵다.

〉「파괴 마법: 악마」 스킬을 얻었다.
〉「파괴 내성」 스킬을 얻었다.

내성 스킬과 이도류 스킬을 재빨리 유효화했다.

탄환이 근처를 지나가기만 해도 옷이 증발하다 보니 아리사가 좋아할 법한 꼴이 되었다.

마법란에서 「방패」를 꺼내 막으려 했지만 보이지 않는 탄환 한 발에 파괴돼 버렸다. 역시 하급 마법으로 상급 마법을 막을 수는 없구나.

탄환이 몸을 스칠 때마다 가려움이 남았다.

점점 집중이 흐트러져 정통으로 맞게 생겼다.

성인을 발동한 성검으로 보이지 않는 탄환을 막고 싶었지만 유엽도를 흘리는 것만도 버거웠다.

『미완성의 용사여, 네놈은 무엇이더냐? 상반되는 마인과 성인을 함께 쓰고, 회피도 검술도 나를 넘어서는 속도와 반응을 보이는데, 공격에 허실을 뒤섞지는 않고 있도다. 게다가 사용하는 마법은 말도 안 되는 위력의 하급 마법—.』

마왕은 말을 하면서도 유엽도와 보이지 않는 탄환 공격을 멈추지 않았다.

이도류 스킬을 얻은 덕분에 요격이 조금 편해진 기분이다.

『봐주는 것 같지도 않도다. 마치 속성 배양된 것 같도다.』

분석이 너무 정확해서 귀가 따갑다.

『내성도 터무니 없이 높도다. 즉사도 석화도 저주도 마비도, 내 온갖 마안이 통하질 않고 있도다.』

로그에 석화를 비롯해 마비나 저주 등의 특수 공격이 신나서 퍼레이드를 하고 있었지만 모두 저항했다.

『마치 신을 상대하고 있는 듯…….』

신은 말이 지나친걸.

레벨이 좀 많이 높고, 대부분의 내성 스킬을 가졌을 뿐이야.

가려움 때문에 집중력이 흐트러졌는데 괜한 생각을 한 탓에 마왕의 유엽도를 잘못 받았다.

마검 발뭉이 대공동 너머로 날아갔다.

추가 공격을 피하려고 급한 대로「화염로」를 발동했다.

눈가림은 되겠지. 그렇게 가벼운 마음으로 썼는데— 생각보다 효과가 좋았다.

내 성검을 막아낸 방패 무리를 종잇장처럼 불살라 버렸다.

『화염지옥(인페르노)」! 그것이 네놈의 비장의 수인 것이구나!』

마왕이 외치는 것과 동시에 귀가 먹을 정도의 굉음이 울려 퍼졌다.

전방에서 무시무시한 섬광과 압력을 받았다. 나는 그 압력에 맞서지 않고 스스로 뒤로 뛰어 위력을 죽였다.

아무래도 마왕의 광범위 마법 공격을 제대로 맞은 모양이군.

주변에 있던 괴상한 오브제가 깔끔하게 청소되어 평지가 되었다.

〉「폭렬 마법: 악마」 스킬을 얻었다.
〉「폭렬 내성」 스킬을 얻었다.

파괴와 폭렬의 차이가 궁금했지만 지금은 일단 내성이 필요하다.

솔직히 지금 그 공격은 너무 아팠다. 고통 내성, 일 좀 하지?

체력 게이지가 거의 안 줄었는데 이렇게 아프다니…… 유엽도의 직격을 맞기가 두렵다.

자기 치유로 순식간에 나았지만 너덜너덜해진 옷은 완전히 사라져 버렸다.

알몸으로는 보기 안 좋으니 움직이기 쉬운 옷을 꺼내 빨리 갈아입기 스킬로 한 순간에 입었다. 이 속도는 변신이라고 해도 되겠다.

이 틈에 놓쳐버린 마검 발몽 대신 스토리지에서 마검 노퉁을 꺼냈다.

―아 맞다.

또 가려움 때문에 실수하지 않도록 쓸 기회가 없었던 생활 마법 「가려움 방지」를 썼다.

몸을 감싸는 청량감이 가려움을 씻어주었다. 역시 마법은 근사하다니까.

내가 마법의 근사함을 재인식하고 있는데, 분진 너머에서 마왕이 나타났다.

『흠, 상쇄로 끝난 모양이도다.』

―상쇄?

도저히 안 그래 보이는 모습이었다.

마왕의 몸 절반이 타 들어갔다.

방금 전 「화염로」의 불꽃이 방패를 돌파하고 마왕 본체에 닿은 것이다.

불에 약한가? 혹시 「화염로」가 중급 마법이라서 그럴지도 모르겠다.

『먹어치우는 것이도다!』

마왕이 아까 그 폭렬 마법과 칠흑의 고리를 동시에 발동했다.

폭렬 마법이 발동할 때 나온 굉음을 신호로 땅에 「짧은 기절탄」을 때려 박아 시야를 가리고, 그 틈에 공중제비를 넘듯 천구를 써서 마왕의 등 뒤 머리 위로 돌아갔다.

눈 아래로 칠흑의 고리가 지나가는 게 보였다.

방금 전에 「짧은 기절탄」으로 만들어낸 흙먼지가 「보이지 않는 탄환」의 궤도를 드러냈다.

마왕은 둘이 아니라 세 마법을 동시에 발동할 수 있나 보군.

기분 탓인지 흙먼지가 사라진 다음에도 「보이지 않는 탄환」이 보이는 것 같았다.

〉「마법사」 스킬을 얻었다.

편리한 스킬을 얻었지만 지금은 유효화 할 틈이 없었다.

나는 마왕의 등 뒤 머리 위에서 천구로 맹금처럼 공격했다.

간격에 들어가는 것과 동시에 「화염로」를 다시 발동하며 두 손의 성검과 마검으로 동시에 베었다.

방패 무리가 「화염로」의 업화에 종잇장처럼 타서 떨어졌다.

완전히 타버리기 전에 검이 방패 무리에 닿았지만 나머지 수가 적은 탓인지 충분히 위력을 유지한 채 마왕의 몸에 닿았다.

성검과 마검이 불꽃을 찢어내고, 파랗고 빨간 궤적을 그리며 마왕의 황금색 피부를 베었다.

그러나 마왕의 몸 표면에 황금색으로 빛나는 파문이 퍼지면서 공격이 막혀 버렸다.

막혔을 때 무슨 방어막을 부순 감촉이 느껴졌다.

강력한 방어막이지만 몇 번이고 막을 수는 없을 거야. 공격이 통할 때까지 러쉬를 걸어서 전부 벗겨내야지.

하지만 내 결심을 비웃는 것처럼 유엽도를 든 마왕의 팔이 채찍처럼 공격해왔다.

생물에게는 있을 수 없는 가동범위였지만 마왕의 「변환자재」라는 유니크 스킬 효과일 거라 납득하고 어마어마한 기세로 공격해오는 유엽도를 두 자루 검으로 흘려냈다.

그러나 그것은 마왕의 함정이었다―.

위기 감지로 감지하는 것과 동시에 무수한 하얀 창이 마왕의 등을 찢으며 튀어나왔다.

나는 반사적으로 피했지만 내가 예측한 것보다도 빠르게 폭발적인 가속으로 짓쳐드는 하얀 창을 모두 피하지는 못했다.

몇 개의 하얀 창이 내 몸을 꿰뚫었다.

—아파, 아파, 아프다.

나는 입에서 나올 것 같은 비명을 무표정 스킬의 도움을 빌려 버렸다.

타는 듯한 격통을 고통 내성 스킬의 힘을 빌려 억누르고, 찔린 하얀 창을 부러뜨렸다.

이때 처음으로 하얀 창을 가까이서 봤는데, 창이 아니라 변형된 마왕의 갈비뼈였다.

고통은 한 순간이었고, 금세 썰물이 빠지듯 사라졌다.

욱신거리지만 참아야지.

하지만 고통으로 움직임이 멈춘 나를 마왕이 가만 놔둘 리가 없었다. 놈은 유엽도를 버리고 나를 구속하여 조였다.

마왕의 팔이 관절 반대 방향으로 꺾여 있는데도 무시무시한 괴력이었다.

단순하게 생각하여 레벨이 높은 내가 힘이 더 강할 텐데도 떨쳐낼 수 없었다.

역시 마왕의 유니크 스킬로 몇 배, 몇 십 배로 강화된 것이다.

마왕이 더욱 힘을 주었다. 내 몸을 부러뜨릴 셈인가 보다.

—큭, 괴롭다.

팔꿈치 아래가 고정돼 있어서 검을 휘두를 수 없었다. 나는 양손의 검을 스토리지에 수납했다.

그리고 남겨진 유일한 희망인 「화염로」를 전력으로 사용했다.

열에 강한 미스릴마저 증발시키는, 홍련의 불꽃이 마왕의 몸을 태웠다.

물론 지근거리에서 사용한 나도 무사하지 못했다.

마왕처럼 직접 불꽃을 쐬지 않았지만 방금 갈아입은 옷이 한순간에 타버렸다.

불 내성 덕분인지 내 몸은 피부가 빨갛게 되기만 하고 화상은 입지 않았다.

물론 정신이 나갈 정도로 뜨거웠다.

하지만 이 참기 대회는 내 승리였다.

나를 구속하던 마왕의 팔에서 힘이 빠졌다.

한 순간의 틈만 생기면 충분하다. 억지로 틈을 벌려 빠져 나왔다.

팔의 감각이 조금 둔했다. 평소처럼 검을 다룰 만큼 회복되려면 몇 초쯤 걸릴 것 같다.

나는 스토리지에서 마력 과잉충전 상태인 일회용 성단창을 꺼냈다.

지하 공동에 파란 빛이 차올랐다.

성단창의 핵을 이루는 청액의 마법회로가 과잉충전된 마력을 양식 삼아 성스런 빛을 내뿜었다.

폭발적인 성스런 빛이 마왕의 복부를 방어째로 꿰뚫고, 지하

공동 끝까지 파란 빛의 궤적을 그렸다.

─아직이다.

마왕의 체력이 제로가 아니었다.

배에 커다란 구멍이 뚫리고 온몸에서 불꽃과 연기를 뿜어내는 빈사 상태인데도, 마왕은 주먹을 휘둘렀다. 어마어마한 투지다.

나는 스토리지에서 꺼낸 성검 듀란달에 마력을 단숨에 흘려넣어 성인 스킬을 발동했다.

─이걸로 마무리다.

내가 뿜어낸 섬광참격이 파란 궤적을 남기고 마왕의 심장에 파고들었다.

안쪽에서 분출된 성스런 파란 빛이 마왕의 상반신을 터뜨려 버렸다.

나는 백스텝으로 거리를 벌리며 스토리지에서 회복 아이템을 꺼냈다.

체력 회복약으로 약간 줄어든 체력을 회복하고, 마력충전 실험에 쓰던 성검 엑스칼리버에서 마력을 회수해 모두 회복시킨 뒤 옷을 갈아입었다. 그리고 마지막으로 튼튼한 신발을 장비했다.

이제 **다음** 싸움 준비가 끝났다.

─그렇다, 안심하기엔 아직 일렀다.

아까 신검으로 쓰러뜨렸을 때도 부활했다. 부활이 한 번으로 끝이라는 낙관적인 생각을 하는 건 금물이었다.

마왕의 시체에서 금색 빛이 흘러 넘쳤다.

3라운드가 시작되는 신호였다.

금색 빛이 사라지자 마왕의 상반신이 부활했다. 참 쓰러뜨리는 보람도 없는 녀석이네.

아까 상반신을 파괴할 때 유엽도 두 자루가 어디론가 날아간 게 그나마 다행이었다.

아까 던진 성단창도 두 자루 더 있었지만, 마왕이 몇 번이나 부활할 수 있는지 모르는 이상 함부로 쓸 수 없었다.

『내가 두 번이나 만부부당의 효과를 쓴 것은 구두 이후 처음이도다.』

—구두가 누군데?

어디서 들어본 것 같긴 한데 내가 모르는 녀석 이야기는 딴데서 해.

내심 불평하면서 방금 전에 얻은 마법시 스킬을 유효화했다.

『용사 야마토는 내 만부부당을 부수기 위해 천룡들을 데리고 공격했도다. 이름 없는 용사여, 네놈은 천룡의 「빛의 입김」마저 없이 나를 쓰러뜨릴 수 있겠더냐?』

음, 이름이 공란이니까 「이름 없는」이구나. 앞으로는 용사 나나시[#11]라고 해버릴까?

"천룡은 휴가 중이야."

내 스토리지의 묘지 폴더에 있지.

그래서 나는 천룡 몫까지 싸워야겠다.

#11 나나시 名無し. 일본어로 이름 없음이란 뜻.

마왕의 파괴 마법이 공격해 오기에 장저로 때려서 코스를 바꿨다.

마왕이 『말도 안 된다』 어쩌고 하는 건 무시했다.

손바닥이 저릿했다. 별로 만지고 싶지 않은 마법이군.

나는 두 손에 꺼낸 성검 듀란달과 마검 노퉁에 마력을 쏟아 준비를 마쳤다.

"덤으로 본직 용사는 제도에서 거유 미녀랑 바캉스 중이다."

적당한 말로 마왕의 주의를 끌려고 농담 따먹기를 했다.

정말로 바캉스 중이면 한 방 때려야지.

『본직 용사라고? 네놈은 무엇인 것이더냐?』

"나는 파트타임이야. 본래는 관광 좋아하는 여행자지."

나는 자기 몸을 체크했다.

체력 회복약과 자기 치유 스킬 덕분에 갈비뼈 창에 찔린 상처가 사라졌다.

아직 아프지만 싸울 수 있다. 더 이상은 상대가 회복하기만 하니 안 좋은 수였다.

마왕이 파괴 마법을 썼지만 무르다. 맞추고 싶으면 범위 마법을 써.

그런 생각을 한 탓인지 정말로 범위 마법이 날아왔다.

마검과 성검을 교차시켜 범위 공격을 흘려내고 뒤로 뛰어 위력을 죽였다.

더욱이 마왕의 입김^{브레스} 공격이 쇄도했다.

나는 땅을 차고 공중으로 피했다.

이 거리에서는 검의 간격이 멀다.

물론 회색 브레스가 쫓아오기에 천구로 공중을 박차고 더욱 피했다.

—두 손의 장비를 수납하고 마궁으로 전환.

마왕의 바로 위까지 와서 마왕을 향해 마궁을 쏘았다.

물론 마력 과잉충전 상태의 성시를 먹였다.

파란 빛이 마왕의 브레스를 돌파하여 놈의 입에서 배까지 꿰뚫었다.

마왕의 등 뒤에 착지한 뒤 돌아보자마자 부활의 금색 빛에 휩싸이는 놈을 향해 성시를 3연사했다.

그러나 성시는 금색 빛 너머로 지나쳐 버렸다.

—부활할 때 무적이라니…… 게임이냐!!

이렇게 되면 마왕의 목숨이 다 떨어질 때까지 싸워주마.

『설마 두 번이나 성스런 무기를 쓰고 버릴 줄—.』

부활한 마왕이 뭐라고 말했지만 들어줄 생각 없었다.

부활하기 전에 흙 벽으로 둘러싸고 피하지 못하는 상황에서 마궁의 성시를 3연사하여 쓰러뜨렸다.

역시 마왕은 금색 빛에 휩싸여 다시 부활했다.

『말도 안 된다……. 금기가 된 기술을 이토록 쉽사—.』

마왕이 말하는 내용에 흥미가 없지는 않았지만, 지금은 놈의 목숨 개수를 줄이는 것에 전념했다.

제5라운드도 성시 3연사로 정리했다. 그러나 성시는 이걸로 끝이다.

나는 역할을 마친 마궁을 스토리지에 되돌리고 부활하는 마왕 주위에 흙 벽을 다시 만들었다.

『신이 내린 성검을 먼지와도 같―.』

마왕의 말을 흘려들으며 마력 과잉충전 상태인 성단창을 2연속으로 때려 박았다.

이번에는 심장과 머리를 동시에 파괴해 봤지만 마왕은 이번에도 부활하기 시작했다.

이렇게 되면 몸을 갈기갈기 찢은 다음에 증발시키거나 소각하는 수밖에 없나…….

나는 무기를 성검 듀란달로 바꾸고 성인을 만들었다.

『그 정도 수의 성스런 무기를 어디서―.』

―자작이야.

나는 「화염로」로 마왕의 수비를 태워버리며 마음속으로 대답하고, 성검 듀란달로 섬광참격 스킬을 썼다.

두 동강 난 마왕을 더욱이 넷으로 베고자 검을틀었다.

단말마처럼 뻗은 놈의 손바닥을 찢어내며 팔 뼈가 보우건 화살처럼 날아왔다.

나는 두 번째 공격을 포기하고 아크로바틱한 움직임으로 피했다.

점점 공격이 무모해진다.

부활의 금색 빛에 휩싸이는 마왕을 보며 마검 노퉁을 꺼내 마인으로 감쌌다.

『어찌 된 것이더냐? 용사. 불사신인 이 몸을 쓰러뜨릴 수가 없는 것이더냐?』

마왕이 부활과 동시에 범위 폭렬 마법을 썼다.

내가 뿜어낸 섬광참격은 마왕의 몸에 깊은 상처를 내는 것에 그치고 쓰러뜨리지는 못했다.

놈이 옆구리에서 갈비뼈 둘을 꺼내 잡고는 짧게 포효했다. 그러자 갈비뼈를 검은 불꽃이 감쌌다.

『내 흑염골도를 맛볼 것이도다. 자, 죽음의 춤을 추는 것이도다.』

마왕은 이도류로 공격했지만 흑염골도는 유엽도에 비해 약했다. 칼날이 맞닿을 때 흑염에 조금 데일뻔하는 정도의 수준이었다.

『네놈은 무엇이더냐? 용마저 태워 버리는 파멸의 흑염을 받고도 왜 상처가 없는 것이더냐?!』

레벨이 높아서 그런가?

아니, 파괴 내성 스킬이 MAX라 그럴지도 모른다.

그리고 상처는 입었어. 다만 회복속도가 빠른 거지.

자기 치유 회복에도 마력을 쓰니까 되도록 다치지 않게 조심해야 한다. 게다가 아프기도 하고.

『상처가 나지 않는다면 상처가 날 때까지 공격할 것이도다!』

파괴할 때마다 한 없이 꺼내는 흑염골도 탓에 성검 듀란달과 마검 노퉁이 많이 상했다.

눈가림으로 「화염로」를 써서 마왕과 거리를 벌린 뒤 무기를 바꿨다.

이번 성검은 갈라틴이다. 상세정보를 보면 엑스칼리버의 형

제검이다.

반대쪽 손에는 성창 롱기누스를 꺼냈다. 한 손으로 다루기는 어렵지만 성검 줄라혼으로는 흑염골도를 상대하기 어려웠다.

성검과 성창에 마력을 부어 강화한 다음 성인으로 감쌌다.

방금 전보다 30퍼센트 강한 조합이었다.

—이걸로 다 깎아 주겠어.

"간다, 마왕!"

『오너라, 이름 없는 용사여!』

내가 기합을 넣어 외치자, 마왕도 이야기에 나오는 것처럼 외쳤다.

◆

그 뒤로 마왕을 다섯 번 쓰러뜨렸지만 아직도 마왕의 목숨은 남아 있나 보다.

마왕이 금색 빛에 휩싸여 부활 시퀀스를 진행하는 것을 보며 현재 상황을 확인했다.

이쪽 성검 갈라틴과 성창 롱기누스의 소모가 심하다. 이제 그만 교환해야 된다.

다섯 번의 싸움을 통해 창으로 쓰는 「3연속 나선창격」이란 「섬광참격」보다 결정력이 높은 필살기 스킬을 얻었다.

그러나 그것조차 마왕을 한 순간에 섬멸할 정도의 위력이 없어서 본의 아니게 비김수가 이어지고 있었다.

물론 리스크를 취하면 쓰러뜨릴 수는 있었다.

여기가 황야나 사막이었다면 유성우 연타로 간단히 쓰러뜨릴 수 있겠지만 여기는 공도의 지하였다.

유성우 같은 걸 쓰면 지상의 공도가 틀림없이 파멸한다. 그랬다간 나한테 확실하게 대마왕 같은 칭호가 붙는다.

그리고 성검 엑스칼리버를 영영 잃고 미궁을 붕괴시키는 모험을 해도 된다면 과잉 충전된 성검 엑스칼리버로 베면 된다.

그리고 신검의 정체 모를 검은 오오라에 침식되는 위험을 범한다면 피해는 나 혼자 받는다.

되도록 이 세 가지 수는 쓰기 싫었다.

화염로를 넘어서는 중급이나 상급 공격마법만 있다면 마왕도 간단히 쓰러뜨릴 수 있는데…….

그리고 좀더 많은, 마력을 과잉 충전해둔 성시를 양산해둘걸 그랬다.

성스런 무구를 만들기 위한 청액은 있지만 마왕이 부활하는 짧은 시간에 만드는 건 무리였다.

어쩔 수 없는 일을 생각하는 동안에 마왕을 둘러싼 금색 빛이 흐려졌다.

이제 곧 제13라운드가 시작된다.

『PWWWGUEEEEE!』

두 눈을 수상스런 어두운 보라색으로 빛내는 마왕이 소리 높여 외쳤다.

지지난 번쯤부터 마왕의 말투가 이상해지기 시작했는데, 기어이 말을 이해 못하게 됐다.

마왕도 한계가 가까운 걸까?

『BWWWGWOOOOOO!』

하반신이 뱀처럼 변형된 마왕이 꼬리 공격을 했다.

성검 갈라틴으로 베자 꼬리의 비늘이 지뢰파편처럼 날아왔다.

축지로 피하면서 마왕 본체에 성창 롱기누스로 「3연속 나선
창격」을 사용했지만 10개의 채찍으로 변형된 팔이 막아냈다.

마왕의 가슴팍이 정비용 해치처럼 벌컥 열렸다.

어두운 보라색으로 물든 고기의 주름 틈으로 갈비뼈가 보였다.

움직임이 멈춘 나를 향해 흑염을 두른 갈비뼈가 생물처럼 뻗
으며 공격해왔다.

상공으로 급속 이탈했지만 갈비뼈가 생각보다 빨랐다.

나는 그 공격을 성검 갈라틴과 성창 롱기누스로 간신히 막아
냈다.

그러자 아래쪽에 있는 마왕이 입을 커다랗게 벌렸다.

입 안쪽에서 검은 불꽃이—.

나는 반사적으로 「화염로」를 전력으로 사용하여 마왕의 흑염
입김을 막았다.

굉음과 강렬한 열기가 주위를 채웠다.

보아 하니 양쪽의 위력이 비슷한 모양이다.

미스릴조차 증발시키는 「화염로」랑 비슷한 입김은 맞기 싫어.

—증발?

그 키워드가 마음에 걸렸다.

―가벼운 화상을 입었다.

이미지가 뇌리에 재생됐다.
그건 미스릴을 증발시킨 실험을 할 때였다.

―피부가 빨갛게 되기만 하고 화상은 입지 않았다.

이 이미지는 언제지?
맞아. 분명히 마왕에게 전력으로 「화염로」를 썼을 때다.
이 차이는 뭐지?
왜 이런 차이가 생겼지?
뻔하다. 증발할 정도의 열에너지를 얻은 금속입자.
그것도 마력을 띠기 쉬운 마법금속 입자다.
내 뇌리에 광명이 비추었다.
그러나 동시에 이해했다.
마왕을 멸하기엔 부족하다.
지난 열 세 번의 싸움은 멋이 아니었다.
마왕을 쓰러뜨리려면 앞으로 한 수가 더 필요하다.

―파랗게 빛나는 파사의 방울이 뇌리에 떠올랐다.

《럭키 아이템이니까 소중하게 다루는 것이니라?》

　그렇지—.
　브레스가 멎고. 마왕이 팔을 유엽도처럼 변형시켜 상공에 떠 있는 나에게 돌격했다.
　그러나 지금 나는 등불에 뛰어드는 해충만큼의 위협도 느끼지 못했다.
　성검과 성창을 스토리지에 수납하고 그것을 골랐다.
　방울 대신에 청액이 든 은제 병을 쓴다.
　성스런 무구의 중핵이 되는 파란 금속용액에 남은 마력을 단숨에 불어넣었다.

　"이걸로—."

　0.1초쯤 되는 시간에 마력 과잉충전 상태가 되어, 손가락 사이로 섬광 같은 파란 빛이 흘러나왔다.
　겁먹지 않고 공격해오는 마왕을 향해 손을 뻗었다.
　나는 손에서 벗어난 파란 열광을 향해서 온 힘을 다해 「화염로」를 발동했다.

　"끝이다아아아아아아아아아앗!"

막대한 열량을 받은 금속 덩어리가 증발하며, 파란 열광의 원뿔이 되어 쏟아져 내렸다.

원뿔은 성스런 빛으로 마왕을 감싸고—.

마왕의 그림자도 남기지 않고 태워 버렸다.

지하 공동에 웅웅 파멸의 소리를 울리면서—.

빛의 원뿔이 미궁의 단단한 바닥을 깊고 깊게 파헤치며 사라졌다.

◆

천구로 바닥에 생긴 구멍 바닥에 내려서자, 마왕의 핵이었던 것으로 보이는 깨진 보라색 구체가 굴러다니고 있었다.

—이건 남았구나.

부활하지 않을까 경계했지만 더 이상 부활은 없는 모양이다.

그 증거로 **놈들**이 나타났다—.

"키득키득, 졌네."

"졌네, 야마토한테도 지고."

"이름 없는 용사한테도 졌어."

전에 「요람」 사건에서 불사의 왕 젠을 성불시켰을 때와 마찬가지로, 보라색의 작은 빛이 마왕의 핵에서 3개 떠올랐다.

아니, 색이 조금 검었다. 암자색인지 흑자색인지 표현하는 게 좋은 빛도 섞여 있었다.

느껴지는 인상은 같았지만 다른 것일지도 모르겠다.

"어차피, 오크네."

"이번에는 뭘 쓸까?"

"족제비는 영리할 것 같아."

이쪽이 건드릴 수 없다고 생각하여 방심하고 있는 흑자색 빛을 베었다.

—칠흑의 참격 세 번.

흑자색 빛은 미약한 잔재를 남기고 소멸했다.

나는 재빨리 검은 오오라가 나오는 신검을 스토리지에 격납하고, 칭호를 「신을 죽인 자」에서 「용사」로 바꾸었다.

부서진 흑자색 빛이 신검에 빨려 들어간 것 같기도 했지만, 신검의 스테이터스에 변화가 없으니 내 착각이겠지.

전에 성검이 그냥 지나쳤기에 이번에는 위험을 알면서도 신검을 썼다.

흑자색 빛을 없앤 다음에 전리품 획득 로그가 엄청난 속도로 흘렀는데, 확인은 나중에 하고 백스크롤했다.

로그에 분명히 「신의 조각을 쓰러뜨렸다!」고 나와 있으니 쓰러뜨린 거다.

가만 생각해 보면 신을 적으로 돌리는 행위인 것 같기도 했지만 생각보다 먼저 행동해 버렸다.

물론 마왕에게 힘을 빌려주는 존재라면 내가 먼저 행동하지 않더라도 언젠가는 적대하게 될 것 같지만—.

적대한다고 해도 100년 뒤라든가, 시간도 신다운 스케일이었으면 좋겠다.

〉칭호「마왕 살해자」를 얻었다.

〉칭호「마왕 살해자『황금의 저왕』」을 얻었다.

〉칭호「진정한 용사」를 얻었다.

〉칭호「이름 없는 영웅」을 얻었다.

기적의 대가

"사토입니다. 가정용 게임 여명기, 아직 세이브 기능이 없었던 시절이 있었습니다. 그 무렵에는 계속 플레이하는데 필요한 수십 문자 『부활의 주문』을 종이에 썼다고 합니다."

후우, 지쳤다.

전투에서 화염로를 많이 쓴 탓인지 지하 공동은 사우나처럼 더웠다.

마법란에서 「빙결」을 써서 열을 식히고, 스토리지에서 소금 한 줌과 단 과즙을 꺼내 염분과 수분을 보급했다.

한숨 돌린 뒤 본격적으로 몸을 회복시키기 위해 스태미너 회복약과 영양 보충약을 순서대로 들이키면서 메뉴로 시간을 확인했다.

생각보다 많이 안 지났다. 지하에 오고 나서 1시간쯤이다.

스토리지를 열어 전투 중에 분실한 성방패와 마검 발몽이 「전리품 자동회수」로 돌아온 것을 확인했다.

마왕과 마지막 전투에서 옷이 다시 타버렸기 때문에 스토리지에서 싸구려 옷을 꺼내 입었다.

그리고 무녀들을 회수하기 전에 흙먼지에 파묻힌 전이장치를 처분하기로 했다.

또 공도 지하에서 일을 꾸미면 민폐거든.

"뿌리 부분은 직경 2미터쯤 되네……."

나는 스토리지에서 꺼낸 요정검을 마인으로 감싸 섬광참격 스킬로 전이장치 뿌리 부분을 절단했다.

물론 절단한 다음에 전이장치는 스토리지에 회수했다.

무노 남작령의 요새 터에서 얻은 「마포」에 이어 쓸 길이 없는 수집품이 늘어난 느낌이다.

스토리지는 수납 용량이 무한이니까 문제없겠지.

전이장치 뿌리 부분에는 붉은 도선 같은 것의 단면이 남아 있었다.

아마도 외부 마력으로 기동하는 거겠지.

―그런 고찰은 나중에 한가해지면 해야겠다.

흙먼지를 뒤집어썼으니 천구로 공중에 서서 대하의 물을 꺼내 씻어냈다. 타월로 적당히 닦은 다음에 제대로 된 옷을 입었다.

이번에는 시크한 성직자풍 고급 로브를 골라봤다.

거기에 하얀 가면과 예비로 만든 보라색 가발을 썼다. 은가면은 전투하면서 타버렸고 금색 가발은 흙먼지투성이라 쓰기 싫었다.

그 위에 외투를 입고서 귀환준비를 끝냈다.

나는 무녀들 있는 곳으로 돌아가서 그녀들을 보호하고 있던 흙 벽을 제거했다.

이미 눈을 떴는지, 무녀들이 방어벽 반대편에서 서로 얼싸안은 채 떨고 있었다.

"우, 우리를 어쩔 셈인가요?"

"부탁해요. 신전에 돌려보내 주세요."

방어벽을 해제하고 안으로 들어가자 무녀 두 사람이 겁에 질려 말했다.

……갇혀 있던 장소에 가면을 쓴 수상한 녀석이 나타나면 유괴범 일당이라고 생각하는 것도 어쩔 수 없겠군.

"몸값이라면, 가문에 얘기해서—."

좀 의젓한 쪽이 교섭을 하려고 했지만 그걸 막고 몸을 가릴 천과 옷을 덮어주었다.

중학생쯤 되는 어린애한테는 흥미 없지만 다감한 또래의 소녀들을 알몸으로 둘 수는 없었다.

"옷을 입어라. 발가벗은 채 신전으로 돌아갈 셈인가?"

세라랑 아는 사이일지도 모르니까 목소리를 바꿔 말했다.

무노 시 방어전에서 성우의 목소리를 흉내 냈을 때 「변성」 스킬을 얻었다. 덕분에 별로 의식하지 않고도 다른 사람 목소리를 낼 수 있었다.

"—도, 돌려보내 주는 건가요?"

"당연하지. 유괴범들은 별동대가 상대하고 있다. 어서 옷을 갈아입고 지상에 돌아가지."

옷을 갈아입는 무녀들에게 등을 돌리고 말했다.

별동대 같은 건 없었지만 마족에게 몰살당했다고 말하는 것보단 낫겠지.

"다 입었어요."

"그러면, 안아 들고 달릴 테니 내 목에 손을 둘러서 매달려라."

"그, 그건…… 남자분의 몸을 끌어안다니."

"부, 불결합니다."

정결한 무녀다운 반응이었지만, 이 지하미궁을 걸어서 돌아가면 지상까지 며칠이나 걸릴지 모른다.

"나는 마차나 골렘이라고 생각해라. 이런 곳에서 꾸물거리다간 언제 유괴범들이 올지 알 수 없다."

사기 스킬과 설득 스킬의 도움을 빌려 무녀들에게 끌어안도록 했다.

"파리온 님 용서해 주세요."

"저, 더럽혀져 버렸어요……."

그 말로 처음 깨달았는데, 이 둘은 파리온 신전과 갈레온 신전 소속 신탁의 무녀였다.

두 사람을 둘러멘 다음 탈출경로로 예정해둔 코스를 천구와 축지로 달렸다.

운반 스킬이 있어서 별로 흔들리지 않게 달렸지만 스피드가 좀 빨라서 제트 코스터 같았나 보다.

청초한 무녀라지만 사춘기 아가씨들이라 꺄아꺄아 소리가 귀를 찔렀다.

가장 위층에 도착하자 둘 다 정신을 잃은 듯 잠들어 있었다. 납치된 데다가 살해당할뻔했으니 지칠 만도 하다.

그리고 두 사람의 스테이터스의 「상태」에서는 눈을 돌리기로 했다.

"음. 여기서부터는 통로가 묻혀 있군……."

과거에는 최상층에서부터 공도 지하까지 이어지는 계단이 있었나 본데 흙 계열 마법을 써서 완전히 묻어놨다.

내가 가진 마법 중에 굴삭에 쓸 수 있는 건 「바위 부수기」와 「연마」 정도밖에 없었다. 다른 건 마력 효율이 안 좋다.

전에 무노 남작령에서 미스릴 광맥을 파냈을 때 썼던 「함정 파기」를 쓸 수 있다면 좋겠지만, 마법의 성질 때문에 발 아래쪽으로만 쓸 수 있었다.

—발 아래?

나는 발 아래를 본 다음 천정을 보았다.

천구로 날아올라서 스토리지에서 꺼낸 요정검으로 천청을 베었다.

떨어져 내리는 두꺼운 석재를 스토리지에 회수하고 흙이 드러난 천정에 착지했다.

그리고 「발 아래」의 「땅바닥」에 흙 마법 「함정 파기」를 써서 지상까지 통로를 만들었다.

이건 좀 고생했다.

천구는 공중에서 만든 받침대를 차서 나는 스킬이라 공중에 설 수는 있어도 거꾸로 설 수는 없었다.

이번에 나는 「손」 끝에 받침대를 만들고 물구나무를 서서 천정에 착지했다.

어쨌든 공도 지하도로 나왔다.

측량을 조금 실수했는지 공도측 전이 장치가 있는 방에서 수십 미터 떨어진 장소로 나와 버렸다.

출구는 석재로 뚜껑을 덮고 적당히 더럽혀서 은폐했다.

내 위장 스킬과 증거인멸 스킬 덕분인지 너무 완벽해서 나중에 모를 것 같았다. 맵에서 이 장소에 마커를 달았다.

나는 무녀들을 둘러메고 전이장치가 있는 방으로 갔다.

맵으로 사전에 확인했지만, 어째선지 이 방에는 아무도 없었다. 방 앞에서 망을 보던 남자도 없었다. 내가 옷을 빼앗은「자유의 날개」구성원도 없었다.

조금 신경 쓰였지만 내 용건은 전이장치에 있었으니 대공동에 있던 것과 마찬가지로 절단하여 스토리지에 수납했다.

이걸로 지하 미궁에서 괜한 짓은 못하겠지.

용건도 끝났으니 무녀들을 어깨에 메고 출구로 향했다.

맵으로 확인했더니 테니온 신전의 부지 안으로 나가는 경로가 있기에 그 코스를 골라 지하도를 천구로 날았다.

미리 정해둔 코스를 기계적으로 이동하면서 스토리지 안에서 세라의 시체를 확인했다.

아이템 이름이「세라의 시체, 파손도: 극대, 실혈도: 대」였다.

시험 삼아서 세라가 흘린 피를 시체에 드래그 & 드롭했더니 합성이 됐다.

아이템 이름이「세라의 시체, 파손도: 극대」로 변했다.

그렇다면, 같은 발상으로 체력 회복약을 드래그해봤지만 드롭 불가였다.

어쩌면 성검을 장비할 때 「용사」 칭호가 필요한 것처럼 이런 작업에도 무슨 칭호가 필요할지도 모른다.

단순한 발상이었지만 신전까지 조금 시간이 있었기에 시험해 봤다.

칭호 중에서 「구명사」, 「약사」, 「성자」를 순서대로 시험했다.

어째선지 「약사」가 아니라 「성자」가 정답이었는지, 칭호를 「성자」로 바꾸자 체력 회복약을 세라의 시체에 합성할 수 있었다.

물론 그런다고 살아난 것은 아니다.

아이템 이름이 「세라의 시체, 파손도: 극대」에서 「세라의 시체, 파손도: 대」로 변했다.

체력 회복약 합성을 몇 번 반복하자 아이템 이름이 「세라의 시체」가 되었으니 헛고생은 아니었으면 좋겠다.

그것을 조작하면서 날아가자, 중간에 누더기를 입고 눈만 빛나는 수수께끼 생물 같은 인물이나 무수한 하얀 악어가 보였지만, 이쪽에 해를 끼칠 의도가 없는 것 같기에 무시했다.

공도 구경이 한 차례 끝나면 선물이라도 들고 놀러 와 보면 되겠지.

◆

"어머나, 이번 암살자는 참 우수하네. 이렇게까지 접근하는 동안 깨닫지 못한 건 처음이야."

테니온 신전의 무녀장 방에 숨어들어가자, 암살자로 오해 받았다.

하얀 가면에 보라색 머리칼 남자가 갑자기 찾아오면 당연히 경계하겠지.

"어머나, 암살하는 김에 유괴까지?"

내가 어깨에 둘러멘 소녀들을 보더니 무녀장이 난처한 듯 물었다.

무녀장은 신성 마법계열 말고도 인물 감정 스킬과 위기 감지 스킬도 있기 때문에 신용을 얻기 위해 칭호를 「용사」로, 레벨을 왕조 야마토의 전설과 마찬가지 레벨 89로 맞췄다.

"처음 뵙겠소, 유 테니온 무녀장. 나는 나나시. 당신을 해칠 생각은 없소."

좀 지나면 그녀의 인물 감정 스킬로 오해가 풀리겠지만 시간을 단축하려고 내가 자기소개를 했다. 그게 예의이기도 하니까.

나는 무녀들을 내객용 소파 위에 내려놨다. 당분간 일어날 기색이 없으니 재워둬야지.

"이 두 사람은 마왕 신봉자 집단에게서 구출한 파리온 신전과 갈레온 신전의 무녀요."

"분명히 낯이 익습니다. 나나시 씨. 얼굴을 보여주지 않겠어요? 가면을 쓰고 있으니 이야기하기 거북해요."

"미안하오, 무녀장. 선행은 숨어서 하는 주의라오. 부디 용서해 주시오."

"그래요. 부끄럼 많은 용사님이군요."

목소리가 젊다. 달빛에 비친 얼굴이 도저히 80세로 보이지 않았다. 20대라고 해도 믿겠는데?

"나나시 씨. 혹시 테니온 신전의 무녀 세라가 어디 있는지 아시나요?"

"—알고 있소."

표정에 드러나지 않았을 텐데 어조가 낮아져 버렸다.

그녀는 내 말을 듣고 모든 것을 짐작했는지 표정이 굳어졌다.

"……그 애는, 떠나 버린 거군요."

그녀의 말에 고개를 끄덕였다.

"나나시 씨, 한 가지만 솔직하게 대답해주겠어요?"

"……대답할 수 있는 거라면."

그녀는 조금 떨리는 목소리로 물었다.

"세라의 목숨을 빼앗은 것은, 『자유의 날개』 사람? 아니면—."

아주 약간 주저한 다음에 무녀장이 말을 이었다.

"—마왕. 그렇군요. 세라는 마왕의 산제물이 된 거군요."

"그렇소."

무녀장의 단정한 얼굴에 한줄기 눈물이 흘렀다.

"그래요, 그 애는 **운명**에 저항하지 못한 거군요."

무녀장이 오열을 섞어 말해주었다.

그리 멀지 않은 시일 안에 마왕이 출현한다는 신탁이 있었다.

다만 그 장소가 신탁을 받은 무녀들마다 달라서 모두 일곱 군데였다. 그래서 모두 자신이 신앙하는 신이 내린 신탁만 믿었다.

무녀장이 예언한 곳은 공도.

그 예언 마지막에 세라의 죽음을 암시하는 이미지가 있었다고 한다.

세라는 그것을 알았기 때문에 무노 시에서 그렇게 쫓기는 인상을 주었던 거구나.

세라를 불러들인 급보는 그 예언을 알게 된 「자유의 날개」가 세라를 노린다는 정보가 들어왔기 때문이었다.

하지만 테니온 신전이 총력을 기울여서 지켰는데도 오늘 저녁에 신전의 자기 방에서 홀연히 자취를 감추었다.

—아마 공간 마법을 다루는 빨간 피부 마족이나 「자유의 날개」 수령 짓이겠군.

"고마워요, 나나시 씨. 세라 일은 슬프지만 저는 무녀장으로서 테니온 신에게 마왕 부활을 확인하고 공작 각하에 대한 보고와 마족 습격의 경종을 울릴 사명이 있습니다."

무녀장이 눈물 젖은 눈동자에 힘을 주며 의자에서 천천히 일어섰다.

"만약, 마왕에게 도전하실 거라면, 저도 미력하나마 돕겠습니다."

"기다리시오. 마왕은 이미 토벌했소."

"—정말로? 하지만, 칭호가……."

무녀장의 말에 내 실수를 깨달았다. 칭호를 「용사」가 아니라, 마왕을 쓰러뜨렸을 때 얻은 「진정한 용사」로 했어야 하는군.

나는 몰래 칭호를 「진정한 용사」로 바꿨다.

"내 칭호와 성검에 걸고 거짓이 없음을 맹세하오."

신분증 대신 오늘 가장 활약한 성검 듀란달을 무녀장에게 보였다.

"믿습니다.『진정한 용사』나나시, 공도 사람들을 대신하여 감사를 드립니다."

무녀장이 나긋하게 춤추듯 인사했다.

나중에 들은 얘긴데, 이때 그녀가 한 인사는 신에게만 쓰는 최상급의 예였다고 한다.

그건 그렇다 치고 이제 본론에 들어가야지.

"유 테니온 무녀장, 당신은 소생 마법을 쓸 수 있소?"

"네, 쓸 수 있어요."

세라 말을 들어보면 소생 마법이란 기적을 일으키려면 그에 상응하는 대가가 필요했다.

"다만 몇 가지 조건이 있습니다."

나는 무녀장의 말에 귀를 기울였다.

"첫째로 대상자가 테니온 신전의 세례를 받았을 것."

세라는 확실하게 되겠군.

우리 애들도 만에 하나를 위해서 테니온 신전의 세례를 받아야겠다.

"둘째로 사후 4반각 이내일 것."

4반각이란 건 약 30분쯤 된다.

경과 시간은 아웃이지만, 육체의 열화란 의미에서는 지금 막 죽은 상태니까, 괜찮겠지.

……제발 괜찮아라.

"마지막으로, 이『소생의 비보』에 충분한 마력이 담겨 있을 때입니다."

그녀가 목에 걸고 있던「소생의 비보」를 보여주었다.

"유감이지만 20년 전에 공작의 적자를 소생하는데 썼기 때문에 앞으로 10년은 쓰지 못해요."

무녀장이 조금 어두운 목소리로 말했다.

—뭐야, 그런 거였어.

나는 그녀가 가진「소생의 비보」에 손을 대고 마력을 주입했다.

신기한 저항을 만나 마력이 확산돼 버렸다.

"안돼요, 나나시 씨. 좀더 부드럽게, 이런 식으로 신에게 기도를 바치듯 진지하게 마력을 흘려야 해요."

나와 손을 겹친 무녀장이 마력을 주입했다.

생각보다 복잡한 비보로군.

아니, 심술 궂다는 편이 맞다.

비보의 핵에 마력을 주입하는 경로를 열기 위해 마력이 필요하고, 경로를 열기 위해 마력을 공급하면 그 마력이 간섭하여 비보의 핵으로 가는 경로가 막힌다.

그리고 이 비보에는 그런 퍼즐 같은 구조가 백 군데 이상 존재했다.

마력을 충전하는데 30년 걸릴만하네.

실제로 무녀장의 마력이 반으로 줄었는데도「소생의 비보」마력 게이지는 꼼짝도 안 했다.

하지만 방금 전에 무녀장이 실제로 보여준 덕분에 요령을 터득했다.

"마력을 조금 주입하겠소."

그녀의 손에서 「소생의 비보」를 가로채 마력을 주입했다.

실처럼 가는, 아니 단분자 와이어처럼 가늘게 마력을 짜내어 비보의 경로를 조작하여 중심부로 가는 경로를 열었다.

꽤 신경 쓰이는 작업이었지만 그래도 해냈다.

체감으로는 1시간쯤 걸린 기분인데 실제로는 몇 초밖에 안 지났다.

여기서부터가 진짜다. 열린 경로에 마력을 쭉쭉 보냈다. 2천 포인트쯤 마력을 부어도 충전이 끝나지 않았다. 까딱하면 경로가 닫힐 것 같아서 꽤 힘들었다.

―하는 수 없지.

나는 스토리지에서 성검 엑스칼리버를 꺼내 마력원으로 삼았다.

무녀장이 성검에서 흘러나오는 열광을 보고 놀랐다.

미안하지만 지금은 집중해야 한다. 무녀장에겐 나중에 잘 말해야지.

결국 「소생의 비보」에 추가로 마력을 1만 포인트쯤 주입하자 가득 찼다.

역시 이 성검의 용량은 격이 다르군. 마왕이랑 싸울 때도 마력 탱크로 대활약했지.

나중에 알았는데, 「소생의 비보」는 본래 「성자」나 「성녀」 칭호를 세트한 사람만 마력을 주입할 수 있었다. 어쩐지 마력공급이 이상하게 어렵더라니…….

"굉장해요, 나나시 씨.『소생의 비보』에 사용 가능한 문장이 떠올랐어요."

무녀장이 순순히 놀라는 게 귀엽군.

"이걸로 소생 마법을 쓸 수 있나?"

"그, 그래요……."

누구에게 쓰는 건지 말을 안 한 탓인지 무녀장이 조금 난처한 표정이었다.

"여기에 세라의 시체를 소환하겠소. 사후 몇 초밖에 안 지난 상태니 조건을 만족할 것이오."

"그럴 수가…… 시간 마법은 옛날이야기에만 나오는 실재하지 않는 마법인데……."

시간 마법은 없구나. 시간을 역행해서 왕조 야마토를 만난다거나 하는 일도 기대했는데.

아차, 괜한 일을 생각할 때가 아니었지.

"그 전에 마법약을 마시고 몸 상태에 만전을 기하시오."

그녀에게 스토리지에서 꺼낸 마력 회복약과 스태미너 회복약을 주었다.

필요 없을지도 모르지만 만전을 기하는 편이 좋다.

무녀장의 스테이터스가 모두 회복되는 것을 기다렸다가 다음 행동을 했다.

"그러면 소환하겠소. 준비는 됐소?"

"네, 언제든지 상관없어요."

무녀장이 비보를 가슴에 품고 고개를 끄덕였다.

나는 세라의 시체를 스토리지에서 꺼냈다.

"—세라아!"

무녀장이 놀라서 소리를 질렀다.

세라의 시체는 작은 생채기 하나 없이 깨끗했다.

알몸으로는 가여우니까 청결한 천을 위에 덮어줬다.

"소생을 시작하시오. 뭔가 도움이 필요하오?"

"아뇨, 이제부터는 저 혼자서도 괜찮습니다."

"그러면 맡기지. 성공을 빌겠소."

무녀장이 긴 주문을 외기 시작했다.

신성 마법의 영창은 언제나 길지만, 이번에는 차원이 다르게 길었다.

마법시 스킬 덕분인지 무녀장과「소생의 비보」와 세라 사이에 마력이 순환하는 게 보였다.

반짝거리는 빛이 예쁘군.

—이윽고 주문이 완성되어 세라의 볼에 생기가 돌아왔다.

AR표시된 정보도「세라의 시체」에서「세라」로 바뀌었다.

상태가「쇠약」이지만 여기는 신전이다. 뒷일은 무녀장에게 맡겨도 되겠지.

나는 테니온 신전의 성역에 있는 무녀장의 방에서 소리 없이 사라졌다.

◆

그건 그렇고 긴 밤이었어.

예쁜 누나들 있는 가게에서 치유를 받고 싶지만, 걱정하며 기다릴 애들을 안심시켜주려고 얼른 돌아가기로 했다.

천구로 밤의 대하 상공을 날아 트루트 시의 항구에 정박한 배로 몰래 귀환했다.

출발했을 때 마커를 달아둔 「자유의 날개」 배가 침몰해 있었는데, 사소한 일이니 신경 안 써도 되겠지.

용사 차림을 풀고서 평소와 같은 로브 차림으로 돌아왔다.

"—다녀왔다."

방문을 통과하자 다 함께 맞이해 주었다.

"어서 오세요! 주인님!"

"어서오~."

"인 거예요!"

"마스터의 무사 귀환을 축복합니다."

"사토!"

아인 소녀들에 이어 나나, 미아가 열렬하게 끌어안으며 귀환을 축복해 주었다.

"아리사, 주인님이 돌아왔어."

루루가 침대에서 머리까지 이불을 뒤집어쓰고 있는 아리사에게 말했다.

아리사가 이불을 내던지며 일어섰다.

"주, 주인니이이이이임."

울다가 퉁퉁 부은 얼굴로 다이빙하는 아리사를 오늘만큼은 상냥하게 받아줘야지.

"무사해? 무사하지? 다리도 있고. 배꼽은? 배꼽은 붙어 있어?"

혼란에 빠진 탓인지 아리사의 언동이 평소보다 훨씬 이상했다.

"괜찮아. 무사히 돌아온다고 약속했잖아?"

"으, 응. 그치만, 그치마아안―."

아리사가 내 셔츠를 들춰서 상처가 없는지 확인하기 시작했다.

오늘은 하고 싶은 대로 놔둬야겠네.

"어서 오세요, 주인님. 어디 아픈 곳은 없으신가요?"

"괜찮아."

"뭔가 마실 걸 받아올게요. 아리사, 주인님 피곤하니까 장난은 다음에 쳐."

루루가 내 바지 안쪽을 확인하려던 아리사를 말렸다.

맵으로 확인하니 카리나 양은 트루트 시 태수 저택에 머무르고 있었다.

그녀에게 빌린 「마를 봉하는 방울」을 돌려줘야 하는데, 오늘은 지쳤으니 내일 해야지.

나는 루루가 가져다 준 벌꿀주를 마시고서 어린 소녀들에게 파묻혀 잠들었다.

오늘은 느긋하게 자야지―.

◆

그리고 마왕부활 예언이 있었던 일곱 군데는 다음과 같았다.

무녀장이 예언한 공도, 미궁도시 세리빌라, 아리사의 고국을 침략한 요워크 왕국, 파리온 신국, 쥐 수인족의 수장국, 족제비 수인족의 제국, 그리고 마지막으로 다른 대륙에 있는 나라였다.

　7분의 1 확률에 걸리다니, 세라도 나도 이 도시도 운이 나빴다.

　이 이야기를 아리사에게 했더니, 이렇게 말했다.

　"신탁이 서로 다르다니 신도 참 일을 대강 하네."

　"그러게 말야."

　"하지만, 이게 게임이었다면 모든 장소에 마왕이 등장할 것 같아."

　자기가 말하고도 믿지 않는 아리사가 즐겁게 웃었다.

　다음 마왕의 계절은 66년 뒤니까 앞으로는 편히 관광을 즐길 수 있겠다.

　"그래서 말야, 모든 마왕을 쓰러뜨리면 대마왕이나 히든 보스가 나오는 거지!"

　"게임이라면 있을 법 하지만, 리얼로 그런 일이 생기면 세상이 멸망해 버릴 거야."

　"그것도 그렇네. 아! 루루! 포테토 칩은 소금이랑 콘소메 두 종류로 해줘."

　다른 곳에 흥미가 생긴 아리사가 가벼운 발걸음으로 달려갔다.

　……에이, 설마.

　내가 중얼거린 말은 하늘에서 빛나는 보름달 너머로 사라졌다ー.

■작가 후기

안녕하세요, 아이나나 히로입니다.

이번에 「데스마치에서 시작되는 이세계 광상곡」 제5권을 구입해 주셔서 참으로 감사합니다.

이번에는 페이지가 적어서 본작의 볼거리를 짤막하게 소개하죠.

지난 권의 카리나에 이어, 5권에서는 테니온 신전의 무녀 세라에게 초점이 맞춰진 이야기로 재구성 했습니다. 본편을 다 읽으신 뒤에 꼭 다시 한 번 읽어 보세요. 첫 번째에서는 알기 어려웠던 세라의 대사나 주위 사람들의 행동에 다른 의미가 있었다는 걸 깨닫게 될 겁니다.

그리고 새로운 장면을 듬뿍 넣은 데다가 WEB판에서 인기가 높았던 드워프 마을이나 대하 여행 같은 장면을 중점적으로 볼륨 업 했습니다.

그리고 늘 그렇듯 인사를! 담당자 H 씨와 새로운 H 씨, 그리고 shri 씨, 그밖에 이 책의 출판과 유통, 판매에 관련된 모든 분께 감사를!

그리고 독자 여러분. 본 작품을 마지막까지 읽어 주셔서 감사합니다!

그러면 다음 권, 공도편에서 만나요!

아이나나 히로

■역자 후기

안녕하세요. 불초 역자입니다.

현재 역자의 심정을 간단히 표현하면 이렇습니다.

짧은 작가 후기 최고오오오오오오오오오오오~~!!!

눈치채신 분들이 있을지 모르겠습니다만, 역자는 대략 작가 후기 분량에 맞춰서 후기를 쓰거든요. 역자 후기가 작가 후기보다 너무 길면 뭔가 주객전도가 된 것 같고, 그렇다고 너무 짧으면 성의가 없는 것처럼 보인단 느낌을 받습니다. 그리고 작가 후기가 없으면 역자 후기도 안 씁니다. 작가도 안 쓴 후기를 역자가 쓴다는 것도 조금 그래서요.

그런 면에서 정신 나간 후기를 쓰기로 유명한 몇몇 작가분들의 작품을 번역하게 되면 후기는 어떻게 써야 하나 걱정이 되기도 합니다. 그, 그래도 초 인기작을 맡고 싶어.

아무튼 짧은 작가 후기는 최고입니다! 그다지 쓴 것도 없는데 벌써 비슷한 분량이 나왔어요! 오예~!

그러면 작가 후기 분량에 맞추어 역자 후기도 이만 줄일까 합니다. 결코 쓸만한 이야기가 없어서 좋아라 하면서 줄이는 게 아닙니다! 그러면 여러분, 다음 권에서 뵈어요!

데스마치에서 시작되는 이세계 광상곡 5

초판 1쇄 발행 2016년 9월 10일

지은이_ Hiro Ainana
일러스트_ shri
옮긴이_ 박경용

발행인_ 신현호
편집부장_ 김은주
편집진행_ 최은진 · 김기준 · 김승신 · 원현선
편집디자인_ 양우연
국제업무_ 정아라
관리 · 영업_ 김민원 · 조인희

펴낸곳_ (주)디앤씨미디어
등록_ 2002년 4월 25일 제20-260호
주소_ 서울시 구로구 디지털로 26길 111 JnK디지털타워 503호
전화_ 02-333-2513(대표)
팩시밀리_ 02-333-2514
이메일_ lnovel.admin@gmail.com
L노벨 공식 카페_ http://cafe.naver.com/lnovel11

원제 DEATH MARCHING TO THE PARALLEL WORLD RHAPSODY Vol.5
ⓒHiro Ainana, shri 2015
First published in Japan in 2015 by KADOKAWA CORPORATION, Tokyo.
Korean translation rights arranged with KADOKAWA CORPORATION, Tokyo.

ISBN 979-11-278-1842-5 04830
ISBN 978-89-267-9956-7 (세트)

값 8,500원

청춘 돼지는 바니걸 선배의 꿈을 꾸지 않는다 1~4권

카모시다 하지메 지음 | 미조구치 케이지 일러스트 | 이승원 옮김

아즈사가와 사쿠타는 도서관에서 야생의 바니걸과 만났다.

바니걸의 정체는 사쿠타가 다니는 고등학교의 선배이자,
활동 중지중인 인기 탤런트 사쿠라지마 마이였다.
며칠 전부터 그녀의 모습이 『주위 사람들에게 보이지 않는 현상』이 발생했고,
이것은 인터넷상에서 화제가 되고 있는
불가사의 현상 『사춘기 증후군』과 관계가 있는 걸까.
원인을 찾는다는 이유로 마이와 가까워진 사쿠타는 이 수수께끼를 풀려고 하지만,
사태는 생각지도 못한 방향으로 나아가는데―?

하늘과 바다로 둘러싸인 마을에서, 나와 그녀의 사랑에 얽힌 이야기가 시작된다.

**『사쿠라장의 애완그녀』 콤비가 전해드리는
평범한 우리의 불가사의한 청춘 러브 코미디!**

라이트노벨의 새로운 빛! L노벨의 신간은 매월 10일에 발매됩니다. http://cafe.naver.com/lnovel11

© 2015 by Ryo Shirakome
Illustration Takaya-ki

흔해빠진 직업으로 세계최강 1권

시라코메 료 지음 | 타카야Ki 일러스트 | 김덕진 옮김

『왕따』를 당하던 나구모 하지메는 같은 반 아이들과 함께 이세계로 소환된다.
차례차례 사기적인 전투 능력을 발현하는 반 아이들과는 달리
연성사라는 평범한 능력을 손에 넣은 하지메.
이세계에서도 최약인 그는 어떤 반 아이의 악의 탓에
미궁의 나락으로 떨어지고 마는데―?!
탈출 방법을 찾을 수 없는 절망의 늪에서
연성사로 최강에 이르는 길을 발견한 하지메는
흡혈귀 유에와 운명적인 만남을 이루고―.
"내가 유에를, 유에가 나를 지킨다. 그럼 최강이야. 전부 쓰러뜨리고 세계를 뛰어넘자."

**나락으로 떨어진 소년과 가장 깊은 곳에 잠들었던 흡혈귀가 펼치는
『최강』 이세계 판타지 개막!**

라이트노벨의 새로운 빛! ㄴ노벨의 신간은 매월 10일에 발매됩니다. http://cafe.naver.com/lnovel11

L NOVEL

Planet MUKURO

Spiritus II
AstralEssse-Zodiac Type
Weapon-KeyTypeMichael

타치바나 코우시 지음
츠나코 일러스트
이승원 옮김

14

무쿠로 플래닛

데이트 어 라이브

데이트 어 라이브 1~14권, 앙코르 1~4권, 머테리얼

타치바나 코우시 지음 | 츠나코 일러스트 | 이승원 옮김

4월 10일, 새 학기 첫 등교일.
이츠카 시도는 평소와 다름없는 일상을 보내고 있었다.
갑작스러운 충격파로 파괴된 마을 한가운데에서 소녀와 만나기 전까지는—

세계를 부수는 재앙, 정령을 막을 방법은 단 두가지.
섬멸, 혹은 대화

정령과 만나게 된 시도는,
세계의 멸망을 막기 위해 데이트로 정령을 꼬셔야하는 운명에 처하게 되는데!?

세계의 멸망을 막기 위한 데이트가 시작된다—!!

✖ANIPLUS TV 애니메이션 방영 화제작!!